企鹅会飞

孙若滨　著

上海文艺出版社

图书在版编目（ＣＩＰ）数据

企鹅会飞 / 孙若滨著 .—上海：上海文艺出版社，2020
ISBN 978-7-5321-7486-7

Ⅰ . ①企… Ⅱ . ①孙… Ⅲ . ①长篇小说—中国—当代
Ⅳ . ① I247.5

中国版本图书馆 CIP 数据核字 (2020) 第 021794 号

小说第一次出版是在美国旧金山的长河出版社

责任编辑：徐如麒
封面设计：一念

书 名：企鹅会飞
作 者：孙若滨
出 版：上海世纪出版集团　上海文艺出版社
地 址：上海绍兴路 74 号 200020
发 行：上海文艺出版社发行中心
　　　　上海绍兴路 50 号 200020 www.ewen.co
印 刷：天津兴湘印务有限公司
开 本：710mm × 1000mm　1/16
印 张：20.25
字 数：180 千字
印 次：2020 年 4 月第 1 版 2020 年 4 月第 1 次印刷
书 号：ISBN 978-7-5321-7486-7 / I·5958
定 价：58.00 元

告知者：如发现本书有质量问题请与印刷厂质量科联系　 T: 022-68855116

献给一直陪伴着我的那个了不起的自己。

不要走在我后面，因为我可能不会引路；
不要走在我前面，因为我可能不会跟随；
请走在我身边，做我的朋友。

——阿尔贝·加缪

目　录

自　序

　　首先我要感谢生命中在旧金山 Quick Silver 专车公司勤工俭学做司机的那段日子；感谢我接送过的那些客人和他们身上发生的故事；感谢在那些不眠之夜里开车的时候对创作这部小说的思考（有时候想到精彩的情节我会边开车边笑出声来）；感谢外表冷漠、内心火热的老板 Fell，他对英语糟糕的我表现出了最大的包容和绅士风度（我曾经因为口误把一位名字叫 Piggy 的女乘客叫成了 Miss Pig 而遭到投诉，对此 Fell 只是对我宽容地一笑）；感谢老板娘 Laura，你是我见过的最善良、亲和、勤勉的女人之一；感谢 Chris，你最友善、最有耐心的帅哥调度；感谢湾区调频 KKSF103.7 播放的"丝滑的爵士"音乐节目，它属于旧金山每个在夜里开车感到孤独的人。

　　1994 年，我来到美国求学，成为中国 1978 年到 2018 年间 500 万出国留学大军中的一员。最早在美国中部印第安纳大学（IU）布鲁明顿分校。初到那里的"不适"就是空气，每天都有"醉氧"的感觉。这种由于把城市镶嵌进森林、山川、湖泊（而不是用破坏自然来造城市）所带来的醉氧感最后成了我创作微电影《一瓶空气》（*The Air*）的灵感源泉。

　　有一种"疏离"在戏剧舞台上叫作"陌生化效果"。这种疏离可以是人与人之间的，也可以是社会的、文化的、习俗的……就像我们去不同国家旅行，看见有些人吃饭是用刀叉的，有些人是用手抓的，而我们更喜欢用"两根棍儿"。这种"不适"来自不同的思维背景和传统习俗，一旦这种"不适"化解和消失，就产生了"去陌生化"和"融合"。

两年后，我来到加州。先是在好莱坞学电影，也寻找机会演电影、拍电影。那时候正是成龙二次闯好莱坞准备拍摄《尖峰时刻》的时候，许多华裔电影玩家都跟风来好莱坞混日子。我们经常在比弗利山庄附近转悠，希望碰上斯皮尔伯格、卢卡斯、昆汀、柯恩兄弟、施瓦辛格、史泰龙……这样的大腕儿带上我们拍戏。

我听说偶像史泰龙经常在一家意大利馆子吃饭，我就连续几天到那家馆子点一杯咖啡，蹭一盘免费的餐前面包（大菜是点不起的），一坐一整天地等着史泰龙来吃饭，好有机会跟着他去演戏。我在那家意大利馆子里等了史泰龙一个星期，史泰龙一次也没来。餐馆老板——一个矮个子意大利老头儿——挺喜欢我的执着，最终把我收了，做那家馆子的跑堂（这个餐馆老板就是《企鹅会飞》中杰克的老板利尼奥尼的原型）。我在这家馆子里干了半年跑堂也没看见史泰龙来吃饭（后来听说史泰龙换到另一家餐馆去吃饭了）。我希望和史泰龙去拍戏的追星梦一直都没能实现。

之后，我就在旧金山、洛杉矶、拉斯维加斯混日子。当过导游、赌场发牌员、游轮上的导购小哥儿、话剧社的领班、华人报纸的广告销售、直销保健品的讲解员……

命运弄人。今年，就在《企鹅会飞》即将出版的时候，我怀着试试看的心情来到好莱坞那家史泰龙常去吃饭的馆子。在一个靠过道的位置上刚刚坐下准备点菜，就见史泰龙和两个制片人模样的大佬一起走了进来，那份从容淡定就像一个邻家大叔带朋友走进自家楼下的小吃店。店里的领班、小二、食客对我心里的偶

像也像对待一个普通的回头客一样淡定。一时间，我心跳加速，感慨万千——如果十几年前我能在这里见到心中的偶像并有幸跟着"史哥"去拍戏，命运又会是怎样呢？

荒谬！就像加缪所认为的那样：

世界本不荒谬，我们在不同地方的存在所产生的不同期望与世界本身的不配合才是荒谬之源。

于是，"压迫我的世界"与"反抗的我"之间就有了无穷的好戏上演。小说《企鹅会飞》就是一出这样的戏。它是500万分之一，是放弃飞翔之后下海当"渔民"企鹅的总和。

《企鹅会飞》讲的是关于旧金山这座城市的故事。

旧金山独特的风情、地貌、气候类型、科技时尚、历史人文……无处不在地参与了故事的讲述。就像没有湾区独特的海洋和海湾、山丘和洼地造成的冷暖气流循环流动，就没有滑翔翼自由翱翔的"手臂"；就像没有一年里连续八个月的艳阳高照和连续三个月的连绵雨季，就没有旧金山流浪汉们对这个城市的极端爱恨和一年一度的迁徙；故事里若没有一号公路绝美且蜿蜒曲折的海岸线，"专车司机带着意大利美女'冒死吃河豚'的绝命飙车"就失去了意义和看点。

加州阳光明媚，水晶湖清澈，酒乡纳帕谷和索诺玛谷（Sonoma Valley）源源不断地为这个世界提供果味醇厚的优质葡萄美酒；55家米其林餐厅（2018年统计：一星41家，二星7家，三星7家）让旧金山成为全美米其林餐厅最多的城市；旧金山有世界上最好的夜店（Night Club）和最好的DJ；旧金山是约翰·列侬、雅痞、庞克、乔布斯、扎克伯格、马斯克的大本营；这里每年六月都有十几万人参加的世界同性恋自由嘉年华游行；这里有世界名校加州大学伯克利分校和斯坦福大学。

在旧金山湾区居民骄傲指数、幸福指数遥遥领先的同时，圣安德烈斯断层、海沃德断层（Hayward Fault）也在暗无天日的地下无止境地打造着旧金山人的忧虑和极度不安全感。这就很容易解释为什么旧金山每一栋房子的外墙上都设有逃生用的防火梯了。

　　小说《企鹅会飞》中 AI 部分的创作灵感源自我在硅谷里的一些计算机程序员朋友和那些个 IT 行业、AI 行业里的精英们。在其中探讨和思考这个群体奇特的思维方式、创造力、想象力、践行力、独立思考力……特别是读解了微软 AI 方面的专家对未来人类的种种预测（并不遥远，也许就在二十年以后"人类将拥有机器人第二自我"）。微软公司的高管布拉德·史密斯（Brad Smith）和哈利·舒莫（Harry Shum）在他们最近出版的新书《计算未来》（*The Future Computed*）中更是担忧人类这个群体将随着意识的不断数字化而会导致生活彻底被 AI 化。如果人类不对人工智能的发展加以约束势必会受到伤害。我喜欢好莱坞环球影业 2015 年出产的一部叫《机器姬》（*EX-MACHINA*）的电影。当美女机器人艾娃（Ava）终于被她的造物主——人类赋予了独立思考和狡诈之后，也就是她不堪奴役弑主叛逆的开始。影片的结尾，机器姬 Ava 终于用智慧、残酷、冷艳对她的制造者完成漂亮的绝杀，优雅地走出了禁锢她一生的"伊甸园"。

　　第二年（2016 年 3 月 15 日），现实世界里，谷歌的 AI 阿尔法狗（Alpha Go）和世界围棋冠军李世石在首尔又进行了一场"惨绝人寰"的人机博弈。在李世石面对无力回天的败局无奈摇头的第二年（2017 年），现实世界里"汉森机器姬 Sophia"被沙特阿拉伯正式授予了公民身份（第一个拥有了人类公民身份的机器人从此诞生）。

　　《企鹅会飞》不是一部科幻小说，恰恰相反，它是在 AI 这辆失控的"暴走列车"疯狂、粗暴、蛮横地碾压进现实世界的前夜对"人味"的"回味"，是对"无限江山"——人性的伤感和缅怀。

是的，旧金山的城市底蕴给了《企鹅会飞》这个故事以滋味。这是我在旧金山十年的"常住居民"日子里浸泡出来的故事（就像北岸区意大利餐馆里那些浸泡在海盐、橄榄油、苹果醋和各种香料里的彩椒、葱头、红皮蒜、朝鲜蓟……它们在玻璃瓶子里经年累月地腌制和浸泡，丝丝入味）。

一个叫安东尼奥尼的意大利导演说："没有我的环境就没有我的故事。"《企鹅会飞》这个故事不仅把旧金山当成故事发生发展的环境，事实上旧金山这座城市就是故事本身：高胖子（Sauce Gao）的那一套从综合族裔的"融合美食"（Fusion Food）里"炊"练出来的关于"肉馅儿"的人生哲学；老尼森的"土地的命就不要到海上来"的血的教训；欧阳海岸家族的冒险旅程；弥漫在日落大道海岸别墅里混合着地中海盐和东方中药的刺鼻焦煳味儿；蒋红的那些失落在旧金山"发傻"街1015夜店里寥落的青春，那些抑郁的不眠夜，那些绝望的眼泪和伴着半月湾的涛声铭刻在自己墓碑上的碑文；周末，钱学杰驾驶着八米长的豪华专车，穿过马肯街的夜色去接富豪们邀约的应召女郎，此刻驾驶室的收音机里播放的正是KKSF103.7——"丝滑的爵士"……还有从红树林的枝丫间洒落在金门公园野鹅湖里的霞光（那时候也许一只加州金翅雀正叽叽喳喳地在树枝间为求偶而喋喋不休），而此刻蒋红正坐在"克利夫房子餐厅"里对着窗外的日落海岸一边喝咖啡，一边望着窗外冷冷清清的海狗崖感慨：一样的埃塞俄比亚黑咖啡，一样的克利夫房子招牌"草莓枫糖松饼"，但物是人非。就像上一次大地震后，成群的海狗结队离开克利夫房子迁往渔人码头。海狗们只留下它们的"遗物"——崖壁上大块儿大块儿的白灰粉斑痕——在太平洋的海涛中渐渐地脱落、钙化。

的确，《企鹅会飞》这个故事是关于存在过的那些滋味的。我曾经在北京的朝阳大悦城商场里开过一个比萨饼店。那时候，喜欢 Pizza 的朋友们经常问我一个相同的关于 Pizza 的问题：为什么馅料明显是一片片香肠的比萨饼叫"帕帕罗尼"（Paparoni）比萨饼，而馅料上有一粒粒肉丸子的比萨饼却被叫作"香肠 Pizza"？每次遇到这样的提问我都会耐心地告诉他们：其实"帕帕罗尼"就是所说的"萨拉米肠"，指的是用盐和黑胡椒调味之后风干了的意大利腊香肠；有一粒粒小肉丸子的比萨饼叫香肠 Pizza 是因为"一粒粒小肉丸子"是从新鲜的鲜肉香肠演变而来的。新鲜的生肉香肠去掉肠衣，把肠衣内调味好的肉馅儿挤出来搓成肉粒状，用橄榄油、盐、黑胡椒煎成一粒一粒的小肉丸子，最后放在比萨饼上。味道不一样！一个是海风和阳光"料理"出来的腊味风干肠，另一个是经过烹饪出来的鲜肉香肠——滋味不同。

这样最好，用"滋味"这个词结束这篇自序。

就像欧阳海岸说的："人的味蕾是最复杂的，是 AI 无法复制的。"也就是说，只要人能够保留下对滋味的觉察和回味，就会留下存在过的痕迹。就像企鹅用它们从祖先那里继承下来的"尾踪骨"告诉人们，远古时代里它们曾经是会飞的鸟类。

2019 年，当《企鹅会飞》定稿的时候，也正是第 91 届奥斯卡颁奖典礼的"嘉年华"。Lady Gaga 在她主演的电影《一个明星的诞生》中演唱的主题曲《永远铭记我们的故事》（"Always Remember Us This Way"）夺得了最佳原创歌曲"小金人"，点击率更是一举飙破 2500 万。作为美国乡村音乐、民谣音乐迷，我在第一时间找来了《永远铭记我们的故事》欣赏。听到歌曲的第一句歌词"亚利桑那的天空在你双眸中燃烧"，我的心就一下子被抓住了（此时我刚刚从亚利桑那的宗教圣地"圣多娜"灵修回来，对圣多娜和大峡谷鬼斧神工的红色岩石在晚霞中的瑰丽景色还记忆犹新）。歌曲《永远铭记我们的故事》的几句歌词是这样的：

亚利桑那的天空在你的双眸中燃烧。

你看了我一眼，我就被点燃。

我们激情无限，难以言表。

……

当太阳落山，乐队不再演奏，

我总会用这样的方式铭记，

就像爱人相拥入眠，

就像诗人开始写他们的诗。

……

是时候了，谨此以《企鹅会飞》这样的方式铭记：那些个不一样的尘封岁月、逝去的生命、漂泊的青春、赤裸裸的人性、燃烧的热情和爱……

春天来了，就在《企鹅会飞》即将出版的时候，这个世界上发生的三件事情让我印象深刻：

2019 年 3 月 10 日，一架埃塞俄比亚飞往肯尼亚的波音737MAX-8 客机起飞后六分钟坠毁。机上 149 名乘客和 8 名机组人员全部遇难。经调查，造成这起空难的原因是：驾驶室里的 AI 飞控程序（MCAS 系统）越过飞行员"擅自"给出"让飞机俯冲"的错误指令；在 MCAS 系统强制引导飞机向地面俯冲的过程中，飞行员试图关闭 AI 自动程序，用手动操控阻止飞机俯冲坠地。经过 20 多次的飞行员和 MCAS 系统的人机拼死较量，最终人类还是无法从 AI 手里夺回对飞机的控制权；波音 737MAX-8 这部人类无法控制的 AI 机器最终俯冲砸向地面……

"你赢了，AI ！"

我仿佛听见《企鹅会飞》里的 Sports-OY-I8 智能头盔在阴暗

的角落里狞笑着说。

2019年3月25日，加州圣地亚哥动物园宣布将在今年4月把27岁的大熊猫白云和她六岁的儿子"小礼物"一起归还给中国。归还日期是按照"大熊猫保护租借协议"到期的日子而定的。至此，大熊猫白云将结束长达23年的在加州侨居的生涯回归竹林海。

白云是大熊猫华美的妈妈，小礼物是华美的弟弟。

2019年5月，日本一家公司专门为单身男人研发的一款名为"妻子"的陪护型机器人正式进入市场销售。这款机器人身材窈窕，面容姣好，完全能满足单身男人生理和心理的基本需求。

这款"机器姬"第一批十万台一经推出，在预售环节就被抢购一空。至此，AI十万"机器姬"大军正式拉开了冲击人类传统婚姻家庭的战争序幕。

孙若滨　北京·海棠居
二〇一九年五月十六日

第一部

690

1

Calzones 意大利餐馆门口停着一辆厢式货车，几个扎着大白围裙的意大利伙计正在卸车上的东西。

我在厢式货车后面把车停好，并不着急下来。

收音机里还在介绍湾区的天气。一小时前，北边，从金门湾里，一股强劲的海风已经生成，它从恶魔岛出发，并没有直接沿着哥伦布斜街吹上来，而是在天使岛兜了一圈；金门桥底下，另一股代号为"魔王"的气流从太平洋深处漂泊过来，狂奔了数日，已经精疲力竭。它恶名昭著，因为在深海水域疯狂地戏谑远洋货轮被水手们深恶痛绝。

"魔王"带着 Anchovies（西班牙咸鱼）的腥味，时而强劲、暴躁，时而舒缓、沉静……如同愤愤不平而又伤感的没落贵族。也许正是这腐朽的气息和"昔日枭雄"不可一世的气质，让"娇生惯养"的海湾暖流——体弱多病又没见过世面的"湾区小姐"——对它一见钟情。它们一拍即合，迅速地缠绕苟且，私定终身，最后决定一起私奔：绕着艺术宫矽红色的西西里岛火山岩柱逶巡缠绵了一会儿之后，跳着街舞，沿着九曲花街的矮树丛一头撞回到哥伦

布斜街上，直奔着中国城的金字塔尖楼冲了过来。显然，和年轻
貌美的"湾区小姐"结合给"魔王"增添了活力。

这种莫名其妙的海风在旧金山的 11 月会常常出现。女孩子们
叫它"色情狂之手"，它总是突然就吹翻了女人的裙子，让裙内
风光瞬间彻底暴露无遗；旧金山的流浪汉们则叫它"雨季信使"，
它常常吹走流浪汉们的铺盖卷儿，惹得流浪汉们在铺盖后面追着
跑，顺便给流浪汉们发出讯号：雨季不远了，是准备离开的时候了。

这股滥情的海风来势凶猛且秉性邪恶，先是把从中国城里购
物出来的一位巴西美女游客的纱裙掀开，让她在大庭广众之下展
示性感的水粉色丁字裤和圆滚上翘的"巧克力"美臀，接着它就
在 Calzones 门口发飙：疯狂地把货车下面地上的梧桐树叶吹得漫
天飞舞。餐馆里出来卸货的两个白胖的意大利伙计扎着的白围裙
被它猛地掀起来，围裙又肥又大，迎风飞舞，像是茫茫大海上的帆。
呼啦啦、呼啦啦，围裙劈头盖脸地把两个伙计的头捂了个结实……
两个伙计猝不及防，他们就像从精神病院里偷跑到街上来的两个
疯子一般抓扯着脸上的围裙，手舞足蹈、跌跌撞撞地跳"土耳其
转圈舞"。其中一个伙计差一点儿就撞在货车的前大灯上，另一
个"蒙面大侠"摇摇晃晃冲着我开的"雷蒙"（Limousine）林肯
加长车的玻璃一头撞了过来。

从后视镜里，我眼睁睁地看着被围裙紧紧裹着的一个大脑袋，
"咣当"一声撞上了雷蒙车厢侧面的茶色大玻璃窗。呃，这一下
撞得可不轻！在驾驶室里隔着玻璃都能听见那"咚"的一声闷响，
意大利人的大脑袋结结实实地撞在了车窗玻璃上，瞬间又被车窗
的反作用力弹了回去，一屁股坐在餐馆门口的人行道上。

那一刻，我的第一反应绝不是担心雷蒙的玻璃，雷蒙的防弹
玻璃是经过狙击步枪子弹测试过的，这款雷蒙车的防弹玻璃和总
统座驾上用的是一个标准。

我从车上下来，坐在地上的伙计已经把围裙从脸上扯了下来，油光锃亮的秃脑袋上起了一个红疙瘩，像一种我吃过的意大利面包——又白又大的圆面包上面放了一颗烤得油汪汪的红番茄。

我把地上的伙计搀起来。

"对不起，你的车没事吧？"伙计捂着脑袋咧着嘴问我。

"别担心我的车，伙计，我的车好着呢。"我安慰他，"你的脑袋肯定没有子弹硬。"

目送着餐馆里出来的几个伙计把那个受伤的家伙搀进去，我把视线移向货车。车厢里装的是餐馆的办货：面粉、奶酪、大块的牛排、成箱的红酒、大桶的橄榄油……已经卸了一半。我看见了那包东西，静静地躺在货车车厢的一个角落里，东西用粗麻的褐色袋子包着，半个枕头大小，上面是几个猩红色的印刷体大字：地中海海盐（Mediterranean Sea Salt）。

Calzones 是旧金山南滩哥伦布斜街上的知名意大利馆子。给这家馆子制作汤汁酱料的是我哥们儿高汤。高汤比我大三岁，身高不到一米七，体重有二百三十磅。朋友们都叫他"天津人高胖子"。高胖子是这家餐馆里唯一的华人厨师，在餐馆后厨负责调制酱料：牛排酱、千岛汁、油醋汁、芥末汁、西红柿酱汁、蓝奶酪汁、黄奶酪汁、白醋奶酪汁、奶汤、蜜汁……餐馆里的意大利人都叫高胖子 Sauce Gao（汤汁高）。据说西餐馆里的调酱汁厨师（Sauceer）是个高精尖技术活儿，高胖子能谋得这个职位，他大学里学化学的背景起了很大的作用。

在意大利美食中，Calzones 是一种美味的乡村馅饼。这家意大利餐馆以这款馅饼命名，大概因为最初是靠这款乡村馅饼起家的。Calzones 的发音实在是不太好记。看看我哥们儿高胖子教我的方言记忆法："Calzones"这个词是意大利语，发音由三部分组成（Cal-zon-es）；第一部分"Cal"发音"卡拉"，"卡拉"这个词在东北方言里指的是那些个卑微、头脑不灵光的小人物（四川方言里叫"方脑壳"，上海话叫"小瘪三"），如果专车司机遇见一个坐车不给钱还蛮横不讲理的主儿，那就是遇见"卡拉"了；"zon"这部分发音是"揍你"；"es"发音"死"；这样联想下来，绕口的意大利餐馆Calzones就容易记住了：一个"卡拉"坐车不给钱，还把你打个半死——"卡拉揍你死"（Calzones）。

别小看记住这样一个餐馆的名字，如果你是一个刚刚到旧金山来玩儿的游客，你叫了一辆出租车，司机问你："嘿，你到哪里？"

你兴奋地说："我到中国城。"

嘿嘿，司机可能拉着你围着旧金山绕半圈儿，然后再把你放到写着"天下为公"的中国城正门，车费没100美金下不来。现在换一种方式，司机说："嘿，你到哪儿？"你深沉地凝视司机的眼睛，淡定地说："卡拉揍你死！"然后你就什么都不用说了。放心吧，司机一定会以最短的路程和最快的速度把你送到这家意大利馆子。为啥？嗯，在旧金山知道这家馆子而且能很顺溜地叫出店名的人不多，一定是旧金山老居民，那是糊弄不得的。下了车，餐馆的正对面就是中国城的后门，右前方是有名的九曲花街，直行就能去渔人码头（都是最有逛头儿的地方）。

看看，按高胖子的方法记住一个餐馆的名字，就能让你"威震"半个旧金山。

那天，高胖子是值班厨师。值班厨师管当日餐馆里的盘点出货、签收进货。伙计们把货从车上搬下来，高胖子清点货物，签了字才能入库。店里的伙计们忙活着把新鲜的、冷藏的、冷冻的、干的、湿的、腌制的、熏酱的食材分类储存的时候，高胖子给自己倒了杯红酒，盯着在厨房不锈钢操作台上堆得小山似的干料：黑胡椒、阿里根奴香料、百里香叶、月桂叶、迷迭香、肉桂、九层塔碎……

干料都是大瓶装的，和西红柿干、去皮西红柿罐头、精炼橄榄油……这些七七八八的罐装货品混在一起。那个褐色的麻布袋子……我看着高胖子走过去把它从原材料堆里拎过来扔到我面前。

"你要这么多海盐干什么？"高胖子对着那包东西努努嘴。

正是下午茶的时候，餐馆里客人不多。

"这段日子我总想着那种气味。"我跟高胖子闲聊着，他准能听出来我语气里透着有气无力的失落和忧伤。

"兄弟，我告诉你说，还别跟我提气味，"呷吧了一口红酒，高胖子操着浓重的天津口音说，"好嘛，每天我做多少牛排酱，你瞧瞧。"隔着大理石餐桌，我看着高胖子———副主厨派头。那一袋子地中海海盐就放在我们俩中间的大理石餐桌上，桌面冷硬光滑的质感衬托着粗糙的麻布袋子，很安静，在下午的斜阳里像学美术的学生们画素描时的静物。

高胖子身上的白色厨师装（最大号）紧巴巴的，肚皮最鼓的地方因为扣子扣不上，敞开了一道缝儿，里面的粉红背心儿露了出来。他不停地摇着手里的红酒杯，肉乎乎的短胳膊在白制服的袖子里和吊在厨房房梁上的一排排意大利萨拉米肠交相呼应。"肉胳膊萨拉米肠"这念头一出来我就笑了：两节粗大的萨拉米肠举着红酒不停地摇晃……

"好嘛，你瞧瞧这几十种的香料，要是差了味道，那可就崴了我滴妈呀！"

我顺着高胖子的视线浏览餐馆墙上的展示柜：瓶瓶罐罐里面是橄榄油和苹果醋泡着的不同香料和各种泡菜。

"最近，我被一种气味折磨得睡不着觉。"我盯着桌子上那包地中海海盐说。

"我说怎么托我给你买这一袋子海盐呢，不就是个盐吗？好嘛，整天做酱，调汤，什么盐我没见过！"

"盐，什么盐？"我迟疑了一下，把手从餐桌上拿开。

"不是盐？"高胖子有些诧异。

拉开手提包的拉链，我从里面拿出来一样东西。"闻闻这个。"我把一个做工考究的绸缎面红色小盒子递给了高胖子。

"这是个嘛？"接过来把玩了几下，高胖子打开盒子放在鼻子下面闻了闻，"你说的不是盐？"

"这个味道一直折磨着我。"我伤感地说。

高胖子再一次把盒子贴近鼻子，脸色开始严肃起来，他微微闭上眼睛喃喃自语："天津……马场道，2路公共汽车，那时候我不到二十岁，在酷热的三伏天里，我下班挤上公交车……"

"高哥，敢情您也挤过公交车呀！"我调侃着高胖子。

"有时候，碰巧，上下班高峰……"高胖子依然闭着眼睛，"啧，别打岔！我说到哪儿了？"

"挤公交车。"

"我挤上公交车，带着烦躁和不安，那个年纪，呵呵，还有对浪漫艳遇的憧憬。天津马场道，知道吧，2路公交站，十几年前的天津。汽车进站，刚下班赶着回家的乘客一拥而上，黑压压一片。拥上车的乘客恰巧把我和一个年轻貌美的女孩子脸对脸地挤到了一起。女孩穿着无袖连衣裙，胸口别着一枚'天津外国语学院'的校徽。因为刚才英勇顽强地挤上来，女孩满头热汗，娇喘着，脸色粉红，秀气的鼻翼微微地一张一合。我尽量地憋着气，好嘛，痒痒的，我可不敢喘气儿，上车前刚吃了大蒜香肠了，不知道呀！平时里没机会和这样的美女如此近距离接触呀。美女看了我一眼，害羞地低下了头，头上汗津津的，额上细细的绒毛儿，看得可是倍儿清楚……那时候的美女，一想到前面还有许多站才能下车呢，聪明一点儿的会马上就放下尊严，任你的眼睛宰割。"高胖子兴高采烈地说着，我发现眼前的高胖子从来没这么精彩过。

"一路上，我顺着她微开的领口饱览'高峰深谷'。公交车在颠簸中前进，羞涩的姑娘和我几乎被挤成了脸对脸，热风从没有玻璃的车窗吹进来，我的鼻子动了几下，那一瞬间，整个世界没了。我从美女身上闻到了一种粉脂的幽香，那幽香不浓不淡，似近又远，如高山上的雪莲一样沁人心脾，美女的汗味儿和身体分泌的青春气息，我的妈妈呀，刹那间就迷醉了你了！这还不够刺激，碰上开飞车的公交车司机才叫个好玩儿，急刹车的时候，妈妈呀，"高胖子兴奋地伸出短粗的双臂，冲着我做了一个拥抱的动作，"还有机会这样呢呀！"

"太神了！"

"急刹车，我和女孩因为惯性作用相拥在了一起，马上又分开，女孩花容失色，紧张、娇羞、无奈……表情这叫个复杂。司机对窗外抢着过马路的行人大喊：'不想活了，奔着死去了你！'女售票员也扯着嗓子喊：'前方到站劝业场了哈，里头的赶紧往外走哈！'"

高胖子喝了口红酒，"惯性定律太伟大了！你说这是谁发明的呢？遗憾的是这样的接触在瞬间之后必须主动和姑娘分开，稍慢一点儿，都会变成不同性质的问题。"他表情忧伤，意犹未尽，"我候着，期待着下一次急刹车，我做好了随时行动的准备。这一点，姑娘也看出来了，她下意识地在'罐头'一样拥挤的车厢里调整身姿，尽量躲我远点儿。终于，又一个急刹车来了，我趁机要和姑娘相拥，哪儿知道姑娘早有预感，机警地蹲了下去，我把姑娘身后的一个警察叔叔给抱住了呀！妈妈呀！哈哈哈！"

我笑喷了。

"'警察同志，实在对不起，不是故意的。'警察对我瞪眼睛：'还在这一片儿混呢你？坐过站了吧？'早就坐过站了！为了姑娘身上好闻的气味，你会故意到站不下车；你殷切地期盼着公交车急转弯，或者有行人猴急地穿行马路。你为下一次的急刹车心跳不已。你所有的指望就是再一次贴近美女，闻一闻姑娘身上那种奇异的胭脂香，你满脑子都幻想着可能出现的种种浪漫。"高胖子眼睛湿润了，叹了口气，情绪归于平静："炎热的夏日，烦躁的挤车，都因为姑娘身上的这种胭脂香味而美好得让你终身难忘。只有在那个简单纯朴的胭脂粉时代里，女人化妆品匮乏……那时候车少人多，没有地铁，没有私家车，再美的美女也要挤公交车。"

"旧金山的公交车、地铁、轻轨里绝不会有这样的事儿。"我说。

"任何有秩序排队上下车，公共交通配备充足，严格限制安全乘车人数的地儿都不可能遇见。"

"那年头儿，我还常听说某某的老婆在公交车上被挤流产了。"我闲聊着。

"不新鲜，不新鲜，我还听说过某某老婆在公交车上被挤怀孕了的呢。"高胖子摇晃着胖大的脑袋，一副见多识广的表情。

2

三月天，雨季刚过，真好！下午，阳光明媚，空气清爽——旧金山湾区最招牌的好天气。

"去接马莎吧，690，你这个走狗屎运的家伙。替我多看几眼马莎那娘儿们的屁股。"对讲机里传来公司调度"公鸭嗓"尤里斯每天一包烟熏出来的公鸭嗓。

"明白。"我平淡地回答。

"明白？你可是要去接马莎那个小娘儿们，呵呵……求你了690，带点激情好不好。"公鸭嗓酸了吧唧地嚷嚷。

太好了，去"小地中海"看海鸥。我想着萨萨利托小镇（金门桥北边，玛霖县的一部分）那片漂亮的潟湖，从旧金山远远望去，那如地中海一般的深蓝。

马莎是瓦沙诺维奇的小老婆。瓦沙诺维奇是个红脸儿壮汉（我叫这家伙"刮痧诺维奇"，简称"刮痧"），像一头雄性黑猩猩。他来自立陶宛之类的一个什么地方，靠着买卖石油发的家。听说刮痧以前是个钻井的石油工人，后来娶了一个老富婆。老富婆拿钱帮他买下了一口油井，刮痧带着一帮兄弟苦干了两年并幸运地打出了优质的石油。这以后他就过上了好日子。过去风吹日晒的打井生活在他脸上留下红一道紫一道的划痕，像是刚刚刮了痧（一种中医的驱寒除湿的方法）。发了财之后，刮痧瞒着老富婆包养一个年轻貌美的白俄罗斯姑娘，还生了一个漂亮女儿。他借口来美国做国际生意，实际上带着叫马莎的白俄罗斯姑娘在美国同居。

刮痧这家伙固定每个月要从金门桥北边的别墅带马莎去南湾斯坦福购物中心购物，每个月一次。一次把一个月的东西买齐，然后刮痧就把自己和马莎关在别墅里一个月不出门。听说是怕老富婆知道他的行踪派人追杀他（刮痧是我们黑闪电豪华专车公司特级保护的VIP客户）。

沿着101公路向北，过金门桥开30分钟，接上刮痧、马莎和他们的女儿卡佳，掉头返回，二次过金门桥向南，沿着280高速，过了水晶湖再向南就是斯坦福购物中心。

马莎依旧漂亮得一塌糊涂，她的小女儿卡佳也活泼可爱。显然，在豪宅里忍受了一个月被"大猩猩"刮痧折磨之后，马莎庆幸自己终于进城了。一路上，她和女儿卡佳在车厢里放声唱着俄罗斯歌曲，让我想到在暗无天日的地下生活了三年之后，终于见到光明的秋蝉。

到了斯坦福Polo购物广场，在专卖店门口我放下马莎和卡佳；刮痧戴上墨镜，在车里左顾右盼地观察周围的情况。听公司的老司机说，刮痧的那个老富婆曾经雇私人侦探调查他的行踪，一旦有了刮痧有外遇的证据，老富婆要么会和他打离婚官司拿走他所有的财产，要么就会雇杀手把他废了。这就是为什么住在北湾的刮痧要打专车到几十英里外的南湾，来僻静的斯坦福购物中心购物。

下车后，刮痧示意马莎牵着女儿的手走在前面，他缩着肩膀跟在后面，一顶棒球帽压得很低，帽檐几乎遮住了半个脸。

我望着马莎远去的魔鬼身材——洗得发白的牛仔裤紧紧地裹住她的长腿翘屁股，红色的厚底高跟鞋，走起路来甩着优美的S型……我想着公鸭嗓嘱咐我的话："多看几眼马莎那个小娘儿们的屁股。"

把车停好，我横穿过停车场，在购物中心入口的一家露天咖啡馆叫了一杯美式咖啡，等着刮痧购物完了好送他们回去。

咖啡端上来了，我坐在紧靠路边的太阳伞下面，以便刮痧回来的时候一眼就能看见我。太阳斜射着，咖啡提神的香气热情地扑面而来，一切都很平常：接送客人，守候，一杯最简单的美式咖啡……直到我看见那辆红玫瑰色的宝马Z3跑车从斯坦福校园的一片银杏树林后面"飘"过来的时候，这个平常的下午才开始变得不同寻常。这样"魔幻"般的出场我好像在《第三类接触》《异形》等很多描写外星人入侵的科幻电影里见过。

在我看到那辆红色的宝马Z3之前，是那片银杏树的叶子吸引了我的视线：这是银杏树已经开始落叶的季节，树冠并不像盛夏那样茂密，金黄的叶子稀疏地垂挂在枝头，没有了拥挤和喧哗。每一片叶子都有机会热情地独自邀请午后的斜阳围绕着它们起舞。它们就好似挂在圣诞树上的装饰，只是这"装饰"因着微风的摇曳，在斜阳里一闪一闪，如纯金箔打造的。就在我望着那片银杏树林发呆的时候，红色的宝马Z3奇迹般地从那片银杏树的后面出现了，它沿着"美乐大道"（Page Miller Rd.）缓缓地朝着Polo购物广场开过来。

敞篷车里，开车的漂亮姑娘已经近在眼前了……车子经过露天咖啡馆，在我坐的太阳伞前面迟疑了一下停住。我放下手里的咖啡，用友好的眼神探寻……是她，我确定。我认得这辆跑车和美人脖子上系着的黄色丝巾。在一号公路上超我车的"外星人"现在就在眼前：江南女子白皙秀气的脸，轮廓无比的美丽。

"这里有一家店叫'好莱坞30年代'……"她坐在敞篷车里以手加额遮挡住西晒的斜阳，迟疑了一下，还是朝我问了过来。"卖化妆品的。"长睫毛的眼睛在纤细修长的手指下，如皎洁的弯月倒映在月桂树枝掩映的深泉，像极了拉巴子！我在心里惊呼。

好莱坞30年代就在咖啡馆斜对面几家小商铺之间。"哦，前面的步行街，右转进去左手边。"我用手指给她看，想着自己此刻脸上的微笑够不够灿烂。

"谢谢！"她冷静地掉转车头。我在权衡自己的微笑有没有过火到吓人。我调整了一下，让微笑在脸上多停留一会儿，以备姑娘可能在后视镜里再多看我一眼。

宝马Z3直直地驶进不远处的停车场，我虔诚地目送着她在一个空位缓缓停下，黑色的敞篷一点点地翻上去……直到完全舒展。车门开启，她跨出车外……倩影婀娜，淡黄色的长裙因着她高挑的身材和优雅的脚步而鲜活灵动。

作为专车司机，迎来送往，在旧金山湾区总能看见很多来自东方的年轻女性。在这些年轻女性里面，要数从中国、韩国和日本来的女性最为相似。如果不说话，很难辨认。几个这样的年轻女性静静地坐在一起，不听她们说话，不看她们的表情，要分辨出她们从哪儿来很难。但是她们在行为和情绪中，就会很快发现：举止大方、自信之间带着从容的是中国女孩；张狂而且表情过火的一定是韩国女孩；礼貌，谨慎，有些谦卑的是日本女孩。

"加点儿咖啡吗？"咖啡馆里的小伙子友好地关照我，他也许看出了我表情中的异样。猜对了，此刻他看到的我已经只是一个坐在咖啡馆里的躯壳，带着僵硬的微笑结了账，下意识地迈步去追随"淡黄色的长裙"。

淡黄色的长裙优雅地走进了好莱坞30年代，一家经营怀旧系列化妆品的小店。我选了一家正对着好莱坞30年代的商铺走了进去，透过店铺橱窗可以清楚地观察到对面好莱坞30年代里的一切。尽量控制着怦怦的心跳，在我看来，电影007里面詹姆斯·邦德耍妹子时所表现出来的从容不迫简直就是遥不可及的神话。我一边真实地感受着平生第一次追踪一个女性给身体带来的种种症状（呼吸急促、胸闷、做贼一样的害怕、腿发软、脚踩棉花等），一边观察着对面好莱坞30年代里的情况。

淡黄色的长裙在那些陈列着二三十年代老式胭脂的货架间忽隐忽现，花花绿绿的盒子、罐子、瓶子包装精美，淡黄色的长裙像一桅淡黄色的帆，在浩瀚的"胭脂海"里飘摇沉浮。她时而驻足徘徊，时而挑挑拣拣，看似不经意地从货架上拿起几款胭脂放在鼻子下面闻，似乎在寻找一种特殊的气味。

远远地看着淡黄色的长裙，一个特殊动作给我留下了深刻的印象：她喜欢把那些漂亮的胭脂盒子尽可能地靠近鼻翼，然后微微合上眼睛，深深地吸气，尽量地保持吸气的时间达到最长；吸气的时候平平的小腹有节奏地缓缓收紧，胸高高地耸起，缓缓地落下，像体操运动员一样舒展好看。

最终，淡黄色的长裙把选好的粉红色小盒子拿在手里，排到了付款队伍后面。

瞄着对面的情况，我无意识地摆弄着这家店铺货架上的东西，注意力稍一离开对面淡黄色的长裙，我就听见了这家的女店员发出的"咳咳咳"几声提示音。我开始注意这家店铺和手里正拿着的东西。我脑袋"嗡"的一声，手里一直在把玩的是一只大号的乳罩！猛抬头，环顾店铺四周，货架上挂满了各种怪异的女性内衣、丁字裤和大大小小、不同杯罩的胸衣。没错，一家女性内衣店！我用余光扫了一下女店员，两个"金发碧眼"正在用异样的目光监视着我：变态狂，或者双性恋者。她们应该把我当作有恋物癖的变态者监视多时了。我似乎记起来：刚才，无意间好像还把手里拎着的东西在胸前比画了几下——多典型的变态动作！呵呵，看来人在下意识的状态下也明白什么东西是拿来干什么用的。我故作镇定，轻轻摇头，放下手里的大号乳罩：这款不合适，号码大了（不大才怪，所有的都大）！

再一次，我把眼光投向对面好莱坞 30 年代的时候，淡黄色的长裙正在接听手机。电话显然很重要，她的前面，付款的队伍就只剩下两三个人了，她急切地讲着什么，从队伍里走出来，返回到货架边上，把粉红色胭脂盒放回原处，讲着电话，转眼就走出了好莱坞 30 年代。

看着玫瑰红色的宝马 Z3 跑车飞快地离开停车场远去，在那片摇曳的银杏树林后面变成一朵玫瑰，一粒红宝石……

落寞地站在街上，秋风拂面，银杏树叶飘摇在风里，我感到莫名的惆怅。淡黄色的长裙瞬间出现，又瞬间消失，在我脑海里留下了两道被玫瑰色的宝马 Z3 碾过的车辙印痕。多深呢？

那个下午，我第一个想法就是冲进那家好莱坞 30 年代化妆品店，凭记忆在架子上找到了刚刚还贴在淡黄色的长裙鼻子下面的红色胭脂盒。精美的小盒子上写着英文"Yellow Camellia"，下面一行中文：黄色山茶花香粉（又名：正黄旗）；下面还有一行小字——苏州·南宋女人胭脂粉公司，Since 1128 年。

紧贴着胡须我深深地吸气，甜润的暗香，夹杂着高山融雪的气息……悄无声息地弥漫、飘散开来……

黄色山茶花！我从来不知道黄色山茶花是这个味道。

3

星期一下午，我从旧金山动物园企鹅馆里垂头丧气地出来。

上午，几个同学在科比教授的课上，为了"企鹅的始祖会不会飞"这件事争得面红耳赤，我是和教授唱对台戏的领头人。

科比教授今年 58 岁，白人，是我们加州旧金山大学动物学系的资深教授。他固执，喜欢和学生抬杠（抬杠是他的教学风格，他笃信学生的真知灼见都是从抬杠中得来的），他还是"孟兹比尔企鹅理论"的忠实捍卫者。1887 年，科学家孟兹比尔提出鸟类多源理论。他认为：企鹅不同于其他鸟类，它起源于不会飞行的祖先。企鹅的鳍翅不是退化了的翅膀，而是由一种爬行类动物的前肢在水下直接演化而成；企鹅并没有经历过爬行转飞行这一演化过程。也就是说企鹅从来，从来不会飞翔。这样的结论怎么能不让人垂头丧气。

课堂上，我和来自澳大利亚的同学冈萨雷斯，还有来自法国的美女索菲亚绝不接受这一理论。有科比教授和孟兹比尔企鹅理论撑腰，同学中支持"企鹅的祖先不会飞"理论的不在少数。他们认为企鹅能以每小时 18 公里的速度在水中潜泳，这就充分证明它们更接近鱼。18 世纪以来的文献记载：专家学者们都把企鹅当作鸡鹅、半鱼兽、长了羽毛的鱼。不少动物学家认为企鹅代表着鱼和鸟之间的过渡类型。

"1981 年，在日本六个地方连续发现形状类似企鹅的海鸟化石，它们肉嘟嘟，体形高大，没有飞翔的可能性，因而被叫作'肉鸟公公'。学者们完全肯定这就是距今 3000 万年的原始企鹅，可以说是现代企鹅的祖先。企鹅，就是个大怪物！"汉克，来自挪威的大个子情绪化地把课间讨论推向了带有浓浓火药味的辩论。

"我来自澳大利亚，你来自挪威……我比你更靠近南极！我更有发言权！"冈萨雷斯晃着一身的腱子肉毫不示弱，"你最好闭嘴！我们南半球的事你还是少管！"

来自浪漫之都巴黎的索菲亚同学反应强烈。她说如果企鹅从来都没有享受过蓝天白云和飞翔带来的乐趣，那就好比一个女人一生从来没有过性生活，如此不浪漫的事儿法国人绝对无法接受。

"去他妈的 3000 万年前的海鸟化石！如果大肉鸟化石就是企鹅的祖先，那只能证明企鹅的祖先吃太多的海鲜了，它们应该吃素，它们需要减肥！"索菲亚用舌头轻轻舔着漂亮嘴唇，玫瑰红唇膏在阳光下光滑水润，闪着亮晶晶的光。

"是的，既然已经确定了鸵鸟、鸸鹋、大海雀、几维鸟（Kiwi）曾经是能飞的，那么企鹅也曾经是会飞的鸟！"冈萨雷斯的大嗓门震耳欲聋，惹来许多同学的白眼。

在红白两方同学争论进入白热化的时候，科比教授这个擅长煽风点火的始作俑者却淡定地端坐在讲台后面坐山观虎斗。是该我出手的时候了，沧海横流方显出英雄本色。要想拿到下学年的奖学金，科比教授的这门课我必须拿到 A 才能考虑申请。我胸有成竹地开始了论述：

"据动物学家多年积累的研究数据表明，企鹅的祖先是能飞的。企鹅的身体结构上有其会飞翔的祖先留下来的烙印，一直抹不掉。先说企鹅的鳍翅，是一个桨状的飞翼……"我决定用科比教授的矛攻击他的盾——从科比教授最推崇的"动物行为学"上对"企鹅曾经会飞"理论加以捍卫。

"腕和掌骨形成腕掌联合结构，这种结构最适合飞行用的翻羽附着，翈羽正是飞翔所必需的结构。虽然企鹅的翈羽早就消失了，但支撑翈羽的结构依然存在。企鹅胸骨的许多特征也和飞翔鸟相似：比如企鹅的胸骨有明显的龙骨突起，这正是会飞翔的鸟飞翔肌肉所附着的地方。还有，企鹅有一个更突出的特征是它存在尾踪骨。这最能说明它的祖先可能会飞。

"众所周知，鸟类从其蜥蜴型祖先那里继承了一个鞭状的长尾巴，由多节脊椎骨组成。在流体动力学长期的影响下，尾骨逐渐缩短愈合成一块小的骨节——尾踪骨，用以支持呈扇形排列的尾羽。这是鸟类飞翔所必需的，从最早的始祖鸟到所有现代鸟类都有。企鹅也有尾踪骨，这无疑是会飞翔的祖先留给它们的遗产。

"翅膀发达的飞翔鸟类都是把喙插在翅下睡觉的，不会飞的鸟类用这种姿势睡觉是不适宜的。企鹅却用这种姿势睡眠，说明它和飞翔鸟之间有某种关系。此外，飞翔鸟在飞行中要迅速调节肌肉的活动及协调身体各部的动作，所以飞翔鸟小脑非常发达。企鹅恰恰有复杂而发达的小脑，这也被看作是会飞祖先的一个遗迹。毫无疑问，现今的企鹅是由会飞的海鸟进化来的。那么，企鹅究竟何时开始由会飞变得不会飞的呢？为什么会发生这种转变的呢？我有这样一个故事……"

下课的铃声响了。

我不温不火，不急不躁，娓娓道来的阐述引起了全班同学的共鸣，热烈的掌声希望我把关于企鹅的故事讲完……

"好了，今天就到这吧，下课！"科比教授冷冷的声音打断了我正在高潮中的阐述。同学们热烈的掌声：他们希望我把故事讲完。我看着科比教授，希望他让我把故事讲完。科比教授带着不满情绪把厚厚的一叠讲义用力在讲台上蹾了几下，就像乡下盖房子打地基夯实黏土，震得讲台上的粉笔灰在从教室窗户斜射进来的阳光下升起不小的烟尘，像核爆炸一样缓缓升腾。科比教授把整理好的讲义放入咖啡色古董牛皮公文包，低着头，并不看我，起码不是很欣赏我的阐述。

离开教室前，我终于找到了一个和科比教授眼光交流的机会，我忐忑地微笑着以示友好和尊敬……不会吧？冷冷的目光回馈来……我突然想起来：一个月前，他曾经在校园咖啡馆里和我提起即将在北美《国家地理》杂志上发表一篇题为《不会飞的鸟类之谜》的学术报告。他还含蓄地暗示，让我帮助他收集关于"不会飞的鸟类"的资料。想到这里，我心一凉，汗毛都竖起来了！

我尽量不想把科比教授的心胸想得太窄。学术上的讨论，个人观点不同。他应该知道我很喜欢他的这门课，很用功……那眼神……异样的，话里有话的，阴暗的，充满不确定的："咱们走着瞧！"这种眼神太熟悉了……在四川大学，我读本科的地方……不，这里是加州旧金山大学！可我不能不去多想……科比教授这门课我费尽了心思，这是我期待着拿到A，甚至A+的课。它和我下半年奖学金直接挂钩呀！

我从旧金山动物园出来，散步横跨过"伟大的快速路"（Great HW）来到日落海滩。从太平洋深处吹来的海风凛冽、匆忙。上午在科比教授课上发生的不愉快让我开始考虑放弃内心深处的野心：攻破一项前人不曾定论的动物学界难题。为什么一定要这样坚持？一定要和科比教授唱对台戏吗？下次课我就可以拿着一堆的数据在全班同学面前宣布：企鹅的祖先不会飞，它们从来没有在蓝天翱翔过，它们是半鱼半兽的怪物。可以吗？我想起科比教授在咖啡馆里找我闲聊时的样子……他即将发表在北美《国家地理》杂志上的学术报告不是正需要我为他收集关于"企鹅不会飞"的资料吗？我可以放弃吗？为了A或者A+……我好像已经听见了同学们的"嘘——"声，还有冈萨雷斯一定会落在我脸上的拳头，还有索菲亚对叛徒的嗤之以鼻。

　　很久很久以前，地球表面存在着一个叫"缸瓦讷古陆地"的巨型大陆。它由若干个板块组合而成。大概距今 2 亿年前，缸瓦讷古陆地开始分裂和解体。南极大陆从中分离出来，开始向南漂移。此时恰巧有一群鸟在海洋上空飞翔，它们发现漂移的南极大陆是一块生活乐土，于是就降落到这块土地上。起初，它们生活得很美满，可是好景不长，随着这块大陆不断南移，气候越来越冷，离温暖的大陆也越来越远，鸟儿们想飞离这块地方已是不可能了。

　　不久，南极大陆漂移到极地位置，覆盖上了厚厚的冰雪。种类繁多的生物大批死亡，唯有企鹅的祖先活了下来。但它们在冰雪茫茫的陆地上没有可吃的东西，只好下到海洋里寻找食物。翅膀就逐渐退化，由会飞变成了不会飞。

　　多么凄美的故事！我带着这个故事来到旧金山动物园企鹅馆。对身着燕尾服的帝企鹅、王企鹅、巴布亚企鹅、马克罗尼企鹅、黄眉毛企鹅讲述了这个它们祖先的故事。为什么？为了告别那些曾经会飞的企鹅祖先？把它们归类到半鱼半兽的一族里？下次课，不，也许明天就可以，可以找到科比教授，请他喝杯咖啡，聊聊企鹅为什么不会飞的事。

4

哎，你到龙波海子里去
哎，姑娘在羊角花丛里呢
要是山歌唱不起风来
海子平静的没有涟漪

姑娘的心还没有动嘞

　　哎，你到米亚罗里去
　　哎，姑娘在红树林里呢
　　要是羌笛吹不对音
　　枫叶染不得霜
　　姑娘的脸蛋还没羞红嘞

　　哎，你到古尔沟的温泉里去
　　哎，姑娘在迷雾里呢
　　要是月亮不够圆
　　星星也不帮忙
　　看不见姑娘在水里藏嘞

　　是谁唱着山歌？"咚咚……"羊皮鼓驾着雪山上吹来的风，绕着卧龙的竹林海……山歌的余音追着钱旺的大货车，绕过四姑娘山，翻过米亚罗，穿过牟尼沟……听呀，是拉巴子在读：

　　空山新雨后，
　　天气晚来秋。
　　明月松间照，
　　清泉石上流。

　　读诗的时候，拉巴子头上的银铃铛被雪山上吹来的风摇得哗啦哗啦响。拉巴子读的诗和爷爷读的不一样。拉巴子诗里的"空山新雨后"是看得见的四姑娘山；爷爷的"空山"是一幅皱巴巴发着霉味的古画，挂在窄巷子一面终日不见阳光的墙上。拉巴子的"新雨"是清新的,从翠绿的竹叶上洒落下来,可以捧在手里喝;爷爷的"新雨"只能战战兢兢地从窄巷子的瓦沿上摔下来,流入排水沟,和烂菜叶、塑料袋、饮料罐、包装纸一起流到城市的污水处理厂去。

为什么总是看不够拉巴子美丽的笑脸?为什么从钱旺的大货车上蹦下来,拉住拉巴子的手就转眼把钱旺忘得一干二净?为什么总要拉巴子提醒——"钱学杰,钱旺在后视镜里看着你呢。"——才记得要向大货车里眼睛紧紧盯着后视镜的钱旺虚情假意地挥挥手?为什么钱旺大货车的驾驶室里那柴油混合着劣质烟的气味(从成都一直把我熏到卧龙)总要拉巴子无数个拥抱才能用冷箭竹的清香把它们压下去?还好,我们有整个的暑假。从钱旺的大货车上跳下来的一瞬间,我知道拉巴子是我的了。开始即使我们只是拉着手,小半年的分别总会有些生疏。我们都知道:第二天我们就会亲密无间!之后就是如影随形,难解难分。

拉巴子和姐妹们围着篝火跳莎朗,我坐在羊皮鼓旁边痴痴地看着她婀娜的舞步之美;拉巴子做洋芋糍粑,我就靠着她的腿坐在小板凳上用弯刀挖洋芋上长出来的绿芽;拉巴子在云云鞋上绣蝴蝶,我就从她身后抱着她的脖子……我喜欢从后面抱着拉巴子的脖子,脸紧紧地贴着她顶在头上的瓦片头帕,老棉布的头帕粗粗的,让每一道横竖的织纹都痒痒地划过我的脸。红的、黄的、绿的……蝴蝶、喜鹊、茶花……绣在头帕上的图案总让我眼花缭乱。我深深地吸气,闻拉巴子头上冷箭竹的清香、阳光的甘甜、桂花汁做的头油、鬓边斜插着的栀子花……羌笛声悠长悠长地从雪山脚下的枫树林里飘过来……拉巴子停下手里的绣工,头帕下月牙一样美的眼睛眯成一条缝,忽闪着……细细听……

我说:"羌笛何须怨杨柳。"拉巴子就放下手里的女红,忧伤地凝望着雪山脚下绵延的 317 国道。

我说："春风不度玉门关。"拉巴子就摇摇头，笑呵呵地继续绣云云鞋。银铃铛哗啦啦地响，从米亚罗吹来的风正在和雪山调情。

317 国道上发生的故事我八岁的时候就喜欢听，听不懂；十八岁的时候懂了没时间听；现在我二十八岁……

古尔沟是川藏公路 317 国道上的一个休息站。北面是米亚罗自然保护区，南面是竹林海——卧龙大熊猫综合繁育基地。

拉巴子十七岁就在古尔沟做临时工，为过往的大货车司机服务：送开水、泡方便面、卖洋芋糍粑、洗车、上防滑链……拉巴子从未想过有一天会离开她的族人，离开四姑娘山，离开羌寨，离开米亚罗的枫树林，离开卧龙的竹林海跟一个过路的大货车司机私奔。

那时候，钱旺还是个二十出头的小伙子，从成都途经古尔沟到马尔康，每三天一个往返。大货车从成都拉着电视机、电冰箱、洗衣机、摩托车、迷你发电机、移动板房去马尔康；从马尔康拉上一整车的牛、羊、山货、木材再返回成都。

"拉巴子，你的名字？"钱旺第一次来古尔沟服务区的第一碗方便面是拉巴子给他泡的。

"是的，我叫拉巴子。"拉巴子羞涩地低着头泡面。

"什么意思？"钱旺嬉皮笑脸，叼着烟。

"拉巴子？"拉巴子用芨白一般的纤纤玉手扇着飘过来的烟，水灵灵的大眼睛嗔怪地瞥了钱旺一下。"嗯……"拉巴子的眼神里带着"绣花针"，钱旺被烟呛得咳嗽起来，他像是被蝎子蜇了。"羌族语，是花的意思，一个德高望重的释比给我起的。"拉巴子把泡面递给钱旺。

"你有没有普通话的名字？"为停止咳嗽，钱旺大口吃着碗里的泡面和一大份洋芋糍粑。

"有，我叫素方，是一种花的名字，素方花，我最喜欢的花。"

"素方花，我知道，去马尔康的路上漫山遍野的，都是。"

三块钱一碗的泡面，五块钱的洋芋糍粑，付账时钱旺拿出来一张一百块的，拉巴子找不开。

"一百块钱我找不开。"

"那就等下次一起付喽！"钱旺抹了抹嘴角上的油，叼上一支红塔山抽着。

"咦，又一个拿一百块钱混吃喝的……"拉巴子不紧不慢地念叨。

"怎么讲？"

"你这样的……我在服务区里见得多了……故意拿一百的大票子，找不开就白吃白喝！"

"你……？"

"素方，拉巴子·素方！你投诉我吧！"拉巴子噘着倔强的嘴。

钱旺没有投诉拉巴子。三天后，他从马尔康回来了。大货车堵在了服务区大门口。拉巴子生气了，这里是禁止停车的。大货车有专门的停车位，往东200米，在加油站的旁边。他不能图方便就把车停在服务区门口。

"嗨，你！把车挪走！"拉巴子气鼓鼓地从休息站里冲出来，指着钱旺的鼻子喊。

钱旺什么都没说，在拉巴子面前把副驾驶的车门打开：花，满满一驾驶室的素方花。

"从马尔康到这儿，一路上的素方花都在这儿了。"钱旺看着拉巴子呵呵呵地傻笑，"一碗泡面，一份洋芋糍粑，我快饿死了。"

钱旺是个有心人，他采来的素方花都是带根的，还带着原生的泥土，一束束地用报纸包着。

当钱旺第六次来古尔沟的时候，服务站房子的四周已经种满了素方花。不，还有别的花：白玉草、藏波罗、碧玉兰、川百合、苞叶雪莲、塔黄……

那一年的七月，格桑花开的季节，川藏公路举办最美服务区评选，省市州的领导们到了古尔沟。看着花园一样美的服务区，大领导一拍大腿说："就是这儿了！"

拉巴子他们服务区拿了第一。摄影记者把开满了素方花的服务区拍得很美，登上了好几家杂志。

钱旺第七次来古尔沟的时候是个深秋。

"我发现了一片白玉草花海，就在卓玛滩……"钱旺低着头，两只手插在裤兜里，一只脚踢着地上的石子。

"我能说什么呢。我请了一天的假，跟着他的大货车去了卓玛滩。在那里，我看见了最美丽的白玉草花海……漫山遍野的白玉草花：红的、白的、粉的……夕阳从通红的枫树林里透过来，照在白玉草花上，一朵朵花儿就像一个个金色的小铃铛……在贪玩地摸了海子、草甸、冰川、枫树林之后迟到的秋风里快乐地舞蹈……丁零丁零，你都能听见它们快乐的笑声。"拉巴子绣着云云鞋幸福地告诉我。

那以后，拉巴子就蒸好了洋芋糍粑，煮好了麦拉子，煨好了羌腊肉等在这条开满了格桑花的路上。每次钱旺都把货车停在服务区背后一片隐蔽的竹林边上，拉巴子就把热乎乎的饭菜带过去让钱旺在车里吃。丰盛的羌家菜，赶上羌历年、喜事莎朗、释比做法事……还有一小坛咂酒。钱旺把从成都给拉巴子买的云片糕、怪味豆、太阳镜、护手霜、防晒油、洗面奶……如数家珍地一样一样拿出来，一边讲着春熙路上那些时髦女孩子的流行穿戴，一边吃着喝着逗拉巴子开心。驾驶室仿佛就是一个可移动的家。

　　一个羌历年的周末，他们喝多了咂酒，在驾驶室里睡着了。钱旺醒来的时候，拉巴子还在睡。天黑了，满天的星星。月光隔着冷箭竹林的缝隙照进驾驶室，照着拉巴子娇嫩美丽的脸：清秀的柳叶眉，俊俏的鼻子，两片草莓一样红润俏丽的嘴唇……

　　绣着羊角花的衣裳，领口镶嵌着梅花银边，闪闪发光的银耳环坠着银铃铛，头帕上绣着素方花，手镯是银丝编织的……

　　拉巴子发育丰满的胸脯在绣着羊角花的衣裳里紧紧地裹着，随着呼吸微微起伏……嘴角挂着笑容……星星作证，钱旺伏下身，轻轻地在拉巴子桃花一样粉白精细的脸颊上亲了一下。拉巴子醒了，桃花一样的脸颊羞成了枫树林，星星作证，他们紧紧地抱在一起……直到晨曦从四姑娘山上升起，直到牟尼沟飘着红叶的秋水染上了一抹朝霞，直到白腰朱顶雀和一只藏雪鸟为抢食一只竹斑蛾做早餐在一片冷箭竹丛中大打出手，才把他们唤醒。

　　后来，拉巴子就怀上了我。在拉巴子感受到我在她肚子里狠狠地踢了她一脚的时候，她终于下定了决心：当钱旺拉着一车呱呱叫的黑猪从马尔康回来的时候，在夜色掩护下，拉巴子坐着大货车和钱旺走了。爹妈、舅舅、红爷、释比、女儿麻、咂咂酒、洋芋糍粑、莎朗姊妹……统统都抛在了雪山和竹林海的后头。

　　　　　哎，你到龙波海子里去

　　　　　哎，姑娘在羊角花丛里呢

　　　　　要是山歌唱不起风来

　　　　　海子平静的没有涟漪

　　　　　姑娘的心还没有动噻

　　　　　哎，你到米亚罗里去

哎，姑娘在红树林里呢

要是羌笛吹不对音

枫叶染不得霜

姑娘的脸蛋还没着红噻

哎，你到古尔沟的温泉里去

哎，姑娘在迷雾里呢

要是月亮不够圆

星星也不帮忙

看不见姑娘在水里藏噻

5

我五岁那年，爷爷终于原谅了把我丢在成都独自离家出走到卧龙自然保护区大熊猫繁殖基地当了饲养员的拉巴子。

拉巴子喜欢这份给大熊猫做饭、打扫房间的工作。每天按照大熊猫医生、繁殖专家和营养师们的指示，定量定时把精心筛选出来的冷箭竹、华西箭竹、拐棍竹、墨竹、水竹、鲜笋、胡萝卜、苹果、玉米棒、水煮羊肉等搭配在大熊猫的膳食里。人们都亲切地叫拉巴子"熊猫大厨"。

五年前，拉巴子离开族人，离开米亚罗，离开古尔沟，离开竹林海与钱旺私奔来到成都；两年后，她离开我和这里的家人从成都出走，又回到了原点。

拉巴子随着钱旺来到成都窄巷子的时候已经无法掩饰我的存在。爷爷和奶奶把老宅最暖和的一间朝阳的房子腾出来，给钱旺和拉巴子当了新房。没有婚礼，没有日美吉（羌年节），没有祭山会，没有羌笛，也听不见《折枝词》。没有跳三天莎朗的喜宴，没有要钱旺陪着，拿一根猪尾巴和一个猪头去感谢红爷……

窄巷子的新房只有下午三点到五点才有阳光从盘子大小的天窗里照进来，一小片的蓝天总是被热电厂高耸入云的烟囱里冒出的黑烟遮挡。钱旺还是开着大货车满处跑，一个星期才回来一次。

每天夕阳西下的时候，拉巴子穿上全套的羌族姑娘的衣裳，站在窄巷子老屋的屋顶上，对着不远处一片阴森、丑陋的烂尾楼（据说楼盖到一半，快封顶的时候资金断流了，开发商跑了）放声歌唱。拉巴子认为那是竹林海的方向。拉巴子开始对着那片烂尾楼唱山歌的时候是我出生之后的第六个月。山歌一首又一首，直唱到深夜。邻居们说她这是产后抑郁症的表现。在邻居投诉的压力下，爷爷开始介入"调查"。一个月后，在爷爷的反复开导，做思想工作，晓以利害之后，拉巴子不唱了。她站在屋顶……一小时、一小时地呆望着脚下的柏油马路，静静地，没有声响。奶奶很快就看出了端倪……

"让她唱吧，不唱更吓人！"奶奶对爷爷说。

"你除了不能站在屋顶上唱歌，可以发展别的爱好。"爷爷委婉地对拉巴子说。

拉巴子听了，嫣然一笑。

第二天的晚饭后，拉巴子在窄巷子口跳起了锅庄舞。三天后，两个邻居家的姑娘加入了她跳锅庄的行列。一个月后，三十多人的拉巴子锅庄舞蹈队带着连接三个音箱的音响正式上了小广场。三个月后的一天，钱旺开着大货车从马尔康回来，十几辆大货车被堵在了环城高速出口，下不来立交桥……钱旺和大货车司机们口吐脏字，气愤地跳下车观瞧：拉巴子带着三百多人在高架桥下的大广场上跳锅庄舞；广场的四周还开了三家洋芋糍粑专卖店，两家羌文化服饰专卖店、三个文化公司老板找到区长谈投资，在这里创办羌族文化产业园；立交桥周边废弃了十几年的旧厂房一夜之间以高出地区房价三倍的价格被租售一空。

"这小娘儿们真他妈浪！"一个大货车司机叼着烟，指着立交桥下领舞的拉巴子嘿嘿笑。

"他妈的，那是我媳妇儿！"钱旺一拳打在了那家伙的鼻子上。骂人的大货车司机和钱旺在立交桥上大打出手。

两个月后，就在"拉巴子锅庄团"热火朝天地申请"千人跳锅庄舞"吉尼斯世界纪录的时候，城管决定出手全面封杀——禁止在广场、路口、公园、立交桥下超过一百人跳锅庄舞。

五年前，我离开竹林海的时候还在拉巴子肚子里。现在，我终于被爷爷允许坐着钱旺的大货车出发去竹林海。钱旺很高兴爷爷能让我在学龄前和拉巴子见面。毕竟五岁的孩子还没有见过妈妈有点儿不近情理。

"拉巴子不是在天涯，也不是在海角，她就在卧龙的竹林海！"奶奶是家里对爷爷颁布的"终身不许拉巴子见我"禁令发起挑战的第一人。善良的女人当然知道拉巴子想念孩子的心情；善良的女人也当然懂得五岁孩子得不到母爱将会给他的童年留下什么样的阴影。在奶奶拒绝给爷爷煮他最爱吃的香辣猪脚和麻辣田鸡腿之后的第六天，爷爷这个希望从我身上弥补让钱旺成为大货车司机这一教育遗憾的民国私塾匠终于想通了：同意让这个他一直期望过高的孙子——希望我唐诗会背三百首，我只会背三十首；希望我五岁前可以解一元二次方程，我只会《九九乘法表》——去约会离家出走多年未归的亲娘拉巴子。

我满心欢喜，怀里揣着一张美女拉巴子穿全套羌族姑娘行头的照片，坐在副驾驶的位置，跟着钱旺出发了。

"小蝌蚪都知道找妈妈，何况我呢？"我兴奋地嘀咕着。我们身后的车厢里，拉着满满一车的计算机、电磁炉、电暖气、电水壶……钱旺的这趟货是给一家大的电器商场干的。过了都江堰向映秀方向走，一路上都是郁郁葱葱的山林。清澈的溪流，辽阔的牧场。我知道相比在终日不见阳光的窄巷子里做一个落魄私塾先生的"教育试验品"，我的童年有救了。

到了映秀，钱旺就要和我分手了。他要开着大货车沿着317国道一直向北去马尔康。当印着"卧龙大熊猫繁育基地"字样的路虎卫士越野车在映秀镇一个加油站出现的时候，我和钱旺已经吃了两顿洋芋糍粑，喝了六瓶健力宝，听了三遍邓丽君的录音带，在大货车上无聊地等了六个多小时了。拉巴子从越野车上下来，头上顶着花花绿绿的瓦片帕（和照片上一样），身上穿着个白大褂（像是怕别人不知道她刚喂完大熊猫宝宝就跑来了似的）。

"对不起，我们上午开了个重要会议，是关于改良大熊猫饮食结构的，我必须参加。"嗯，此人真够重要的！看见钱旺一脸的不高兴，拉巴子笑嘻嘻地解释，眼睛却盯着我一刻都不离开。得到应有的重视，我心里暗自高兴。毕竟我是她五年前跟一个大货车司机私奔这件"震惊中外"甚至影响到民族团结的"恶性事件"唯一、仅存的证人。一切都可以回归到原貌，只有我是既成事实。

开越野车的小伙子是拉巴子的同事，四川大学生物学系刚毕业分配到卧龙工作的研究生。人很帅，很友好。

"这是我儿子。"拉巴子拉着我的手笑嘻嘻地对研究生说，"这是伍歌手，叫他伍哥哥。他是大熊猫基地新来的医生，我们在一个组，我们组管理七只大熊猫呢。"

"叫我伍歌手就行。"他友好地拍拍我的头。

"五个手，您好。"五个手？怎么还有这么奇怪的名字！我想到了爷爷常常叮嘱我说出门要提防三只手的人，就是小偷，这家伙是五个手的……厉害了，五个手！

钱旺拿出来红塔山烟给五个手，他们抽着烟聊着开车的事：钱旺要试驾一下五个手的路虎卫士，五个手不愿意把车交给钱旺开。最后，五个手答应坐在副驾驶陪着钱旺开越野车兜一圈儿。

我和拉巴子独自留在加油站。拉巴子蹲下来用手摸我的脸蛋，我躲躲闪闪，扭扭捏捏，假惺惺地拒绝，有点儿尴尬。

"五岁了……想妈妈吗？"我看见大颗的泪珠从拉巴子一对月牙儿一样漂亮的眼睛里淌出来，我有点儿慌了……拉巴子把我紧紧抱住，还亲我的脸蛋，眼泪淌了我一脸，太过分了。我没敢拒绝……我怕拉巴子情绪失控做出过激行为……而且我心里也挺享受的，我喜欢近距离地闻拉巴子身上竹子的清香味。还有格桑花做的胭脂粉的味道，还有头发上的桂花油……说实话，我鼻子酸酸得都快不行了。定格！定格！定格！好多年都一直回忆第一次被拉巴子抱着的快感……是拉巴子培养了我对女人身上胭脂气味独特的鉴赏力。拉巴子的母性泛滥让我的童年终于有了幸福感。不敢想象，童年要是没有这些个幸福的泪奔和醉人的女人香……我不敢想象……那该多么的不完整呀。

那个下午，那个加油站，拉巴子抱着我亲……这一幕定格在了我的生命里。是拉巴子让我的童年有了色彩，就像她头上顶着的花花绿绿的头帕，就像她脖子上"哗啦哗啦"响的银铃，就像漫山遍野的格桑花。

6

有只熊猫像企鹅
黑手手白肚肚

摇摇晃晃站着走

竹子不吃水不喝

每天仰头对天望

小鸟飞来它看着

蝴蝶飞过它望着

蜻蜓飞来它瞧着

为啥它们有翅膀

飞在蓝天追太阳

　　拉巴子把我的童年从爷爷家那条阴暗的窄巷子里领进了格桑花海，领进了竹林海，领进了雪域高原。虽然每年只一次（这是爷爷的底线），只允许暑假去竹林海。一年一次地和拉巴子相会，就像传说中的"牛郎和织女"。"金风玉露一相逢，便胜却人间无数。"一次就够了。拉巴子是我每一年的盼头，让我在回味和盼望中把一年所有的灰暗时光涂抹成拉巴子头顶上瓦片帕的色彩。

　　七岁的时候，我认识了"企鹅"。企鹅是一只生活在拉巴子小组里的大熊猫。认识企鹅的时候，它只有六个月大。它喜欢直立行走，摇摇晃晃，毛色黑白分明，像穿了一件燕尾服，胖嘟嘟的很像企鹅。

　　"五个手，我可以叫它'企鹅'吗？"我一边揉着企鹅的肚子一边问。"当然可以，只要你能坚持每天给企鹅揉肚子。"五个手拿着企鹅的体检报告担忧地瞧着……"小家伙肠梗阻有点儿严重，每天揉一个小时有助于它胃肠蠕动，帮助消化和吸收……如果排便一直这样……很令人担心。"

　　"遵命！"我用少先队的举手礼向五个手致敬，感谢他用我起的名字"企鹅"命名这只大熊猫。

　　从那以后，我每天一小时风雨无阻地给企鹅揉肚子。一个暑假过后，企鹅的肠梗阻奇迹般地痊愈。

"奇迹呀！"五个手拍着我的头赞叹。

企鹅也知道我对它好。我在的时候它总是从我手里要东西吃，拉巴子为此嫉妒得要命。五个手更是很难接近企鹅。企鹅知道五个手是管打针吃药的，它不喜欢他。甚至好几次五个手要给企鹅检查身体还要央求我去把企鹅抱过来。那个假期我几乎成了五个手的"第六个手"：我帮他记录企鹅睡觉时间，帮他给企鹅量体温，帮他计算企鹅每天摄入的热量，帮他训练企鹅做"熊猫广播体操"……作为回报，五个手辅导我数学题，给我讲竹林海里的各种鸟的生活习性，给我看塑封在相册里的一百多种昆虫。我最喜欢他送我的一只塑封的"中华虎凤蝶"标本，漂亮得让人受不了。

《"企鹅"有个会飞的梦》，我在暑假写的一篇作文，获得全校作文比赛的一等奖，是五个手帮助我找到的灵感。一些动物除了最低标准的吃喝拉撒睡，还有更高的精神追求。比如大熊猫企鹅，这是五个手正在研究的课题，动物心理学的一部分。

一整个暑假我都陪着拉巴子照顾企鹅。喂食、揉肚子、用柔和的声音和它聊天、给它唱歌、陪它做"熊猫广播体操"……近距离观察它的习性和肢体语言。

暑假结束前，五个手给我和企鹅照了好多照片，有一张是我跟企鹅亲嘴的，企鹅憨态可掬，我们站着抱在一起，就像亲人一样。这张照片在学校里疯传，同学们羡慕疯了，都嚷着要我签名。我一气儿洗了三十多张还是不够分。

暑假的最后一天，拉巴子就要和我分别的时候，她哭了。五个手和我分别的时候笑了："你是个不错的助手，是块儿学动物学的好材料！"我和企鹅分别的时候哭了。企鹅和我分别的时候不哭也不笑，只是凝望着我的脸，很深沉，像个思想家，它似乎想从我迷茫的眼睛里搞清楚：我要返回去的那个世界是不是真的像我担心的那样糟糕，那样沉重。

奶奶的表弟是巷子东头竹艺品店做手工油纸伞的。我让奶奶求他照着企鹅的照片帮我做了一只大熊猫风筝。企鹅飞上天的那一刻，我好像看见竹林海的企鹅正遥望蓝天欢呼雀跃。那天晚上，看完电视片《哆啦Ａ梦》，我梦见企鹅变成了机器猫，我们一起飞上了天。在云彩里，我们手拉着手在蓝天上自由飞翔。

我恨一切剪子！包括"剪子"式的教育方式。

爷爷家隔壁是个裁缝店，爷爷借了一把裁缝用的大剪子到广场上找我。我仰着头正在放风筝，企鹅在天上自由自在地翱翔。

"咔嚓"，一把裁缝用的大剪子从我身后无情地剪断了我的风筝线，断了线的企鹅瞬间无助地飞向了浩瀚的太空……

永别了，企鹅！

"古人云：玩物丧志呀！"爷爷一手拿着剪子，一手捋着胡须对我谆谆教诲。那一刻，我的心都碎了。从此我再也不和爷爷说话。

在川大动物学专业读大三的那个暑假，我开始在竹林海实习做五个手的业余助理。

"考美国的动物学研究生吧。"我从川大一毕业，五个手就拿着厚厚的一叠出国留学资料给我看。这时候他已经是卧龙保护区大熊猫繁育基地的副主任了。

"美国在动物保护方面相对先进，出去多学学。"五个手拍拍我的肩膀说。

"大学毕业就待业，还不如帮我开大货车来钱快。"钱旺对我的未来有着独到的见解。他逼着我考了一个Ａ驾照帮他开大货车。

第一次开着大货车来竹林海看拉巴子，我美滋滋地叼着一支红塔山，戴着雷朋太阳眼镜。拉巴子把我从大货车驾驶室里拉下来，我重重地摔在湿乎乎的草甸子上。拉巴子用带着荆棘的沙枣树枝狠狠地抽我，她劈头盖脸地抽打我……

"可以把灵魂交给大山，交给海子，交给米亚罗……不能把灵魂交给抽烟、喝酒、疲劳驾驶、油嘴滑舌、泡妞、说脏话、超载……这是你要的生活吗？"拉巴子指着四姑娘山顶上飞翔的苍鹰，"鹰和鸡可以在同一个草地上歇着，但是鸡永远也飞不了鹰那么高！"她狠狠地瞅着钱旺对我说。

"钱学杰，你要做一只高飞的鹰！"

7

二十三岁那年的感恩节，我在加州旧金山大学读研究生的第一年快要结束了。

三个月前，钱旺因为超载，疲劳驾驶，把大货车开到了沟里。大货车侧翻，压住了钱旺的左腿。荒郊野外，救护车赶来的时候已经是三个小时以后了。医生说一条腿保不住了。这些情况是钱旺做完了截肢手术才让拉巴子告诉我的。车翻了，人伤了，一车的电脑摔坏了，直接经济损失一百多万。

我的留学签证就要到期了，口袋里还剩下 45 美金的生活费。半年前，拉巴子辞去了卧龙保护区大熊猫基地饲养员的工作，在家全职照料截肢躺在床上的钱旺。

"天都塌了！"电话那一头拉巴子哭着说。

"别哭了，家里的欠债我来还。"电话里，我温柔地安慰我的拉巴子。

休学！我放弃了第二年加州旧金山大学所有的课。我希望赚些钱帮拉巴子还上家里欠下的债。

感恩节那天，我拿到了在旧金山继续留下来的工作签证。希望两年之内我可以还清家里的欠债，最好还能存下一笔钱顺利地完成剩下一年的研究生学业。

"杰克，你这个幸运的傻瓜！"啃着油汪汪的火鸡腿，老板利尼奥尼对我说，"感恩节以后，你将成为旧金山最豪华的专车公司——'黑闪电'专车公司的合法员工！"

"谢谢您，尊敬的利尼奥尼先生。"

利尼奥尼把火鸡腿放下，用印着红浆果和圣诞老人的餐巾纸擦了擦手上的油，把几张 A4 纸（我猜那就是他帮我搞来的工作签证）从气派的大班台抽屉里拿出来递给我："合法的美国工作签证！合法的！"在说"合法"这个词的时候，利尼奥尼有意地加重了语气，似乎有意地强调过去的半年多，我在公司勤工俭学只是个非法打零工仔，是他的关照才让我活到今天，感激涕零吧，臭小子！

H1B 工作签证，旧金山最棒的专车公司。利尼奥尼踮起脚在我肩上重重地拍了拍："好好干，杰克！公司未来还能帮你办绿卡！"

老板的感恩节大礼：随叫随到地加班，一天只睡两三个小时，不能生病；不能拒绝为疯婆子莉迪娅在一号公路的悬崖边上开飞车……

怀疑的天性告诉我："这几张纸"早就静静地锁在了我老板大班台的抽屉里了，只等到感恩节这一天拿出来换取加倍的感恩。

拿着"那几张纸"，我去找高胖子喝两杯。

"我敢打赌，帅哥儿，"高胖子操着浓浓的天津话，"能想象老利（利尼奥尼）在拍你肩膀的时候一定是踮着脚尖的。你有一米八五吧？"

"我？一米八三。"我说。

"好嘛，老利只有一米六二，还不算那双特殊定制的高跟鞋。吃长一点儿的意大利面条老利都要站到板凳上，他能拍你的肩膀……"Calzones餐馆老板小强尼和我老板利尼奥尼是发小儿，一起从西西里出来混的，我老板经常去小强尼那儿吃饭，和高胖子很熟。

"你什么意思？"我把半杯标准伏特加一口喝干，又拿起一条酸黄瓜放在嘴里嚼。

"小子，什么意思？"高胖子说，"老利能踮起脚尖拍你的肩膀，那说明对你器重。懂吗，帅哥儿！你看过电影《教父》了吧？马龙·白兰度演的那个大佬只对自己人才拍拍肩膀说：'最近跟家人在一起了吗？'"高胖子学着电影里"教父"的口吻。"你，杰克钱，给我留在旧金山好好干！你是很有利用价值的！"几杯红酒下肚，高胖子胖脸闪着红光。

最后，高胖子画龙点睛地说："帅哥儿，放下自尊，不要怕被人利用，'能被利用说明你有利用价值'，呵呵，这是杜月笙说的。"

那天我喝多了，伏特加和着酸黄瓜在我胃里五味杂陈，热辣辣的。

"我叫钱学杰，曾经是个留学生，半年前我父亲钱旺开大货车翻车截肢，至今躺在床上。我休学，在旧金山开专车。现在，我是黑闪电专车公司的专业司机。每个月我给拉巴子寄钱还家里欠下的一百多万的外债。"

从高胖子那里回来，晕乎乎地躺在床上，睡觉前我一次次地反复默念着这几句话。

生活变了，我要学会适应。

8

对着镜子，我穿戴上专业司机的行头：白衬衫，领子很干净，领带虽然有点儿旧了，花色也有点儿呆板，但是"温莎结"打得漂亮。"伦敦雾"牌子的风衣是宝石蓝卡叽布的……这些都是退休的老司机留下来的二手货。穿久了，干洗的次数多了，显得有些陈旧。我喜欢穿旧衣服，没有了新衣服炫耀的光泽，浆洗得发白，干干净净，带着岁月和风雨的痕迹。

"不错，有细节！"我的领班司机叫乔治，六十几岁的黑人老头儿，会吹萨克斯。他长得酷似电影《肖申克的救赎》里边的黑人演员摩根·弗里曼（Morgan Freeman）。乔治是公司的元老，总是笑呵呵的，喜欢帮人。

"记住了，690，我说的细节不仅仅是在酒吧里用收藏版的老式Zippo恰到好处地给拿出烟来的女士点上，那是玩帅不是服务；也不仅仅是为女士开车门的时候用手挡住车门上方的门框，不要让她们撞到头或者弄乱了发型。我说的细节是：如果客人是穿长裙的女士，我会注意不要让车门夹住她们的裙摆；我说的细节是读懂客人的心理：和穿短裙的女士一起上楼梯时千万不要走在她们的后面，她们会尴尬，会有压力。"在如何做一名好专车司机方面，老乔治给了我不少忠告。

"就像爱穿短裙的马莎……我知道有些司机就是喜欢走在马莎的后面给她提行李，还单挑马莎上楼梯的时候在背后尽情欣赏。我就不说是我们公司的谁了，反正我不会。希望你也不会。"

"Yes, Sir！"我回答得干净利落。

"Good boy!"老乔治开心地大笑。

我的中文名字是钱学杰，用英文说起来很别扭，要把名字放在前面，把姓氏放在后面——Xuejie Qian。直接叫我的英文名字最好，杰克（Jack），或者叫我在公司里的编号690。

"我是司机690，我将竭诚为您服务！"这句话公司要求我们挂在嘴上，说出来的时候要把"竭诚"（do my best）说得很重，并且要我们扪心自问"do my best"是不是做到了。

对了，我开的是一台黑色林肯牌子的专车，有八米长吧，车的型号是"命运120"。它是同类林肯车里最酷的车型，要有A照才能驾驶。酷，是吧？在美国的中国人都叫它"雷蒙"（Limousine）。命运120是一台黑色的1995年林肯加长型专车：真皮J型环绕沙发，有按摩和暖身功能；车窗防紫外线、防窥、防弹，是全视野车窗，镜式顶棚、超广角液晶电视、环绕声多功能音响、光纤霓虹车身显示灯、迷你冰箱、多功能酒吧……

能干上这份工作要感谢钱旺逼着我考下来可以开大货车的A照。

在黑闪电专车公司干久了，我发现，这家公司绝对是旧金山各种"流氓们"最喜欢的公司。

意大利富婆莉迪娅，大嘴，棕色的卷发，大腿略粗，小腿略细，大屁股就像是电影演员索菲亚·罗兰的翻版。莉迪娅是黑闪电的常客，也是我老板利尼奥尼的朋友。除了购物之外，莉迪娅喜欢和帅哥儿一起坐"云霄飞车"。莉迪娅每个月两次坐我的车，她总是提前打电话给利尼奥尼，点名要我给她开车。

"要690开车。"

我习惯了，在客人眼里我只是一组数字。

"帅哥儿，多结实的肌肉！"莉迪娅这个"女流氓"喜欢隔着绸子衬衫摸几下我的胸大肌、肱二头肌什么的，这是我每天100

个俯卧撑、100个哑铃操塑造出来的。黑闪电别的司机都喜欢莉迪娅的风骚，可要是让他们给莉迪娅开玩命的"云霄飞车"，再高的小费他们也不干。

开车经过第六街，在天职街和哈瓦达街之间的那一段，我常常看到车窗外面那些无家可归的酒鬼、吸毒者、妓女、流浪汉在街头蹒跚徘徊，衣衫褴褛地在垃圾箱里翻吃的。此刻，真正的"流氓"正坐在我的车里，他们喝着几百美金一瓶的香槟，吃着新鲜的冰镇生蚝；左手用精致的薄脆海苔苏打饼从银盘子里挖上一小堆"黑金子"（上百美金一盎司的法国鱼子酱）放进嘴里，右手摸着应召女郎性感的大腿，讨论上千万美金的不法生意。

对了，歌星麦当娜、球星迈克·乔丹来旧金山的时候都用过黑闪电的雷蒙专车。

周末的时候，有钱人家开Party经常打电话让我们去某个夜总会接他们订好了的小姐们。夜色阑珊，我常拉着一车世界各地的美女招摇过市，美女们喜欢把头伸出天窗，举着香槟酒瓶对路上的行人乱喊。来自南美洲巴西、阿根廷、哥伦比亚的漂亮姑娘最奔放，她们总喜欢把半个身子伸出天窗，对着街上的行人跳桑巴舞。她们和着桑巴舞的节拍热情地猛摇她们硕大的乳房，肆无忌惮地释放热情，无所顾忌地挥霍青春……

我驾着香车，带着美人儿们招摇过市。周末出来找乐子的行人对着我们吹口哨。在马肯街（Market St.）上，几个喝高了的黑人情绪激动，很不礼貌地对我们狂呼乱叫说"三字经"。我把稳方向盘，不予理会。我常常想拉巴子把我从钱旺的大货车上拉下来指着天上的苍鹰说的那番话：鹰和鸡有时候可以一起在草地上，可是鸡永远也飞不了鹰那么高。

旧金山的夜晚最有魅力，我喜欢在夜间开车。

把客人送到要去的地方，他们花天酒地的时候，我就在城里瞎转悠。几个小时后，晚会和狂欢结束了，我再把那些喝得烂醉如泥的先生、小姐们一个个地送回家。

我有时候会在车里睡觉。经常从早上忙到午夜，在车里睡一小会儿对我来说很重要。

睡觉，我喜欢找个漂亮的地方。我会把车开到"姊妹山"上，或者太平洋山冈、罗兰山冈（Laurel Heights）……那些地方视野很开阔，可以俯瞰整个旧金山和金门湾，唐人街旁的金字塔大厦在正前方……最高的摩天楼是美国银行总部，霓虹耀眼的一条斜着的长街就是马肯街……

圣玛丽亚大教堂，那是贝聿铭的代表作：从天上看是一个十字架，从侧面看像一本翻开的《圣经》，整体看上去又好像一顶教皇的帽子。还有海湾桥、安伯克蒂诺金融区、柯依灯塔、金银岛……

多美的城市！躺在雷蒙车里，我常常感慨。我熟悉这个城市的每条大街小巷，还有城里面的人和曾经发生过的故事。

旧金山，我没来的时候就在这，
我走了之后也依然会在这。

我想起了一位诗人说过的话。

城市，熟悉了自然会产生感情；你生命的一部分在这里，城市便与你有了某种联系。在这个城市里也会感到孤独，久了，你会很喜欢这种孤独的感觉：打开收音机，点一下储存在一号键上的调频KKSF103.7，听着那里传出来的"丝滑的爵士"音乐节目，那感觉好极了。

你的左面是金门大桥，右面是金银岛，中间是天使岛…… 要睡在这样的一个美景之中可不容易，这里的房价是世界上最贵的，一栋普通的别墅在这个地区也要上千万美金。

客人们刚刚开过小型生日聚会，车厢里一片狼藉，凌乱的果盘、东倒西歪的香槟酒杯、一个被切得乱七八糟的生日蛋糕……这些残留在车上的东西都要我来打扫。在下一波租车的客人们上车之前，我要把车厢打扫得干干净净，准备好鲜花，喷洒橘子味道的空气清新剂。

现在，这一刻，在姊妹山上，我可以伸手从果盘里揪一串又大又肥的黑提子葡萄，一边悠然地吃着，一边看旧金山和整个湾区美丽的夜景。我还可以打开吧台下面的小冰箱，取一个冰镇的镀金叉子，叉起来一块儿奶油蛋糕放在纸盘子里。这一刻我相当挑剔，我会把太多的奶油从蛋糕上剔下来，专拣有水果、果仁和巧克力的地方吃上一口，然后下嘴唇紧贴着上嘴唇向前滑动……直到下嘴唇长出上嘴唇一厘米的时候才微微点头"吧嗒吧嗒"嘴。

我用冰镇的高脚杯，把客人喝剩下的冰酒倒在杯子里，对着窗外的夜色，我把杯子高高地举过头顶，摇晃了几下，看着酒挂在杯壁上流淌的线条，"挂杯不错。"我自言自语……把酒杯放在鼻子下面，深深地吸了一口气，樱桃、桂皮、蔓越莓、雪梨……是罗伯特·曼斯堡（Robert Mondavi）76年的冰酒陈酿！

这一刻，在车窗茶色的防弹玻璃内，我像个富豪。

我为自己的"竭诚"服务感到满意，"要真正像个富豪才能服务好富豪。"这是一个在半月湾丽兹·卡尔顿酒店工作的客人给我的忠告。话是这样说，面对这些西餐，我还是常常想念我们四川热气腾腾的火锅。

一觉醒来，神志还不清的时候最幸福！望向窗外，看见窗外的美景，我会以为美国梦——名校毕业、年薪百万、漂亮媳妇、大房子——已经实现了。是的，幻觉中我好像已经在风景如画的富人区买了一幢维多利亚式的大房子。朦胧中，我对着窗外迷人的景色，想着富豪钱学杰早上醒来的时候该吃些什么。

"管家，把早餐送床上来！鱼子酱、培根、蛋要煎单面儿，面包要全麦的。（我思考一下）管家，你站在那里等一会儿！对，就站在金丝楠旋转楼梯边上，别动，别动！说你呢！小心楼梯边上的元青花大瓶！打碎了你可赔不起！站着别动，让我想想忘了什么……（我恍然大悟）对了，把今天的《旧金山观察家报》带过来，有几只股票我要看看。好的，去吧，还傻站着干什么，快点！"

我从不让暂时的贫穷限制自己的想象力。这种"白日梦"的感觉真好。就像老尼森，一个白人流浪汉对生活质量表现出来的那份坚持。

提到流浪汉老尼森，你不要以为我谈论的是坐在联合广场石阶上的那些"哥们儿"：脚下放一个空罐头盒，嘴里叼着捡来的烟屁股，一边沐浴着加州的阳光，一边找一只咬了他们四五天的跳蚤。那不是老尼森，老尼森也不是那种盲目清高的流浪汉。他也欣赏好心人把硬币扔进他脚下那只铁罐儿时发出清脆悦耳的叮咚声，声音最响的是 25 美分的硬币，然后是 5 美分和 10 美分……也有"哗啦哗啦"许多美分的。那"刚才最后一响"在老尼森心灵上造成的冲击，决不会比安伯克迪诺大街证券交易所里那些西装革履的家伙们看着自己被套牢的股票又起死回生时的心情差。老尼森和其他的流浪汉不同的是，他不是机会主义者，他怀旧、执着，还有点疯狂的怪想法。

旧金山是流浪汉的天堂。冬暖夏凉的天气，除了每年的 11 月到来年 2 月连续三个月的雨季，一年有八个月阳光明媚、风和日丽，从不下一滴雨，为流浪汉们提供了一个天然大酒店，广场上每张长椅都是很舒服的单人床。善良又富裕的旧金山市民，让流浪汉手头儿总不缺零花钱；世界美食之都，让旧金山充满了世界各地的好饭馆，为流浪汉们提供了最丰富的"折箩"。

春去秋来，我就这样看着那些被加州阳光晒得满面红光的流浪汉们，在雨季来临之前，恋恋不舍地离开旧金山。雨季过后，再看着这些个面黄肌瘦、骨瘦如柴的"弟兄们"从内华达、俄勒冈和美国其他的地方回来享受加州的阳光。

老尼森不这样，他终年都不离开旧金山。他每天晚上都回到黑闪电专车公司，睡在我们车库屋檐下的那张长椅上。

阳光明媚的大半年时间里，老尼森都是积极乐观的。

老尼森是我见过的最懂得养生的流浪汉，除了喜欢晒太阳、读书、练瑜伽，他还特别喜欢素食，常常把乞讨来的蔬菜吃了，把香肠和火腿之类的拿到公园里喂鸽子和流浪狗。

雨季，这个城市里到处都是湿漉漉的，坚持不离开这个城市的流浪汉讨钱相当不容易。老尼森开发了雨中帮人找车位这项生意。在旧金山这个夜夜笙箫、花天酒地的世界里，停车位永远紧俏，尤其在雨季里。一辆车开走了，留下一个空位，老尼森马上打着伞站在那里向正在找地方停车的人挥手，那意思是在说，这里有一个车位，我为你占着呢。车停好了，他马上走过去为车上下来的人打伞，并一直把车上的人送到他们该去的地方。在很火的酒吧和餐馆门口，老尼森这种服务总能在雨季里为他换来可观的回报。

雨季里，有时候老尼森也免不了忧伤，一整天坐在屋檐下，目光呆滞地望着似乎永远也停不下来的雨，嘴里默默地念叨一句话："土地命，不要到海上去……土地的命，不要到海上去。"

我想这种忧伤是因为老尼森在成为流浪汉之前见识过有品位的富人生活。这一点我是从一个细节看出来的。

一个雨季的早上，我开了一夜的车回来。我清理车厢，老尼森用吸尘器帮我吸车里的地毯。我总是把车厢里客人吃剩下的零碎食物，几片面包、几块腊肉、一些碎奶酪给老尼森留着，作为他帮我洗车的回报。

"尼森，是时候了。"

听见我的招呼，老尼森就拎着一个破旧的红塑料桶走过来。

"半包苏打饼干。"我开始把客人吃剩下的东西往塑料桶里扔。

老尼森从破夹克衫的兜里翻出个小本子，从另一个兜里翻出一节铅笔在本子上边写边念叨："斯普兰达（Splenda）苏打饼干半包……"

我拿起一个小玻璃瓶，"法国鱼子酱半瓶。"

"我看是少半瓶，"老尼森把我扔进桶里的小瓶子捡出来看看，"也就是一个瓶底，（仔细看看后）不是法国鱼子酱，是俄国的，便宜很多很多。"

我假装不满地说："尼森，我没要你付钱，这是赠送。"

"哦哦，说话注意了，我说了，会还你的。"老尼森矜持地说。

"说了一百次了。"

"我在怀俄明有个牧场，你知道的，等我打赢了官司，要回属于我的牧场，还你一整瓶鱼子酱，法国的。"

我继续把半包花生仁、大半个法国面包、一小块儿奶酪放进桶里。

"半个面包，算一磅，不能让好人吃亏。蓝奶酪，一小小块儿，算3盎司……"老尼森念叨着记在本子上。

最后，我把一束花放在桶里，"还有一把玫瑰花，今天就这些。"

"这可算不上玫瑰，是荷兰红玛丽郁金香，和玫瑰很像。"老尼森手捧着花呆站着，晚风吹动着他花白的头发，有着老年"伊斯特伍德"一样清瘦的脸和忧郁的眼睛。

"还站着等什么，今天就这些。"

老尼森依旧望着车厢，欲言又止。

我顺着老尼森的目光看去，雷蒙的小吧台上，客人喝剩下的威士忌酒还剩下少半瓶。"要赊一杯？"我恍然大悟。

老尼森不自信地点点头："要回来我的牧场还你一整瓶。"

"酒杯。"我说。

老尼森从怀里摸出一个玻璃杯，在衣襟上蹭蹭。

"Help yourself Sir."我很绅士地倒酒，浅浅的琥珀色液体在晨曦中显得很美。

倒完了酒，老尼森举着杯子不动。

"就这些了。"我摇晃着手里的空瓶子。老尼森还是看着我。

"没了，就这些了。"我不耐烦了。

"能加点儿冰块吗？"老尼森轻声地诉求着。"我可不是酗酒的主儿。"

他就这样握着酒杯站在我面前，晨风戏弄着老人额前的一缕白发，他高贵得就像是站在白宫的草坪上参加总统先生的私人酒会。

我用敬佩的目光看着老尼森，品质！一个人如果对生活质量还有追求，就算不上真正的乞丐。

和老尼森暂时忘记自己的处境，或者即使身在流浪汉的处境中也不忘对生活有更高要求的想法一样，我睡在姊妹山这样美丽的地方也会暂时忘了我现在只是一个专车司机。"你要做一只高飞的鹰！"我又想起拉巴子的话。

按动车窗的遥控按钮，巨大的茶色玻璃窗缓缓地升起，瞬间就掩盖了繁华。我当然不属于这里，我的陋室在日落区……

寂寞的时候，我喜欢和我的雷蒙交流，"命运120"，有时我叫它"命运"，或者直接叫它120，就像客人们都叫我690。

120，我们天黑前能赶回城里吗？101公路堵车，我们要不要绕道280公路？120你能够坚持一下吗？熬到前面的加油站，你加油，我吃饭。

旧金山有很多单行路，也有很多高低起伏的山坡路。很多路是用人的名字命名的：华盛顿路、杰斐逊大街、林肯大道、麦克阿瑟将军隧道和哥伦布斜街，等等。没有我，没有钱学杰路，也没有"命运120路"或者"专车司机大道"什么的。不会有一条街道用一个专车司机的名字来命名，一个小人物，甚至在这里都够不上人物。可是你听…… KKSF103.7 ……听见了吗……那"丝滑的爵士乐"…… 它属于旧金山每个在夜里感到孤独的人。

9

我的名字曾经在加州旧金山大学的花名册上出现过，这仿佛是很遥远的往事了。你要做鹰，要做鹰！拉巴子的吼声就在耳边。我曾经真的飞翔过吗？何以为证呢？留下过什么样的蛛丝马迹呢？我想到了企鹅的尾踪骨，我的呢？我的"尾踪骨"到底在哪里？

现在，我的名字留在哈瓦大街（Howard St.）和第11街交角上，在黑闪电专车公司的调度板上；在日落区一个车库后面9平方米的陋室里，那里总有写着我名字的账单、水电费通知单、垃圾信件等。这些信件会被一个台湾老头儿定时从门缝塞进我的陋室，他是我的房东。

房东把车库后面的空间隔成三个鸽子笼似的单间儿，对，不合法。旧金山市政府三令五申禁止随便改建，可是日落区的华人房东几乎都是这样赚钱的。打黑工的非法居留者、搬运工、中餐馆掌勺的、跑堂的、卖淫的妓女、半工半读的留学生……只要这些人在，房东的生意就会永远兴隆。房东们也不怕被告发，没人会自己出卖自己。非法居留者抓到了就会被遣送回国。一个鸽子笼月租500美金，作为世界房地产最热的城市之一，在旧金山花

500美金租一个可以住人的窝已经不错了。

我喜欢日落区38街的这个"鸽子笼"。我疲惫的身体只有在这里才可以得到安睡，即使有那些藏在我陋室角落里的蟑螂。那些蟑螂！我知道，它们就在洗碗池下面，在锈掉了皮的旧冰箱后面，在切菜的案板底下。它们似乎也成了我的家庭成员。我不在的时候，鸽子笼就是它们的天下，那些大大小小的蟑螂们常常在我的洗碗池里大摆宴席。

如果你从我住的日落区38街经过，哈哈，那一幢幢积木一样的维多利亚式独栋小房子一定会漂亮得让你掏出相机"咔嚓咔嚓"照个不停。如果你留心，就会发现，那漂亮的古典主义雕花大铁门旁边，靠近车库的位置，总会有一个小小的角门，对，那才是我们这些个每天早出夜归的人真正要走的门。

那扇古典主义雕花大铁门只有房东可以进出。那车库后面三间鸽子笼里的住户和地下室里住着的几个搬家公司的哥们儿是从来不能踏进豪华大门半步的。只有刚来的学生，以商务考察名义花钱留下来的黑户，这些个初来乍到者，他们拍照片的时候才会靠那扇门稍微近些，照张照片给家人朋友寄回去，告诉他们自己在美国的生活环境。只有那时候他们才向那扇气派的古典主义雕花大门稍微凑近一些。如果碰巧房东老头儿的土灰色老款430型的奔驰车停在车道上，他们也会趁房东不注意站在车门的位置，手搭在车顶上摆个漂亮的Pose。"咔嚓"一下，人、车、维多利亚式别墅……就印在一张纸片上了。花八毛钱买一张国际邮票，十天半个月后这张小纸片就在中国他们那个城市的亲朋好友和同事的手里传来传去了。很快也就有了这样的消息，某某某去美国可是不得了了，刚去就住了别墅，还开了奔驰430。

我隔壁的刘桂琴就让我帮忙照过这样的照片。那时候她刚刚搬到我隔壁，这个半老徐娘，某国有企业会计，那时刚刚非法居留三个星期，带来的那点钱还没折腾完。为照这些照片，刘桂琴还特意换了三套衣服。每一张照片都是一手扶着房东的奔驰车（对她，台湾老头儿倒是少有的客气，甚至还请她上楼喝过一次台湾高山茶）捏着兰花指，掐着腰，性感的肥屁股向左或向右扭出去。看刘桂琴那架势，那些个地下室的老搬运工就打赌说她在美国会归到"卖肉"那一行。果然不错，没过仨月，这个国有企业的会计就完成了由国有企业会计到旧金山暗娼的转变。"在我们东北老家，"搬运工老王说，"一个下岗女工要完成这样的转变一般都要在灵魂和肉体之间至少挣扎一年。"

是的，我的隔壁住着一个妓女。上帝派她来，是考验我人格是否高贵的。我一边努力坚持"没有情感的性是丑陋的"这一原则，一边要修定力，来抗拒隔壁的诱惑。我总会在夜里被刘桂琴叫床的声音吵醒。鸽子笼的板式隔墙本来就不很隔音，尤甚的是刘桂琴的那些个"低端客户"干那种事的时候爱说些粗话，情急的时候还"咚咚咚"有节奏地蹬我的墙板，这时候，我就用棉球把耳朵堵上。

"哥们儿，你活得有点累。"高胖子对我说。

如果说刘桂琴是我的左邻，那么高胖子就是我的右舍，他就住在另一边的鸽子笼。半夜的时候，高胖子经常会蹑手蹑脚地经过我的门前（他的重量还是会出卖他，把破烂的地板踩得吱嘎吱嘎响），偷偷溜到刘桂琴的鸽子笼里去睡。

"你的问题是不能把'性'和'爱'分开。"高胖子开导我说。为了向我证明性和爱是可以分开的，一个周末，高胖子把我带到了粉房子。

那是个雨季里的夜晚，高胖子带我去了粉房子，在黛拉城，离旧金山开车30分钟路程。

粉房子是一个投币看真人秀的地方，那里的便宜价钱在旧金山百老汇的红灯区里可找不到。粉房子里有大概20来个单间儿，跳舞的女孩多数是菲律宾和俄罗斯姑娘。单间外面的门上贴着脱衣舞女的性感照片和她们的名字，门上面有一个小灯，里面要是没人，灯就是绿的。看客进去，在里面把门插上，门上的绿灯就变成了红灯，简单容易。

单间里黑乎乎的，刚好可以容得下一个人，有一个关闭的小窗口，窗口下面有一个投币口，和街上的可口可乐贩卖机的投币口一样，不同的是硬币投进去出来的可不是冰凉的可口可乐，而是热辣辣的裸体女人。年轻美艳的女子，有的金发碧眼，有的波大臀肥，个顶个儿漂亮。脱衣舞女在满是镜子的大厅里伴着小曲儿懒散地跳扭屁股舞，所有的小单间像行星围绕太阳一样地绕着大厅，你就隔着小窗口的玻璃看她们。投进去一枚25美分的硬币，小窗口对你开放5秒钟。时间到了小窗口上的黑窗帘会自动落下，如果你要继续看下去就要马上再投硬币进去。

高胖子把我带过去，简单介绍了玩法，他就自得其乐去了。十几分钟下来，我看见高胖子兴奋地换了两三个小单间。

粉房子里的生意不错，又是周末，二十几个单间都不闲着。有的小单间门口还排着长队。队排得最长的单间一般离最漂亮的姑娘们最近，看得也最清楚。

我看了一下单间外面排队的人，很多都面熟，无非是旧金山一带餐馆跑堂的、卡车司机、出租司机、修房子的油漆工、搬家公司的搬运工……都是这类的人，年龄从十八九岁到六七十岁不等。

我排了一个最长的队，期待今天的行为能让我心理上起到什么重大变化，不白费高胖子的一片好心。

终于轮到我了。小单间里满地都是揉成了一团的手纸，里面有强烈的消毒水混合着精液的味道。很多看客在里面一边看一边用手解决问题。客人一般在进去之前会小心地看看环境，免得蹭身上什么东西。发现小单间里有异物，客人就招手，一个墨西哥老头儿像鱼市场的摊贩一样，扎着又大又长的胶皮黑围裙，胶皮手套也是黑的，一手拎着喷洒消毒液的瓶子，一手拎着抹布，骂着我听不太懂的由英语混合成的墨西哥脏话，不情愿地过来打扫。

小隔间里刚够我这样不胖不瘦的人转身，难怪高胖子总是正着进去倒着出来。里面很黑，闷热，消毒水混合着精液的味道很刺鼻，我憋着气，瞅准一闪一闪的投币孔投下去几个硬币，小窗户上的黑窗帘缓缓地升了上去。嘿，里面的世界明亮宽敞！四五个光屁股的舞女在不紧不慢地对着我们扭着，为了留住客人多消费，姑娘们不时地劈叉、抬腿、抛媚眼……

看了五分钟，我汗流满面，闷热，浑身不舒服，头晕，缺氧。硬币很快就用完了，黑窗帘缓缓地落了下去……小窗户关死的最后一刻，一个大腿肥白的舞女对着我猛晃了几下大乳房，试图把我留住。

我从隔间里出来，等在外面的一个墨西哥搬运工马上闪身补了进去，后面还排着十几个人呢。我下意识地掏着口袋里的万宝路，一路往大门外走，我感到燥热难耐，只想到外面去呼吸点新鲜空气。头嗡嗡地响，各色女人的屁股、大腿、硕大的乳房在我眼前晃来晃去……我脚步有点不稳，嘴角有黏糊糊的东西淌下来，排队的那些人都在盯着我看，我以为是汗，我用手背擦了擦。

"你在流血！"一个白人指着我的鼻子说了一句。

"满脸都是！"另一个人面带恐惧地躲闪着我。

我低头一看，浓浓的鼻血沾满了我的手背。

洗手间的镜子里，我满脸是血。用清水冲洗了一会儿，直到鼻子里不再有血流出来。

来到粉房子外面，我深深地呼吸，空气里弥漫着太平洋上飘过来的浓雾，又腥又咸，气味好像烟熏过的西班牙咸鱼。我晃了两下，站稳了。心扑通扑通地跳，像一匹竖起前蹄，嘶鸣着要冲出护栏的野马。

10

从"三色猫"小镇（San Simeon，导游小哥也叫这个神秘的太平洋小镇为"圣西蒙"）通往"赫氏古堡"的那块儿蓝底白字的路牌一闪而过的时候，我瞥了一眼仪表盘，催命的红色指针伴着车厢里莉迪娅母狮般的低吼，摇摆着指向了75英里。我知道，车厢里的"游戏"就快进入高潮：莉迪娅以她意大利女人独特的低吼，由远至近，由弱到强，深沉绵长，厚积薄发地控制着我驾驶的速度与节奏，就好像我脚底下的油门和刹车与莉迪娅的喉咙有某种心照不宣的默契。

凭着以往的经验，我知道，莉迪娅身体里的火山就要爆发了。这是来自意大利西西里岛的埃特纳火山（Atina，希腊语：我燃烧了），一旦爆发将威力无比。此刻，我能做的就是紧紧握住方向盘，尽量远离一号公路右手边的海岸线，特别是那些个被海浪亿万年冲刷出来的嶙峋而陡峭的崖壁。从莉迪娅蓄势待发的低吼里，我知道是时候了，炙热的岩浆汹涌澎湃之前还需要我最后的助推才行。想到这儿，我果断地踩了一脚油门，红色的指针猛地倒退了一下——像拳王泰森收回来的拳头，是为了随后猛烈地一击——甩开75英里的细线，怒吼着跨越了80英里……我身后，五星级酒店一样豪华的车厢里，莉迪娅的低吼瞬间变得一发不可收拾。声嘶力竭的尖叫解放着肉体，发自肺腑，高亢响亮。尖叫声穿透雷蒙车茶色防弹玻璃，被每小时80英里的加速度拖扯抻拉……洋洋洒洒，淋漓尽致地飘过环太平洋一号公路旁的山林沟壑，伙同来自太平洋深处汹涌澎湃的巨浪一起撞击粉碎在黑黢黢的悬崖上，瞬间化成雪白的泡沫。

面对这样的尖叫声，成群的海鸥自愧不如，它们象征性地"呱呱"了几声，郁闷地四散飞走。

就在这时，一台深红色的宝马 Z3 跑车（敞篷在放下状态）从后面追了上来，稳健地紧贴着我的左侧，逆行着（一号公路是双行单车道）与我并肩。开车的是一位美女，二十四五岁，长发，穿着淡黄色的连衣裙，围着淡黄色的丝巾。挑衅，故意的，我想。

对面不远，一辆正常行驶过来的重型货车看见我们一左一右风驰电掣一般并行着冲过来，吓坏了。货车司机狂按喇叭。我减速，深红色的宝马 Z3 加速，在大货车和我的雷蒙即将交错的 1.7 秒之前，稳稳地从我的前面超了过去。

这个画面让我每每想起来都唏嘘不已。我猜测她当时达到了 100 英里的自杀速度（别忘了一英里等于一公里半），而且是在蜿蜒的环太平洋一号公路上。我盯着急速消失的红色宝马，直到最后，在远方化成海岸线上的一个红点。

莉迪娅的尖叫声渐渐地减弱，放慢……趋于平静，消失在了我身后的车厢里。我知道，又逃过了一劫。我放慢了车速，选择一处风景优美的观景台，把巨长无比的雷蒙在海岸相对宽敞的地带停下来。

从驾驶室里出来，竖起风衣的领子，从口袋里摸出来香烟和红铜外壳的 Zippo，尽量克服由于刚才的紧张而残留的手抖，点着，深深地吸上一口，缓缓地吐出蓝青色的烟，看着青烟瞬间被太平洋上的风卷走，销声匿迹在大洋的深处。

"给我也来上一口。"随着车厢的防弹玻璃摇下来，莉迪娅还带着潮红的脸露了出来，奶酪般白净细腻的额头上带着细碎的一层虚汗，此刻的性感风骚像极了意大利女演员莫妮卡·贝露琪（Monica Bellucci）。我把手里的烟递给她，她深深地吸了一口，"干得不错，690！"

我苦笑一下，想着这次的小费能给多少。

两年前，莉迪娅开意大利皮鞋作坊出身的丈夫死了，她如愿以偿地继承下一大笔遗产。莉迪娅的丈夫比她大五十岁，是一个意大利著名皮鞋品牌的老板。丈夫活着的时候，一定长期地压抑了她的性生活，丈夫一死，莉迪娅就移民美国，找了一个身强力壮的黑人小伙子做情人，听说是个橄榄球职业选手。莉迪娅特别喜欢和黑情人在雷蒙车厢里，像现在这样，在车速每小时 75 英里以上的时候干"那件事"。给她开车绝对是玩命的活儿，是对驾驶技术和心理承受力的综合考验。想想路窄坡多、蜿蜒曲折的环太平洋 1 号公路吧，一面是高山峻岭，另一面就是悬崖峭壁。在这样的路况下，莉迪娅要求你以每小时不能低于 75 英里的时速至少驾驶 15 分钟（多数都会超时，也有提前的时候）。而且在这个时段里要绝对地保证平稳和安全，任何急刹车和大的颠簸都可能产生意想不到的严重后果。

想想我要提供的服务吧，每小时 75 到 80 英里的速度在悬崖和大海边急驰 15 分钟（我说的是时速 80 英里，不是公里）。当然，黑闪电公司和莉迪娅之间有个不成文的规定：首先，一旦发现有警车追赶，必须停止车厢内的一切"游戏"活动，减速停车。第二，一切因超速和生活腐败引起的罚款均由租车方（即莉迪娅）承担。也许你觉得这样的玩法很容易是吧？在司机不是一级方程式赛车手舒马赫的情况下，在公路质量和状况低于 F1 标准赛道无数倍的情况下，在身后车厢里不断传来"噪音"足以让你浑身哆嗦着把刹车当油门（基于车内的状况急停等于谋杀）的情况下，顺利完成工作。莉迪娅每次在游戏开始的时候都会把车厢和驾驶室之间的对话小窗户打开，她说这样可以让我通过声音来准确地掌握车厢内游戏进展情况，及时调整车速，不失时机地把游戏推向高潮。她希望在可能的情况下，为保证游戏的趣味性，可以在最兴奋的那几秒钟，让车速达到85到90英里。在这样"神奇"的条件下，我不相信舒马赫会比我做得更好。别忘了舒马赫赢得比赛的奖金是三四十万美金，我完成这活儿，最多也就只有三四百块美金的小费。

老板利尼奥尼对我的英勇无畏赏识有加，保证给我两年期的工作签证。

当我在草地上的时候，我不能想我是鹰，不是吗？"这个世界本不荒谬，痛苦来源于对现状的不满足。"我想到了企鹅的远祖，想到它们决定放弃飞翔，下海捕鱼那时候的心情。做这样的决定是何等的艰难，撕心裂肺，在飞翔和生存之间它们最后选择了当"渔民"，放弃蓝蓝的天，踏踏实实地在南极打鱼。那些个无法在大难来临之前做出改变的动物们都灭绝了。

我沿着联合广场把车开上了盖瑞街（Geary St.），老尼森坐在联合广场的石阶上，脚下放着一只铁罐儿，正看书晒太阳。过了一个红绿灯路口，我放慢速度，紧贴着联合广场靠路边停下车。

"嘿，尼森！"我放下驾驶室的窗户。尼森木讷、呆滞地看看我。

"这次能进几个？"我拿着几个"阔特"（25美分的硬币）跃跃欲试地用眼睛瞄准了尼森脚底下的铁罐儿。

老尼森缓缓地伸出三个脏兮兮的指头。

"今天最少投进五个。"我摘下雷朋墨镜，做出势在必得的样子。

硬币投进铁罐。

硬币掉在铁罐外边。

硬币投进铁罐。

......

老尼森木讷地看着我表演。

"好！""投得真准！""往我这儿来一个！"不远处，三个红光满面的流浪汉在艳阳下悠然自得地吸着烟叫好。

我继续前行，奔林肯高尔夫球场去接下一个客人。后视镜里，老尼森晒着太阳，继续读着那本已经快翻烂了的《教父2》。

11

我是在《华侨世界报》星期六副刊上看到这篇文章的。

文章讲的是人工智能（AI：Artificial Intelligence）如何改变人们的生活方式。

"先生，咖啡！"漂亮的西贡小姑娘把一杯法式越南咖啡端到我面前。10点的阳光明亮温和，没有正午的灼热，照在厚重的玻璃杯上，高光部分有点刺眼。

"牛肉片要生的对吧？"

"生的。"我微笑着戴上雷朋太阳镜，舒服多了。"给我双份的九层塔和薄荷叶。"我喜欢九层塔和薄荷叶。

"必须的。"姑娘甜甜地一笑转身离开，把我留在娥雯街（Irving St.）富国牛肉粉店星期六上午的阳光里。

餐桌上，被我翻得乱七八糟的《华侨世界报》和蒜蓉辣酱、西红柿酱、鱼露汁瓶子混在一起。浓黑的法式越南咖啡像石油，一滴滴通过不锈钢的漏斗滴在玻璃杯底儿的炼乳上。

当西贡小姑娘端着一大碗热气腾腾的"火车头"米粉回来的时候，那篇关于AI的文章我已经读到一半了。鲜红的生牛肉片薄得用筷子夹起来对着阳光可以清楚地看见娥雯街上熙来攘往的行人，就像小时候在包糖果的彩色玻璃纸后面看到的世界，正是我要的感觉。

牛肉片一入到滚烫的牛肉汤里瞬间就熟了。豆芽菜、九层塔、薄荷叶、绿柠、粉红色的小米椒……我把它们统统埋在晶莹剔透的米粉下面。

喝上几口牛肉汤，我继续读……

文章题目乍看起来有点肉麻：《盔里乾坤大，欧氏岁月长》，但不影响食欲。文章写的是旧金山硅谷一个叫"欧氏飞人集团"的家族企业，是一家搞人工智能开发的，老板叫欧阳海岸，华裔美国人。文章介绍他如何花了七年时间发明一种能改变人类生活方式的智能头盔，头盔的名字叫Sports-OY-I8，我猜和竞技体育有关联。文章前三分之一部分，作者用调侃的语气卖弄才华，讲千百年来"头盔"为人类所做的巨大贡献：怎样保护了人类发达的大脑不受伤害。当然，棒球、冰球、橄榄球、F1方程式赛车、太空旅行、潜水、飞行……离开头盔的呵护，这些个值得骄傲的人类活动就没法进行。在唠叨完人类不同历史时期在制作头盔方面所表现出的种种智慧之后，作者笔锋一转，兴奋地宣告：

……人工智能领域青年才俊，硅谷华人华侨的翘楚欧阳海岸博士，用7年时间研制出的运动系列智能头盔Sports-OY-I8将完成最后的测试，有望在感恩节前批量生产进入销售市场。

在三个月前，Sports-OY-I8运动系列智能头盔首先通过了"美式橄榄球协会"的测试和认可。智能头盔给运动员带来了360度视野，降低了因碰撞、挤压给运动员造成的伤害。头盔内的芯片不仅可以精准地计算出带球过人的线路和射门角度，还能预测进攻时机和发球、传球、带球的方向……美式橄榄球协会副主席艾伦沃特说："Sports- OY-I8让比赛更有看点，更精彩有趣。"

　　未来的 OY-I8 智能头盔将不仅仅局限于运动系列，还会普及生活的各个领域。功能也更加齐全：定位导航、网络搜索、视频电话、20 种语言同声传译、兼容 Windows 和苹果等多种办公系统；深度防核辐射、雾霾、禽流感；兼顾脑电波扫描、降血压、降血脂；脑血栓、脑溢血、心肌梗突发前 36 小时报警。警察也不用担心歹徒在背后打黑枪，OY-I8 智能头盔是 360 度的视野，有防袭击报警系统。防火、防弹、防撞、防雨雪、防紫外线等功能也一应俱全。头盔内还设有智能温控系统和在重度污染区、疫区、核辐射区域自动净化空气功能。设置到夜间模式的时候，附带阅读灯和远光灯。睡眠模式设置了音乐催眠和弗洛伊德版本的梦境解析功能。

　　OY-I8 智能头盔将是人类利用头盔历史上的里程碑，是对人类以往所有头盔的颠覆。在人类生活环境日趋被污染的今天，雾霾、禽流感、各种呼吸道疾病盛行，暴力犯罪和恐怖袭击让人类严重缺乏安全感。OY-I8 智能头盔将有望成为人类每天（除吃饭、接吻、喝酒、抽烟之外）的必需，它将引领人类进入到一个深层呵护和智慧管理大脑的头盔 OY-I8 时代。戴着 OY-I8 智能头盔生活，将成为人类全新的生活方式。

　　文章最后的腔调有点广告推销和虚张声势的味道：

　　OY-I8 智能头盔的发明人已经和 NASA（美国航空航天局）旗下的一家制造宇航员专用头盔的军工企业签约，联合生产第一款运动系列的 Sports-OY-I8 智能头盔。谷歌、苹果、华为、摩托罗拉、爱立信、三星、奔驰汽车等诸多企业也已经开始与欧氏飞人集团接洽，探讨未来的合作。

　　三天后，Sports-OY-I8 的发明人欧阳海岸先生将在旧金山日落海滩进行智能头盔批量生产前的最后一次测试。届时，欧阳海岸将戴着他自己设计的智能头盔，驾驶滑翔翼，在Sports-OY-I8所创造的更广阔的视野和更理想的AI环境中，从旧金山日落海滩出发，沿太平洋海岸一直向南，最后在加州大学圣塔芭芭拉主校区的橄榄球场降落。工作在UCSB的量子物理学家，"量子纠缠课题"博士生导师坎昆博士将迎候欧阳海岸的到来，并在校园里一起喝下午茶。

12

马克·吐温说，他在旧金山见识了世界上最冷的夏天。

今年这个夏天有点反常。几天了，旧金山持续高温。气温一过90华氏度，黑闪电的几个老油条司机就闹着要酷暑劳动补贴（旧金山很多公司的劳动法都规定：气温超过90华氏度要给员工发放酷暑劳动补贴）。

老狐狸一样狡猾的老板利尼奥尼宣布：酷暑劳动补贴只给白班司机，夜班司机不享受此待遇。

"咚咚咚"，有人砸门，我睡得正香。

自从老板的白班酷暑补贴法案宣布以后，几个夜班老司机都以各种理由换成了白班。我连续盯了几个长夜班下来感到严重缺觉。调度往往下午4点就给我安排活儿，晚高峰永远缺人手，一直干到第二天早高峰结束。说是夜班司机，实际上是连轴转。

"钱学杰，钱学杰——"是高胖子的天津口音，"睡醒了吗你？吃午餐了！有葱油饼！"废话，这么砸门能不醒吗？我不情愿地坐起来，看看表——12点半。

"我的游泳裤从来都是衣橱里最没用的。"高胖子穿着残留着各种酱汁的"涂鸦"睡袍，坐在我对面大口地吃葱油饼卷酱肘花。

"听说了吗？这几天金门桥下的'光屁股海滩'又开放了，呵呵呵！各种颜色的老外都有……黑的白的胖的瘦的高的矮的丑的俊的……"

"真难得，一个白班厨子、一个夜班司机碰一块儿了。"刘桂琴麻利地把韭菜炒鸡蛋淋上麻油出锅端上桌，"你们哥儿俩快吃，还有个胡辣汤。"桃红色的贴身睡裙外面扎着一条肚兜大小的白围裙，刘桂琴站在公共厨房灶台前，俨然家庭主妇"啪啪啪"地翻着平底锅里的葱油饼。

刘桂琴烧一手地道的郑州菜，尤其是烙饼、包饺子、蒸馒头，样样拿手。她对高胖子也总是舍得付出，和单纯的嫖客相比，她和高胖子之间的关系还有更复杂的内容。这种复杂来源于她内心"在旧金山不择手段快速赚一笔大钱"和"渴望早日回归厨房做一个贤惠的家庭主妇"之间的矛盾纠结。唯一能让这种无处不在、无时不在的纠结得到缓解，甚至遗忘的就是当她扎上围裙站在炉灶前面，用她曾为人妇时练就的娴熟厨艺，为高胖子烙葱油饼的这个瞬间。这时候刘桂琴的心是安宁的，是"家庭主妇"的，是身心合一的，是不纠结的。葱油饼"滋滋滋"地冒着油烟在平底锅里渐渐地变得金黄酥脆，她的心也喜滋滋地回到了做良家妇女时候的平静。即便有可能葱油饼在公共厨房的餐桌上还余温尚存，她就又被某个花大价钱来找她的嫖客按在了"咯吱咯吱"作响的钢丝床上，她也感到欣慰，因为鸽子笼里弥漫着葱油饼的家庭味儿。面和得太硬，饼的形状不够圆，火太大烙糊了，油、盐、葱、胡椒的比例不对……从刘桂琴的平底锅里出来，摆上公共厨房餐桌的葱油饼哪怕有一点点微小的差错、失误、不完美，刘桂琴都绝不会原谅自己；不原谅的不是葱油饼本身，而是她认为从葱油饼上体现出来的缺陷和不完美恰恰折射出来她和一个巧手家庭主妇、一个围着锅台转的良家妇女之间的距离。

"要不我带你们去光屁股海滩见识见识去。"高胖子盯着刘桂琴紧绷在睡裙里的大屁股，咬一口葱油饼卷韭菜炒鸡蛋说。

"哼，姐姐我什么样的屁股没见过！"刘桂琴把新出锅冒着热气的葱油饼往我面前的空盘子里一扔，不屑地说。"带小钱去吧。"她屁股一扭，向我抛了个媚眼儿："小钱，让高胖子带你去开开眼。"

开着福特老爷车，带上望远镜和啤酒（啤酒放在"酷乐"Cooler里面冰着），高胖子和我出发了。我们把车开到金门桥南岸的林肯高尔夫球场的一个山坡上，著名的天体浴场"贝克海滩"（Bakerl Beach）就在山坡的下面。找一个视野开阔、正对着贝克海滩的地方停下车，登高俯瞰贝克海滩，零零散散地有三四十个一丝不挂的裸泳者，远远望去就跟核桃大小。

"好戏要上演了。"高胖子喝着冰凉的啤酒煞有介事地掏出来一大一小两个望远镜，把小的给我，把大的举起来对着贝壳海滩的方向望……

"啧啧啧……好……太好了……"高胖子淫笑着调整望远镜的倍数。

贝克海滩是一帮极端崇尚自然主义的市民联合搞出来的天体浴场，在太平洋进入金门湾的湾口南侧，湛蓝的海水，柔浪细沙和金门大桥遥相呼应，相映成趣。望远镜里，不同肤色、年龄、性别、体态的裸泳者或躺在海滩上晒太阳或打沙滩排球、扔飞碟、追逐海浪嬉戏；还有一家人带着孩子和小狗的……海鸥在海滩上空翱翔……一派天人合一的祥和景象，犹如传说中的伊甸园。

"啧啧啧，看见那个长腿大屁股的白妞了没有……"高胖子看得如醉如痴……"快看……跑起来了……大咪咪太美了……"自从去了粉房子以后，我在"性与爱分离"上已经开始了潜移默化的转变。

我兴奋地按图索骥，在望远镜里找……"没有呀……在哪儿？"

很快我就发现，高胖子用的是高倍数军用望远镜，我的是低倍数民用望远镜（看棒球、看歌剧用的那种小巧又便宜的）。高胖子的望远镜远比我的看得清楚，就是说高胖子的望远镜是专业级的，我的望远镜是低倍数的小儿科；高胖子的望远镜里面的美女清楚得就好像站在你鼻子前面一样。难怪我看不见他描述的"美景"，我们眼里看到的是两个不同的世界。最后我们决定轮流用高倍望远镜窥视。一个看，另一个放哨，发现有行人从我们车旁边经过就咳嗽一声，及时提醒把望远镜变换角度，让行人以为我们是在瞭望北面的金门大桥。

终于轮到我了，我迫不及待地用高倍望远镜向海滩看……望远镜里是黑乎乎一片……渐渐地，那一片黑乎乎的东西清晰起来，吓了我一跳，是一个黑人黑乎乎的胸毛，太高倍了！我赶紧把望远镜移开，向更远的地方望去……这次我看见一个白人肉乎乎的肚子，我不断地调整望远镜……望远镜里出现了美国老太太皱巴巴的乳房，丝毫没有美感。我开始怀念刚才用小望远镜看到的美景，距离产生美，我想。近距离和过于细节完全毁了我的审美，甚至催生了视觉上的堕落和淫荡……

我自恃清高地把望远镜调整角度，向更远更空旷的海滩望过去……宁静的沙滩，清澈的海水……在海天之间我终于看见了美的东西：一个躺在沙滩上晒太阳的美丽女人，浅咖啡色的裸体在加州的阳光下面闪着健康的光芒。她身材匀称修长，戴着太阳镜，乌黑的长发……是个东方女孩。宝马 Z3？我想起了在一号公路上那惊险的一幕。我没法看清她的脸，我多希望她就是那个在好莱坞 30 年代里寻找黄色山茶花胭脂的"外星人"。

警察出现之前，这一切都进行得很顺利！

"钱学杰，你看见什么好玩的了？"高胖子催促了我几次，见我没反应，他似乎猜到了我可能有所发现。他下流地嘿嘿嘿笑着，一把从我手里把望远镜抢了过去。美丽女孩在我眼前瞬间消失了。

"呵呵呵，什么呀？让我也开开眼。"他把低倍的望远镜塞到我手里："换着看一会儿。"

我涌上心头的美好情愫瞬间就被高胖子的淫笑玷污了，我无比恼火，就像早晨被闹铃残忍地毁了美梦一样。是她吗？那个在一号公路上超我车，在好莱坞30年代又偶遇的"黄裙子"？

高胖子牢牢地抓着高倍望远镜搜索着海滩上的"美景"……从他拿望远镜的角度我知道他没有我的视野（角度决定视野，高度决定深度），"观察局部的龌龊用心"不会引领他"望远"（望远镜的深意在此）；也不会引领他在远方发现美，"非淡泊无以明志，非宁静无以致远"，"我心即我见"，"读解决定呈现"……警察出现之前，一切思想都很深邃，充满了东方哲理；当时如果我能想起"螳螂捕蝉，黄雀在后"这一更深刻的东方智慧，我一定会撒腿就跑。

是的，此时，一个白人警察已经在暗处盯着我们多时了。当高倍望远镜再一次握在我手里的时候，我开始在海滩上仔细寻找……越过大乳房、胖肚子、黑胸毛、又短又粗的腿、老女人干瘪的屁股……我想再看到那个美丽修长的身体……我急于想把"开宝马Z3超车"的狂野个性和"黄山茶花胭脂香"的馥郁芬芳注入到天体浴场上这个散发着艺术气息的完美胴体里，赋予她生命，赋予她灵魂，赋予她真实、具体……就像上帝造人时对着泥胎吹的那口仙气。

我急切地寻找着，可是她消失了，留下的是空荡荡的海滩……

我无奈地放下望远镜，高胖子马上抢过去。清凉的海风从太平洋更深处吹过来，我的身体在艳阳下失落。那是从身体的内部散发出来的无限悲凉，我如丧考妣一般，怅然若失。

"在旧金山我见识了世界上最冷的夏天。"也许马克·吐温说的"冷"是内心的,也许他在旧金山同样失落了一个如天使一般美丽的姑娘。

回望嘴角流着哈喇子,不时"嘿嘿"笑几声的高胖子,我恨不得一脚把他从山头上踹下去。我想到了粉房子,想到了这场正在进行着的怀着丑恶用心的偷窥:性和爱,单纯的欲望和美好情怀带来的愉悦……看似矛盾的两者不是刚刚在稍纵即逝的美好胴体里面得到了完美、和谐的统一了吗?这不正是人类所创造的文学、音乐、绘画、雕塑……所追求的至善至美的最高境界吗?

我开始恨我自己,多么低俗的人生目标,多么明显,我和高胖子之间的不同追求:他欣赏偷窥,喜欢大乳房、胖屁股……我不一样……是我的软弱和妥协让我盲从于高胖子的所谓"性和爱可分离"理论,并且简单地把这一理论具体落实在了粉房子龌龊的小窗户和高倍望远镜的后面。我突然意识到,今天的所作所为和当下的内心纠结正在成为旧金山今夏最冷的笑话,正在把最炎热的夏日变成马克·吐温笔下"最冷的夏天"(很快我们就发现,警察先生还会让这个夏天"更冷")。我终于想明白了,对于段子手马克·吐温而言,旧金山夏天的极寒一定不仅仅是天气。

高胖子还在如醉如痴地把眼睛贴在他的高倍望远镜上自娱自乐。

大洋深处吹来的冷风让我警醒:"天国近了,我们应该悔改!"

我拿着简单的民用望远镜沿着红杉树林漫步,一边散步一边仰头观察树上的鸟。"叮咚叮咚"……一只红头啄木鸟正在红杉树干上有节奏地刨着,我带着救赎的喜悦把望远镜对准了啄木鸟。动物学专业的学生,一旦投入对某种动物的观察就不能自拔。

体长 25 到 30 厘米,又尖又直的喙坚硬得就像木工的凿子,头戴红帽子(是雄鸟)、黑眼罩、白围脖、绿斗篷(像侠客)、短腿。

四个带钩子的脚趾（两个在前，两个在后）能把身体 180 度角牢牢贴在树上。啄木鸟是大树的医生，每天要从树上抓上百条虫子。

我和高胖子（堕落的偷窥者和被啄木鸟救赎者）都太投入了，当我发现一辆雪佛兰警车在高胖子身边停下，一个挺着将军肚的美国警察全副武装从车上下来的时候已经太晚了。高胖子站在山坡的一块岩石上，前腿弓后腿蹬，继续举着望远镜细心观察（像战场上指挥若定的将军）。警察从容不迫，他慢悠悠地走到高胖子身后，拍了拍他的肩膀，远远望去，他们俩就像阵地上协同指挥作战的两个将军。

我向高胖子靠近，希望他知道即将大祸临头，苦海无涯，回头是岸。我想喊一声提醒一下高胖子，可是又不敢（纠结无处不在）。此刻，我只能不知所措地看着，期望该发生的慢点儿发生……

"别烦我，我还没看完呢！"高胖子边说边晃着肩膀，把警察的大手从他肩膀上晃了下去（他肯定以为是我要抢他的望远镜）。

警察又拍了拍高胖子的肩膀。

"别闹，让我好好看看白妞儿的大屁股……甭提多带劲儿！等一会儿……这就给你看……白妞儿走了……要下海了……又一个妞儿，是黑的……大波……"高胖子不耐烦地用一只手推了警察一把。这下警察可火了。我猜警察没给他铐上铐子马上带走，是因为听不懂天津话。

警察掏出警棍在高胖子腰上捅了一下。

"我去你个……"脏话还没出口，高胖子一个趔趄差点儿从坡上滚下来。他回头一看，是警察！诧异、惊恐、见鬼的表情……就好像魔术师本来要从帽子里变出一只兔子，结果出来的却是一只癞蛤蟆。

我没心没肺地大笑，哈哈哈哈地笑得那叫个投入，肆无忌惮，笑弯了腰，绷紧了胃……就是停不下来……

　　警察开始还绷得住，后来被我的笑感染了，他也开始大笑……只有高胖子用手捂着满是肥肉的后腰，疼得龇牙咧嘴，一脸无奈……这表情加剧了我们的笑。

　　"好了，别笑了！"警察突然又严肃了起来，高胖子龇牙咧嘴地站直了。

　　"还有你，站着别动！"他用警棍指着我说。

　　高胖子一副苦瓜脸，看着警察，高倍望远镜挂在脖子上，那认怂的样子瞬间把他从一个将军变成了俘虏。

　　"你在看什么？"警察问高胖子。

　　"没看什么，天太热了，我们想找个地方游泳。"镇定下来的高胖子连说带比画。

　　"把望远镜给我。"警察拿过望远镜，顺着高胖子瞭望的方向看了看，"没看错的话前面是裸体海滩，你们在这儿看很久了吧？按照加州的法律，偷窥隐私是违法的，知道吗？"

　　"不不不，警察先生，我们正想去裸体海滩晒太阳，路不熟……这不就观察一下……"高胖子支支吾吾地找借口。

　　"你们是想去裸体海滩游泳？"警察问。

　　"是的，我们就是这个意思。"高胖子说。

　　警察吩咐高胖子不许动，然后他向我站的方向走过来。

　　"你们是准备去裸体海滩游泳，对吗？"来到我身边，警察问我。高胖子在警察背后一个劲儿地向我点头。

　　"是的，我们正是要去裸体海滩游泳，晒太阳。"我打着马虎眼。

　　"很好，天够热的！"警察看了看我。"你开上车跟着我，我带你们去裸体海滩。"警察指了指高胖子的车对我说。走到高胖子身边，打开警车车门，命令他坐在警车带防逃网的后座上。上车前高胖子把福特老爷车的钥匙扔给我。

　　警察发动了车。

我开着高胖子的车跟在警车后面,向裸体海滩进发。下了山坡,穿过一片树林,很快我们就到了裸体海滩的入口。我在警车后面把车停好,警察押着高胖子从车上下来。他命令高胖子把身上的衣服都脱了。高胖子不情愿地脱去大背心儿和牛仔裤,肚子上白花花的肥肉忽闪忽闪地露了出来。我像没事儿人似的看着。从旁边经过的一些裸体的旧金山市民也好奇地瞄着高胖子看,被警察押着来裸泳的主儿,他们可能也是头回见。

　　是的,我和高胖子都幻想过有一天来裸体海滩晒太阳,就是没想过会被警察押着来。高胖子尴尬地脱了衣服和裤子之后,只剩下一个白裤衩。

　　警察用警棍指了指高胖子的白裤衩:"表示你们的诚意,请一丝不挂。"

　　高胖子看了看警察,看了看旁边的人,把最后的白裤衩也脱了下来。在加州的阳光下,高胖子身上的赘肉掩盖了男性器官,这让他看上去更像一个粉嫩、白胖、羞涩的大姑娘。

　　我正幸灾乐祸呢,警察抬起头来看了我一眼,招手让我过去。我知道该我上场了。我走过去,警察示意我像高胖子一样都脱了。我站着不动,这一刻我觉着时间过得是那样的慢…… 脱去身上的所有,赤裸裸地暴露在人前吗?我的胸大肌、二头肌、排列齐整的六块儿腹肌,粗大的背阔肌、腹直肌、臀大肌、缝匠肌、雄性的……我脑子里一片混乱,各种念头一个接着一个……

　　一丝不挂的裸泳者从我身边进进出出……望远镜里的窈窕淑女呢?青春靓丽的倩影……我和她手牵着手奔跑……向着大海,向着夕阳……那剪影,双人的,一定很美,我对自己的身材很自信,那是每天一百个俯卧撑、一百个哑铃操练出来的……想到这,我突然有了勇气,人来到这个世界上本来就是赤裸裸的!一种渴望回归自然,拥抱大海的感觉渐渐强烈了起来……

我终于脱掉了身上最后一片遮拦。

我把高胖子和我脱下来的衣服放进车里，把车锁好，站在那里，手拿着一串车钥匙，不知所措。我发现，此刻的人生，连一串钥匙对于我们来说都是多余的。

"偷窥和融入只差一步，但性质完全不同。"警察欣慰地看着我们，"就把钥匙扔在车上，相信我，这儿的人都不坏。就这样大大方方、坦坦荡荡地走向海滩吧！"

在警察目光的护送下，我和高胖子一前一后、一左一右、一高一矮、一瘦一胖、一黑一白、一长一短、一丝不挂地走进了裸体海滩。

人是一种环境动物，当我们走进裸体海滩的这一刻，我突然觉得自己像初生婴儿一样纯净。一切对身体的传统观念，一切虚伪、龌龊的臆想都被蓝天、白云、海浪、沙滩荡涤无踪。我和高胖子光着脚，踩着发烫的沙子，无比自然地融入到了裸泳者之中。和人们擦肩而过的时候，他们友好地微笑着，像天使一样和我们打招呼。成群的海鸥叽叽喳喳叫着在我们头上盘旋。裸体的孩子们在沙滩上嬉戏、无拘无束地奔跑着。大人开心地笑着打沙滩排球，小狗追逐着海浪……我内心回归原始的感动越来越强烈，一种人之初的感动，没有职业、没有地位、没有贫富、没有成见，只有加州阳光下的自然人。这景象远远比在望远镜里看到的美好，美好得如同身在天堂。我和高胖子向大海里走去，一直走到海水没过了我们的腰。

这个时候，在我的前方，远处，我看到了那个身材修长、古铜色肌肤的俏丽女子，在望远镜里让我如醉如痴的倩影，她正从沙滩上慢跑着冲进海浪。对着火红的夕阳，她身体的轮廓，美丽的线条让我感到眩晕。海风吹动着她乌黑的长发，曼妙的裸体投入浪花，投入海的怀抱，向太阳落下去的地方游去。

远处的金门桥在夕阳下像着了火，一艘满载着集装箱的货轮鸣着沉闷悠长的雾笛驶进金门湾。这一刻，我心里的那匹马挣脱了缰绳，在一片空旷的草原上平静下来，安详地低头吃草。在这片海滩上没有单纯的肉欲，美好和高贵瞬间升腾……望着太平洋远处的天际线，夕阳正从那海天相连的地方，把我们这一群大自然的孩子融化在海水里。

13

圣诞节快到了，这是专车司机收获小费的黄金季节。

流浪汉们知道旧金山的雨季就要来了，他们都忙活着准备出发去内华达、俄勒冈、得克萨斯、佛罗里达……少雨或更暖和的地方。我要和我的命运120留在这个城市里赚钱。这是我的生活，周而复始地忙碌，已经习惯了，不管前方有什么，绿卡、赚钱还家里的欠款、攒够了学费再回去读书……日子要一天一天过，酒要一口一口喝。

白班工作从早7点开始，一般要忙到夜里12点；值夜班的时间从下午5点开始，要到次日上午10点才能休息。没有加班费，也没有奖金。这样一来，从客人手里多拿一些小费就成了每天很具体的小目标。美国是一个用小费来体现服务质量的国家。你为客人提供周到的服务，客人对你的服务表示感谢和尊重，这就是小费的意义。

四季大酒店坐落在南北走向的斯蒂文森（Stevenson）小街上。斯蒂文森街北连第三大道，西边和马肯大街平行相望。四季酒店可是个相当好的五颗星酒店，我的客人很多都住在那里。若不是四季大酒店有一个狗屎大堂巡视员（Lobby Boy）白人小子凯文，我们专车司机一定可以从四季酒店拿更多的小费。

凯文那家伙坏透了（想暴揍他一顿的可不止我一个），我们专车司机甚至私下里商量，让他尝尝雷蒙屁股的滋味：在倒车的时候稍稍多加点油，把那家伙一屁股撞死在四季酒店气派的大理石墙上（也算他死得够体面）。

凯文是个阴损的白人小个儿，"先生您走好，欢迎下次光临！"凯文这小子对客人总是点头哈腰客客气气一脸的媚笑，可是一看见我们专车司机就把脸绷得像把撑开的雨伞。

"赶紧走，绕一圈！绕一圈！"我们刚把车在酒店的停车场停好，他就过来轰我们。客人们随时都可能从酒店里出来，我们一般会比客人约定好的时间早三到五分钟出现，这是专业服务，应该理解。是的，我们的确占用了四季酒店私人专用停车位了，可是既然车位都空着，睁一只眼闭一只眼让我们停一小会儿，客人一出来，我们愿意把为客人上下行李、开车门所得的小费都让他拿去；这还不算，我们还经常塞给他十块八块的零花儿，就是为了在四季酒店门前停上个十分八分的，只要客人一出来，我们立马走人，人之常情。可是凯文这小子就是不给面子，想想，八九米长的雷蒙车，调个头容易吗？都是吃服务这碗饭的是不是？总不能说撵走就把我们撵走吧。

四季大酒店很神秘，处在一个很蹩脚、尴尬的位置：从第三大道左转进来，在斯蒂文森小街的最里面。酒店门厅的面积很小，加长的雷蒙本来就不好掉头。好不容易掉头从斯蒂文森小街出去，拐上第三大道只能向左转。因为旧金山第三大道是一个单行道。左转！怎么转？第三大道是个四线单行道，是从101高速路下来进城的主干道。想象一下，我的命运120是个长家伙，只要一转弯就必须横跨两条线，本来刚从101高速上下来的车就快，你说我把大雷蒙往路中间一横，人家能不拼了命地按我喇叭吗？费了半天劲，从斯蒂文森小街拐上了第三大道，这还得说第三大道和马肯大街那个十字路口上一直是绿灯，如果碰上黄灯或红灯就惨了，根本别想拐上第三大道。因为从斯蒂文森小街一出来，沿着第三大道左手出去不到100米就是旧金山最拥堵的马肯大街。只要前面的马肯大街有红灯，第三大道上的车就会堵出去至少300米，这样的话，第三大道上等绿灯的车流就会把斯蒂文森小街堵死。

一切顺利的话，从斯蒂文森小街顺利上了第三大道，从第三大道顺利拐上马肯大街，你发现困难又出现了：马肯大街是旧金山最老旧，也最繁忙的主干道，路面上公共交通系统十分便利，地铁、老式有轨电车、捷运快铁，还有十几条公交车线，方便了在旧金山购物中心、旧金山艺术学院、市政广场、图书大楼等人流密集场所活动的人群（多半不用自己开车）。这一带交通管制最严，常年只能直行或右转，不能左转。也就是说，你一旦进入到这样的处境，就只能右转，从老海关钟楼兜一圈再回到原点。这么一折腾至少要花上二十分钟。

看看，这就是小个子凯文的歹毒之处：如果你是一个新手，一个刚刚来黑闪专车公司上班的司机，那你就惨了。客人在酒店门口等你的车去机场，你绕了半个街区回到四季酒店门口，客人离登机时间就只剩下四十分钟了……客人急，抱怨不说，你也急，公司调度也急，只有小个子凯文拿完了小费还没事儿人似的在一边看热闹。这样的情况下，不要说司机小费拿不到，客人因为你的不准时误了飞机，你可能连工作都保不住。吃过亏的老司机都会主动给小个子凯文几十块钱的好处费，以确保关键时刻可以在停车场临时停上五分钟。

这样拿不到小费还要倒贴的事情，对雷蒙专车司机来讲，每天都可能会碰上。

碰到圣诞节购物狂妇，她会让你从联合广场到联合街，再到

"石头城购物中心"跑上三个来回。一天过去了，只服务一个客人，小费只有十几块。客人也常常会让你把车停在马路边，让你像"小力啵儿"一样，提着十几个购物袋跟在她们后面，沿着费米街（Fillmore St.）或者联合广场，一家店一家店地逛：第五大道、梅西百货、伯柏瑞、香蕉共和国、爱马仕、孤妻（GUCCI）、仆人阿达（PRADA）、李玟肉麻死（Neiman Marcus）……这些个名牌店，我已经按照高胖子的谐音记忆法倒背如流了。

那些个日子，我手里总是提满了大大小小的购物袋儿，最多的时候手里抓上二十几个世界名牌袋子，满头大汗，疯子一般在街上狂奔（就为了赶在开罚单的三轮车前面把雷蒙车及时挪开）。

你别看这些购物狂妇（或者狂姐儿）买东西时候出手很大方，可是给起小费来往往吝啬得如铁板一块，我们管这样的客人叫"打铁的"。有时候他们会鸡蛋里挑骨头，尽量挑出你服务上的毛病，这样他们就可以心安理得地不给你小费了。对于如何拿到更多的小费，每个雷蒙司机都有自己的方法。

比如现在，坐在车厢里的这对老夫妻，他们是英国移民，在俄国岗区有幢大房子，他们每到圣诞节、新年都回英国省亲。回来的时候行李很多，也很重。

专车司机都知道，英国客人是挑剔、傲慢、吝啬、偏见的代名词，尤其是那个丈夫，近乎铁石心肠的英国老头。

像很多旧金山人的房子一样，这对夫妻的豪宅也建在山坡上，一般的小轿车可以一直开到豪宅门口，可是我们的雷蒙不行，车长坡陡，院子里空间也太小。这是我们经常碰到的问题。

把两三个沉甸甸的大行李从车上卸下来，他们会给你三到五块钱的小费打发你走。然后，他们会喊在他们家工作了四十年累驼了背的老管家和包吃住每个月500块的菲律宾女佣出来，帮他们把三个巨大的行李搬上山。

一切都很正常，司机已经拿到了可怜的一点儿小费，没必要费力帮这样吝啬的客人把行李搬上山坡，这是一般雷蒙司机的想法。

我不一样，不等客人给我小费打发我走，我先拎起一个大个儿的行李一直往坡上走。对，就这样，提着行李一直往前走，忘记小费的多少，忘记吃亏占便宜，客人的眼睛在后面默默地看着……最无声、最难熬、最尴尬的就是那么几十秒。那是你的自尊和客人的良心之间的火拼。

你扛着行李，弓着背，沿着陡峭的山坡，一步一摇晃，腿微微颤抖几下，让客人在你身后看着你吃力的样子……你可以抬起胳膊做一个擦汗的动作，但不要太夸张（表情和肢体语言千万不要像国产电视剧那样假），让每一个沉重的脚步都踩在客人麻木的良心上，相信我，至少会踩在那个女性客人的良心上。

提着行李，艰难地爬上山坡，把一个敬业的专车司机的背影留给客人们去说吧！那是寂静而孤独的几十秒，那是挖掘人性本善的几十秒，只要你不放弃，客人就会放弃吝啬。

我慢慢地爬上山坡，脚步无比沉重。如果这时候有背景音乐，那一定是我们巴东三峡上的《船工号子》。只有它的悲凉和铿锵、它的沧桑和豪迈可以和世界上任何历经苦难又一往情深的民族音乐一决高下：吉普赛人的佛朗明哥（Flamenco）弹唱、苏格兰高地大风笛、印第安笛、墨西哥排箫……我擦擦额头上的汗，仿佛同纤夫一起置身在铺满砾石的三峡古河道上，纤绳深深地勒进了皮肉，脚掌在河滩上磨出了血……这时候，我听见一个尖锐、悠长的高音——从暴露着青筋的脖子和晒爆了皮的胸腔里挤压出来：

"吆——吼——"尖利悠长的高音刺破了峡江上的迷雾……

"吆——吼——"船工们一起呐喊、应和：

穿恶浪呦 —— 跨险滩呦 ——

船工一生 —— 苦不完呦 ——

闯旋涡呦 —— 迎激流呦 ——

离家千里 —— 讨生活呦 ——

　　我把所有行李一个个地扛到山顶客人家的别墅门口，英国夫妻中的妻子刚才还紧紧攥住钱包的手开始渐渐松开了……我喜欢这样一句英文"Forgive"（宽容，谅解，饶恕），这个词是由两个单词组成的，"为了"、"给予"，我想它的意思是"给予"，是一种宽容，或者"奉献"是一种宽容的品格。

　　最后，英国妻子从钱包里拿出一张一百美金的钞票，刻薄的表情不见了，代之以平和。人性的善良之光照耀着她，美丽的笑容像花一样在她脸上绽放。

　　"一百块，你疯了！"英国丈夫吃惊地看着妻子。

　　"嫁给你我才疯了！"英国妻子愤怒地说，"做姑娘的时候我可是个充满爱心的人！"

　　FORGIVE，也许这个词是在说：施予他人是对刻薄之心的救赎。

　　还有一次，一个女摄影师租车去大峡谷拍摄。

　　刚到达荒凉的拍摄地点，女摄影师"大姨妈"来了。在空旷的大峡谷里，她的牛仔裤红了一片，她很尴尬，没什么可以垫的，殷红的血还在溢出……

　　我从后备厢里拿出一件雪白的棉布衬衫，那是我的备用衬衫，总是洗得干干净净放在塑料袋里。我把它一片一片撕成五指宽的长布条，折好了交给女摄影师。就这样一件事，我感动了她。拍摄结束了的时候，女摄影师给了我200块的小费，我没要（对有些小事来讲，小费太大了）。她又提出给我和我的宝贝雷蒙车拍张合影，我接受了。那是一张漂亮的照片：照片背景是大峡谷，我和命运120沐浴在火红的朝阳里。这张照片我给拉巴子寄了回去。人这辈子不就是这些个瞬间吗？就像我第一次和拉巴子团聚在映秀那个普普通通的加油站。

我想拉巴子了。

"回首往事，"黑老头乔治感慨地说，"电影《阿甘正传》上演的时候，很多从来不给小费的客人都开始给小费了，那段日子里，弱势群体的日子才叫好过呢！"

圣诞节的上午，我走进一家叫格蕾丝的花店，我看见了一束漂亮的黄茶花，我马上就认出来，它的名字叫正黄旗。

第二部

盐 人

1

我从"人人电讯"——专门经营通讯器材的小店——拿着新买的时髦玩意儿——诺基亚牌子的手机出来,在娥雯街(Irving St.)和第 20 大道上找到了那家好吃的越南富国牛肉粉店。正准备推门进去,手机响了。

"盐呢?"是徐晓燕打来的。

"徐主任,早就给您买好了,放在后备厢好几天了。"

徐晓燕是山东人,算美女,比我大两岁。她是山东一家石化公司驻旧金山办事处的主任。徐晓燕他们公司的大老板牛总是我们专车公司的老客户,很多年前他们企业就在旧金山附近的黑鹰山庄买房子设了办事处。徐晓燕是牛总的小蜜,从中国派过来驻守的。为了接待方便,徐晓燕在黑闪电专车公司办了金卡,年消费 10 万美金。

"不是跟你说了吗?别徐主任、徐主任的,把人都叫老了。又不是在中国,当官好办事。这里连总统都得拿着大喇叭上街巴结老百姓,要不谁选他们。"手机那一头,徐晓燕滔滔不绝。我担心的是手机话费,好像我买的是一个月 90 分钟的套餐,超过 90

分钟好像就按一分钟一块钱算了，我想。

"晓燕姐，回头接牛总的时候我把盐给您送过去，我现在正开车呢，先挂了啊！"按下手机上的那个红色的胶皮小按钮，我的心才踏实了一些。看看通话记录：刚才这一下就用了四五分钟。一个月30天，平均一天只有三分钟的免费通话时间，等于刚才这一下我已经把一天的免费通话时间用完了。

我开始后悔买手机签合约的时候没选择一个月60块钱120分钟通话、100条短信免费的套餐组合。还是用"小蜜蜂嗡嗡叫"（BP机）省钱。这样想着，在富国牛肉粉店里坐下。店里的服务员——不知道什么时候由西贡小妹换成了越南大妈——过来问我吃什么。

"大碗的'火车头'。"店里的招牌牛肉米粉，"多来点儿九层塔和小辣椒，牛肉片要生的，我自己放进去。"

黑鹰山庄在一个山坳里，靠近漂亮的水晶湖，丛林环抱，神秘而低调，是真正的富人区。在280高速向南，距旧金山三十几英里的地方有一个黑鹰山庄的专用入口。从280高速下来，沿着盘山公路，穿过一大片茂密的森林，在半山腰上，十几幢相隔百米的漂亮别墅错落有致地掩映在红杉树丛林里，那其中的一幢巴洛克风格的浅棕色三层小楼就是牛总公司的办事处。牛总平均一个月从中国过来黑鹰山庄一次，他不在的时候，办事处就由徐晓燕打理。

牛总是个很慷慨的人，每次用车都会给我不菲的小费。每次回来一定点名要我当司机，语言沟通无障碍嘛！他喜欢带中国来的朋友去拉斯维加斯赌几把，去联合广场购物，去奥费罗大街（O'Farrell St.）看最好的脱衣舞，这些都是传统节目。

"小钱，咱们遛遛弯儿，再兜一圈儿吧。"每次送牛总回来，他都疑神疑鬼地望着后面，看看有没有别的车跟着，哪怕有一辆车在后面，他都不会让我把车直接开进他的院子。这个时候，牛总的眼神十分警惕，与平时给人的温和、憨厚、坦白截然相反，看上去像头熊一样的山东大汉，这一刻突然会呈现出狐狸的狡诈机敏。

"要理解呀，小钱，公司的业务涉及我们国家的机密，不得不防备呀。要杜绝一切被间谍算计的可能。"危机过后，牛总笑逐颜开地递给我一盒软包装的中华烟，大红的烟盒透着权力和尊贵。"这是我从中国带回来的，给大领导们专供的。"这会儿，他微笑着，像个慈祥的兄长。

"谢谢！"

"小老弟，来我们公司的路可只有你知道哟。"他把一百元钞票递过来，我接的时候他并不撒手……"知道这是多少钱吗？"牛总给的小费总是一张崭新的一百美金的票子，在半米远之外都能闻到美金上的油墨味。

"牛总，这是一百美金嘛。"我已经习惯了牛总这样问话，他也习惯了我这样答。

"不对，这是八百四十五块人民币，而且明天的外汇行情还是看涨。"

"放心吧，牛总，我会为您保密的。"我知道这一百块小费的核心价值。我这么傻笑着一说，这张一百元的崭新票子就顺利地到我手里了。

"不是为我，是为祖国，我们都是中国人。"说这话的时候牛总表情亲切而真诚。

"火车头"还没做得，手机又响了，还是徐晓燕。我开始后悔刚才买手机的时候不该用徐晓燕的手机试打，图方便拨了她的号码。敢情她的手机费由办事处报销，我这可是自费……

"喂……听不见……能不能发短信呀你！"我又要挂电话。

"小气鬼，怕电话费是不是！我给你介绍了多少用车的客户了，没良心的！赚那么多小费还没请我吃大餐呢，费你点话费就心疼了！"

"不是，我不是……我正那什么……"被徐晓燕猜透了心思，我有点尴尬。

"好了好了，赶紧吃饭，然后去'周神仙'的诊所接我的美女瑜伽教练。美女教练有个下肢瘫痪的老公，一年多了一直治不好，最近在看一个叫'周神仙'的香港中医。我推荐了你，一周两次，开车接送她老公到'周神仙'那儿去瞧病。他们是有钱的主儿，小费少不了。怎么样，姐姐够意思吧！"

"我不敢保证有空，我要先跟公司汇报，调度安排车。"

"我已经跟你们公司打过电话了，专门交代了要讲中文的司机。"

"好吧！"我说。

"客人行动不方便，你最好帮着抬抬。好好表现，帅哥儿！姐奖励你，呵呵！"徐晓燕说话的口吻又开始渐渐火热起来。

"对了，你要的盐什么时候给你？"

"给蒋红，那个美女瑜伽教练。是她托我买的。"

挂了电话，我的牛肉粉还没来。对讲机里，调度公鸭嗓的声音先来了："690，徐小姐又给你约了个好活儿，赶紧过去。在哥伦布大街和伦巴街。"

"690明白。"

"我喜欢徐小姐的大屁股，哇，中国妞儿里的奇葩！什么时候介绍我认识一下？"公鸭嗓这个白人老油条，在调度里出了名的色。

"你自己泡她吧。"我说。

"690，我看她可是对你有点儿意思，呵呵呵，机会哟！"公鸭嗓肉麻地说。

牛肉粉的生意太好了。等了一会儿,还不见上菜。看来今天是没时间吃了,我决定放弃。

我赶紧开车去加油。加满了油已经快下午一点了,顺便在加油站的汉堡王买了一个"瓦普奥"（Whopper,汉堡王快餐店里经济实惠的招牌汉堡）和一杯咖啡。经验告诉我,一旦开始工作,一直到半夜都可能没时间吃饭。

紧赶慢赶到了哥伦布斜街和伦巴街的拐角处,我核对了一下房号把车停好,按指定"到位"的时间提前了20分钟。

"690到达指定位置。"我用对讲机向公鸭嗓通报,然后抓起瓦普奥,20分钟正好吃了它。

瓦普奥的发音是W-H-O-P-P-E-R。高胖子总是发不好这个音,我的发音可是在加州旧金山大学学出来的,尤其是说"先生女士请走好","行李我来搬吧","谢谢您,小费给得太多了"之类的话,完全听不出我的四川口音。

瓦普奥是我的最爱。我不仅自己喜欢吃瓦普奥,我还喜欢把瓦普奥推荐给刚从中国来的留学生,看到他们吃瓦普奥喜滋滋如获至宝的样子就感到很欣慰。学生们知道了美国有便宜又好吃的瓦普奥,以后的生活就多了一份乐趣,两块多钱,可以饱一天,多好。

吃了半个瓦普奥,我一般有一小会儿中场休息,就像打篮球,要有中场休息。掏出自制"瓶装水",水是我自己带到车上的,凉白开,装在一个1.5升的塑料可口可乐瓶里,是头天晚上在鸽子笼里烧好了的,晾凉了,早上出门前灌好带上,一天下来足够了。超市的矿泉水一小瓶一块多,两瓶就差不多是买一个瓦普奥的价钱了。有足够的水,跑再远的路也不怕,喝不完的水就用来给命运120擦擦这儿、擦擦那儿的,我知道,120喜欢干净。

喝完了水，小心地把瓶子盖好，和客人约好的时间还差 10 分钟。赶紧吃"下半场"。瓦普奥好吃，最初是从黑乔治那里知道的。把瓦普奥吃成艺术那一定非我莫属。

吃瓦普奥的时候首先要放松，时间宽裕的话最好从收音机里找一首柔和点儿的爵士乐伴奏（我喜欢 KKSF103.7），就是说，要真的 ENJOY 瓦普奥。"E-N-J-O-Y"（发音：因觉逸），这是另一个英语好词儿，是"陶醉其中"的意思，就是要全身心地去爱瓦普奥，感受它的滋味：肥瘦适中的牛肉饼，用烟熏的方法烤制得嫩而多汁。一口咬下去，先体会到的是烟熏味儿的牛肉饼混合着被热气焐得软糯糯的黄奶酪，牛肉和乳制品在唇齿之间既醇厚又香软；然后是辛辣的生洋葱，与奶酪的绵软、肉饼的浓香多汁形成强烈对比。就在眼泪被洋葱的辛辣快要刺激出来的时候，你咬到了一片酸黄瓜，那"尖酸刻薄"马上在你的两腮之间蔓延开来，跟着是西红柿酱和芥末……刹那间，不同味道、质感的食材混合着面包的麦香一起升华成瓦普奥的独特美味！我觉得，品尝瓦普奥和欣赏爵士乐差不多。低音贝斯的浑厚深沉就像香浓醇厚的牛肉饼和奶酪，小号像辛辣尖锐的生洋葱，萨克斯风憋足了劲儿发出的颤音就像舒缓地在两腮之间蔓延开来的酸黄瓜，面包的麦香且嚼劲十足就像大鼓。

"咚咚咚。"好像有人在敲我的车窗。

讨厌！我在吃瓦普奥的时候最烦被人打扰！下半场瓦普奥刚刚进行不久，我正手捧巨大的可口可乐瓶，高仰着头，白开水刚喝到一半（驾驶室的顶棚低，我的水瓶又大，所以喝水要把椅背尽量放平，头要尽量后仰），就在我仰头做这个喝水的"标准动作"时，一个漂亮女人站在车窗外敲驾驶室窗户。

我双目圆睁，跟牛眼睛一样大，脖子后仰，企图借助水的力量顺利地冲下因为赶时间吃得太急而噎在喉咙里的一块儿瓦普奥。

我边喝水，边斜眼看这个敲我车窗的美女，结果我激动地呛了一口水。食道和膈膜之间某个控制打嗝的地方也出了点小问题，之后的一整天都在不停地打嗝，说"女士请走好"的时候会发出尖锐的哨声，下了车的女客人和正好从我身边路过的女士们听见后纷纷心虚地左顾右盼，以为谁在企图调戏她们。为这，那天我少拿了不少小费，这是后话。

认出来眼前的女人是谁的时候，我"手忙嘴乱"地放下车窗，坐姿端庄，挺胸抬头——久违了，宝马Z3！久违了，黄色山茶花香！久违了贝克海滩上"在水一方"的佳人……我脑子里飞快地闪回，努力把近在咫尺的美女和自体客体（幻象）里的影像黏合在一起。

"黑闪电专车公司的车吧？"她用英语问。

"是，您是？"我用中文说。

"蒋红，徐晓燕的瑜伽老师。"她的江南普通话真好听。

海湾上的清风把淡淡的一股花香吹进驾驶室来，是她身上的，我熟悉的正黄旗。

"很高兴为您服务，呃——"要尽量地放松，我想，保持呼吸流畅。即使这样，在说"为您服务"的时候还是打了个清脆的响嗝儿。新闻里说，总统小布什看电视时吃炸薯片不小心被噎到，严重到休克了三分钟。我找到了借口安慰自己，上到总统，下到百姓都可能被噎。碰到黄色山茶花香，没有被噎成休克已经算万幸（不知道小布什总统当时看的是什么电视节目）。

就这样，我又见到了黄色山茶花，她的名字叫蒋红。

我从车里出来，蒋红抬头瞥了我一眼，漂亮的眼睛眯缝着，让我想起拉巴子。她似乎在看我，应该觉得面熟；又似乎在看着别处，就像开着红色宝马东张西望地向我问路"好莱坞30年代在哪里"。

"等在这儿，别走。"她甩出一句话，我肯定她没认出我，"我一会儿就出来。"说着她转身向伦巴街上的一所安妮皇后式的大房子走去，留下我站在明媚的阳光里，欣赏她笔直匀称的长腿在艳阳下优雅摆动的倩影。

"嗨，大个子！别傻愣在那儿，过来。"走了一段，蒋红突然转身叫我，她在骄阳里手搭凉棚，眼睛弯成了好看的月牙，拉巴子，我的心又"嗖"地一下被揪了起来。

"你还是先跟我进来搭把手儿吧。"阳光下，她习惯地皱着眉头。

"好……我先去停车。"

"顺便把我要的盐带上。"声音真好听，我打着方向盘倒车，蒋红离去的背影正好在我的后视镜里——身材，绝了。

蒋红在那栋安妮皇后式房子的楼门口吸着薄荷味的女士烟等我。她穿了一条浅色贴身的牛仔裤，白衬衫领口开得很低，衬衫下摆在小腹靠上的位置打了一个漂亮的结，像一只白色的蝴蝶，纤细的腰肢好看地裸露着。她有个瘫痪的老公？我想着徐晓燕说过的话，名花有主。而且是漂亮的黄色山茶花。我把车窗缓缓地摇上，明亮的"黄色山茶花"在我面前缓缓地变成了暗淡的茶色。

我捧着一大包地中海盐，跟着蒋红走进了那幢建筑，古堡似的塔楼，雕花的门极尽奢华。大门右侧挂着一块红铜的牌匾，上面镌刻着繁体朱砂红字"香港周氏专治跌打损伤"。牌子很小，也很老旧，带贵族气，并不张扬，厚重之中流露着行业中的霸气。这显然是个私人中医诊所。进到门厅，一个酷似赵雅芝的接待大姐穿着素色的旗袍，坐在一张由玳瑁镶嵌成兰花做图案装饰的黄花梨贵妃椅上。看见我们进来，她微笑着从镂刻着龙凤呈祥图案的紫檀屏风前面站起来，"您先生在针灸，还有十五分钟结束。"她对蒋红柔声说着并用一个优雅的"请"的手势把我们带领进了屏风后面的候诊区。

候诊区的红木长椅上已经有两位衣着考究的老人在候诊。

我和蒋红一坐下，就有年轻秀气的女护士，穿着中式古典衣裳，给我们送上两杯普洱茶。长椅的两边有红木雕花的矮桌，桌子上白瓷镶金边的西洋托盘里，分格子装着一些蜜饯和坚果。蜜饯我认得，是晾干了的小荔枝（后来听说是干龙眼），几样坚果我都叫不上名字，反正没有我熟悉的花生和核桃。候诊区连着一条幽深的走廊，七八间诊室沿着走廊排列两旁。

"周医生让您等他一下，他要同您谈谈您先生的病情。" 放下茶杯，护士有意避开蒋红探询的视线。

蒋红点点头，脸上乌云密布，显然刚才护士的话和捉摸不定的表情对她产生了影响。

我捧起讲究的盖碗喝了一口，茶很烫，我下意识地发出嘶嘶的声音，一位候诊的华人老绅士转过头，捋着和齐白石一般的浓密白胡子瞧着我，亲切地微微一笑："小伙子哪里人呀？"

"四川。"我放下茶盏，慌乱之间茶盏的小瓷碟和碗盖在我的大手里被弄得稀里哗啦响，碗里的茶溢出来烫了我的手，琥珀色的茶汁淋湿了铺在桌子上的云锦茶垫。护士闻声过来帮忙清理，我抬头和蒋红责备的眼神碰了个正着，连生气都是那样的美。我的心颤抖了一下，就好像她已经狠狠地瞪了我一眼，其实她没有。

"谢谢！"我对护士说。

"没事儿。"护士对我笑笑。

"四川是个好地方，"老绅士笑眯眯地看着我，"民国二十七年我在重庆避难……日本的飞机……炸死了我们好多人……都很年轻呢……"老人伤感地轻轻摇着头，像是对我说，又像是自言自语。

这时候，一间诊室的门开了，蒋红站了起来，周医生先出来了，四十几岁，十分儒雅。紧接着，一个五十几岁，脖子上打着石膏的秃头矮胖男人走了出来。他们边走边用粤语聊着，我一句也听不懂，感觉是周医生在跟"石膏脖子"说怎么注意保护好打着石膏的脖子。

这就是蒋红的老公？我目光跟随着石膏脖子，然后同情地瞥了一眼蒋红，蒋红坐下，她已经捕捉到了我眼神背后的含义，她轻轻地眨了一下眼睛，不屑一顾。瞬间我就知道，我想错了。

把"石膏脖子"一直送到屏风外面，周医生一脸严肃地转回来。蒋红下意识地要站起来，周医生对蒋红摆摆手，示意她坐下。

"您好，周医生！"周医生在蒋红身边坐下。

"Reddy，您先生的情况不是很好喽！"周医生摘下眼镜，擦了擦又戴上，他说的是香港普通话，刚才说粤语时候的洒脱呢？我想。

"我呢……就给他检查了一下，就发现他手臂的肌肉已经开始萎缩喽。坐轮椅要有人推喽，靠自己不可以喽！"他给蒋红比画一个摇动轮椅的动作，"他胳膊的肌肉已经不可用，已经失去知觉的部位，在不断扩大，已经开始沿着腰椎向颈椎发展喽。说起话来，就那个舌头开始有被压迫的感觉喽。你要有那个思想准备喽，他人会很快变小很多很多，就是身体缩小喽……"

在周医生"喽、喽、喽"的刺激下，蒋红开始嘤嘤地抽泣。周医生并没有停止他恐怖的香港普通话，他机械地拿起身边的一盒抽纸递给蒋红，就好像卖烧饼的把刚出锅的烧饼递给排队的客人一样自然。"要每天尽量多地和他说话喽，说话会让他的舌头保持充分的活动，刺激他思考，延缓他小脑萎缩的速度喽。"蒋红擦擦留在腮边的泪不住地点头。

"盐呢？"周医生问，"拿给我看看喽。"

我把抱着的盐举高了一些，周医生拍拍盐袋子，"很好的地中海海盐喽！炒热后和我开的中药在一起热敷，借着盐的除湿把体内的寒气带出来喽。再把活血化瘀的中药带进体内。要坚持喽。现在就是要保证颈椎腰椎喽。不能放弃，不能让身体完全失去感觉。每天颈椎和腰都要坚持盐疗喽！"我感到周医生有点危言耸听，非要惹得黄色山茶花花容失色吗？

另一扇诊室的门开了，两个护士推着一辆担架车走出来，车上的人身上盖着一条深蓝色的毛毯。后面，另一个护士推着轮椅跟着。

我跟着周医生和蒋红站起来，等着担架车在我们面前停住。

"要我们诊所的车送你们吗？"周医生问蒋红。

"不用了，我们叫了专车。"蒋红说这话的时候看了我一眼，好像我就是"命运120"——黑色，八米多，锃光瓦亮的。

"最好我自己开车回去。"担架车上躺着的人搭话了，他说的是标准的民国普通话，有气无力，但很流畅。"快把我放到轮椅上，我要开我的两轮车回去。"他跃跃欲试地要起来。

蒋红把手伸过去想制止，担架车上的人顺势紧紧地抓住蒋红，抬头挺胸努力着要坐起来。可是很快他就发现自己高估了手臂的力量，他身体像一摊泥一样摔在了担架车上。倒下的一瞬间，他看见了我；那一刻我也看见了在他眼神里稍纵即逝的绝望，就像一头重伤的狮子被一群鬣狗包围着，他知道我看见了。

三十几岁，北方人的英俊，宽阔的脸膛，厚厚的嘴唇，浓重的眉毛……我们眼神碰撞的一瞬间，他对我友好地微笑了一下，这微笑让我一下子就认出了他，在加州旧金山大学的荣誉墙上……我记得这张微笑的脸，英俊、友好、阳光。这张脸所以能在学校那面"杰出校友墙"上出现，是因为在浩瀚的宇宙里，有一颗脉冲星是他发现的。他是加州旧金山大学天文学系的骄傲；不同的是，挂在学校那面墙上的照片，脸是健康的古铜色，棱角分明透着刚毅。

现在，他的脸像一张 A4 纸一样惨白。

"不能再自己操作轮椅了，Ocean。"周医生说英语的时候又变回了潇洒自如，"肌无力很快会让你连咖啡杯都拿不起来。"他严肃地告诫。

"呵呵，我可以像霍金先生那样用吸管喝咖啡，还可以遥控电动轮椅压你们的脚！"Ocean 很快就用幽默扫光了脸上绝望的阴霾。

"可以，可以，有一天你还可以去太空看看你的那颗星星。"周医生看看表，"可是现在你必须听话：第一，要尽量地躺着，配合我的盐疗。长期的'轮椅式'坐姿会阻碍血脉流通，让你的脊椎受损面扩大，最后的结果就是神经全部坏死……盐疗的过程中最好趴着。"周医生可不像是在开玩笑。

护士把几包中药交给蒋红，是带回去配合盐疗的。蒋红随手就把药交给我，自然得就好像我已经为他们家开了一辈子的车。

蒋红、周医生、护士和我手忙脚乱地把蒋红老公抬下担架车，在轮椅上安顿好。"谢谢了，小兄弟！"他看着我说。蒋红把毛毯给他盖上，裹紧。

"第二，要经常说话，保持你的舌头运动灵活，这很重要！"

"不停地吃东西行吗？"

"不行！要让玛丽娅严格执行我给你的饮食方案。"周医生显然不好对付。

"吃了一个月你的食谱，我想换换，让玛丽娅烧墨西哥菜行吗？"

"多和人聊天，朗诵，读小说都行……讲你的辉煌历史，讲那颗你的什么星星……"周医生又看了看表，显然不愿意和这个难缠的患者多花时间。

"Ocean-J76。"

"对，多讲讲复杂的事情，让大脑给神经下达命令：各尽其责，不能懈怠。"

是的，Ocean-J76，就是这个名字！我想起来了。

"总之，要不停地说话，滔滔不绝地最好，保持你的舌头和头脑灵活。"周医生已经快失去耐心了。

"我还可以演话剧！别忘了，我选修过莎士比亚戏剧研究课。"这位校友还真是个性情中人，他开始激情地朗诵：

人类是一件多么了不起的杰作！多么高贵的理性！多么伟大的力量！多么优美的仪表！多么文雅的举动！在行动上多么像一个天使！在智慧上多么像一个天神！宇宙的精华，万物的灵长！

好！我心里有一种像川剧票友一样扯开嗓子叫好的冲动。虽然是坐在轮椅上，但校友把这段《哈姆雷特》中的台词朗诵得充满了激情和力量，他感染了在场的每个人。

"又要冲动。"蒋红像妈妈一样把她老公挥舞的手塞进毯子里，把毯子压紧。

"是的，要控制好情绪。最好用脑子思考之后再说话，要严谨，逻辑性强，但不要过于冲动。说话的同时锻炼你的思维能力和组织语言能力，不动脑子的话只活动了嘴。"周医生担心地补充。

"老周想把我变成思想家。"环视众人，校友兴高采烈地说，"或者做演说家也行！"

周医生再次看表，"我还有个病人，下次见，Ocean!"

"谢谢，Charles！"Ocean和周医生道别。

"不客气！"周医生说。

护士把我们送到门口就回去了。"我去把车开过来。"

"好。"蒋红说。

"推着我走走吧。"校友用哀求的眼光对蒋红说。

我和蒋红推着 Ocean 过马路去我停车的地方——靠近"九曲花街"的一个私人停车场。

"我是欧阳海岸，您怎么称呼？"校友友好地仰头看着我。

"钱学杰。"我推着轮椅和他聊着。

"小兄弟府上哪里？"

"成都，您呢？"

"好地方。我祖上是山西大同，我在旧金山出生的。"

"回去过吗？"我问。

"大同？没有。"

路过九曲花街，欧阳海岸突然跃跃欲试地想驾驶轮椅从伦巴街沿着崎岖陡峭的九曲花街滑下去。

"看我的，我要创造驾驶轮椅穿越九曲花街的吉尼斯世界纪录！"欧阳海岸使劲地挣扎，轮椅沿着斜坡向九曲花街倾斜。蒋红吓坏了，她死死地抓住轮椅的一个轮子不撒手，轮椅开始在原地打转。

"我做得到的，相信吗？"欧阳海岸一本正经地看着我兴奋地说。做得到？我站在那里傻笑，我认为欧阳校友是在开玩笑，如果他做得到，那一定是滚着下去的。

"快抓住轮子！他真敢下去！"看我不以为然的样子蒋红急了，"他是个疯子！"

我这才意识到不妙！赶紧抓住轮椅的另一个轮子，轮椅稳稳地停在了原地，欧阳校友绝望地瘫坐在轮椅里，停止了挣扎。"让我下去吧，我会成为英雄，比这样半死不活的强。"他沮丧地嘟嚷着……

眼泪瞬间充满了蒋红的眼眶……

我什么也没说，这个校友可不是个善茬儿，我后怕了。

到了停车场，蒋红扶着轮椅，我把车厢的门打开。蒋红把稳了轮椅，我没怎么用力就把欧阳海岸从轮椅上抱了起来。

"臂力不错，小老弟！"在我怀里，欧阳海岸感激地看着我笑，"学滑翔准是把好手儿。"

"叫我学弟吧。"我稳稳地在酒红色J型真皮沙发上把欧阳海岸放好，"两年前我在加州旧金山大学读研，在学校图书馆的那面荣誉墙上见过你的照片。"

"哦……是不是？"欧阳海岸孩子般的兴奋起来，好像完全忘了几分钟前还惹得老婆掉眼泪。"太棒了，Reddy！听见了吗？我的学弟！你是从哪里把他翻出来的？"他快活得像个孩子，称赞着蒋红。

"是徐晓燕介绍来的。"蒋红一直阴沉着的脸终于又露出一丝笑容，刚才心里的委屈瞬间被欧阳对我的热情驱散了。

让他在车厢里躺好，蒋红坐在欧阳海岸身边，用身体挡着他，给他盖好毛毯。这样，他就是再折腾也不会从沙发上滑下来。车厢里已经开始有淡淡的山茶花的清香萦绕。真好。

"学什么专业？"欧阳海岸迫不及待地问我。

"动物学。"我说。

"哦，Susan Taylor，专门研究大猩猩的，你们系的教授，教过你吧？"

"我如果不休学，第二年应该会上到她的课。" Susan……是，她差点儿就教过我。

"休学？"欧阳海岸惊讶地问。

"小孩儿没娘，说起来话长……"我敷衍着岔开话题。"我会慢慢开……不过上下坡的时候还是要小心护着点儿他。"我和蒋红对视了0.7秒。

"嗯。"蒋红点点头。

　　我从外面关好车门，绕回到驾驶室，把驾驶室通到车厢里的小窗户打开，以便他们有事叫我。对照了一下调度公鸭嗓提供给我的客人目的地信息，在日落区的日落大道上，我启动了车。

　　路上，我感到淡淡的黄色山茶花香，不断地随风从后面的小窗户飘进驾驶室来……馥郁芬芳，如诗如画……

2

　　软弱和寂寞终于让我把性和爱分开了。

　　在徐晓燕的一次明显的暗示和鼓舞下，我顺水推舟地和她上了床。

　　站在"太阳神"汽车旅馆大床房的大镜子前面，徐晓燕把性感的粗腿相互蹭着扭来扭去，变换不一样的角度，就为了把丁字裤调整到最佳位置。

　　"怎么样，好看吗？"她问我。

　　其实我几乎看不见，如果不是那条横在腰间的松紧带儿，我很难分辨她穿的"小可爱"丁字裤是粉红色的。

　　"我屁股大吗？"她对着镜子前后左右地扭了一会儿问我。

　　"哦……嗯……"点上一支香烟，深深地吸一口，缓缓地吐出去。我赖在床上哼哈地含糊着，不知道该怎么回答。

　　阳光暖暖地从百叶窗里投射进来，蓝色烟雾在阳光中缓缓地扩散，缠绕着徐晓燕被粉红色丁字裤均匀地分成两坨的大屁股，像质感很好的马苏里拉奶酪。

　　徐晓燕腰肢很纤细，乳房小巧结实。"为什么你们男人都喜欢大的？"

　　"什么？"

"男人喜欢大乳房、大屁股、大粗腿、大嘴唇……为什么？"徐晓燕从镜子里很认真地看着我，一边用那种刺猬一样的梳子梳着长头发。

"嗯，不是所有……男人吧？"我想着抽完这支烟该找个什么样的借口走人。

"哎，钱学杰……你说我要是把这儿隆起来……"她双手在娇小的乳房前面夸张地比画出一道弧线，手里的刺猬梳子"啪"的一声掉在瓷砖地上，"做个'波霸'，怎么样？"徐晓燕弯下身去捡地上的梳子，弯腰的时候臀线浑圆丰腴。

"波霸！"我惊呼。

"对，牛总喜欢大的。"徐晓燕从下面向上托了托娇小的乳房，那表情显然对自己的现状不满。

我被她这突如其来的问题吓了一跳，一口烟憋在嗓子眼儿，呛得我拼命咳嗽："咳咳——男人——不一定——都喜欢波霸。"

"他说随时可以从公司的账上给我划出一笔钱去韩国或者瑞士把它们做大。我说只要你跟你老婆离婚，我就给你做一对大的庆祝一下，呵呵。"

"他那是害你。"我被她的话吓着了，我脊背发凉……巨大的恐惧排山倒海地袭来。

"现代的技术已经可以以假乱真了。"她对着镜子琢磨着，"其实我早就知道：我的屁股不适合这么一点点儿的乳房，再说，我是个厚嘴唇，呵呵，最好都厚重一点儿才协调。"

牛总喜欢？我不敢想象眼前的徐晓燕未来变成波霸的样子，前突后撅，加上红红的厚嘴唇，仅仅是想象我都感到恐惧。为什么人类要拼命地改变自己的自然属性，还美其名曰：完善自己！母熊猫从没想过给自己做一对"大的"；母企鹅也没觉得自己屁股不够大，腿不够长。

"怎么了？你满头虚汗……"看到我满脸虚汗，脸色苍白，徐晓燕关切地坐在我身边。

我知道，是我脑子里那个长着巨乳的瑞白卡在作怪……

"假结婚，拿张绿卡吧！"有一天老板利尼奥尼对我说。

果然，没几天，老板就给我介绍了一个智利裔美国人叫瑞白卡。瑞白卡是六个孩子的妈妈，结过六次婚，她六个孩子的爸爸都是不同国家的人，六个孩子的第二语言也都各不相同。

美国没有计划生育，母亲每生一个孩子政府一般每月都给500美元的补贴。瑞白卡从来没上过班，每个月靠政府给六个孩子的3000元补贴过日子。假结婚，是瑞白卡生孩子之外的第三产业：两万美金包假结婚，直到拿绿卡。

"我答应过你，公司帮你办绿卡，这是个机会，你要好好把握！"见面之前，老板利尼奥尼语重心长地嘱咐我说。

"她长得什么样？"我随便地一问

"高个儿，一米八，脸还算漂亮，就是胖点儿。"

"有多胖。"我问。

"好像不到200吧。"老板利尼奥尼回答得闪烁其词，我也忘了问他是不到200磅还是不到200斤。

"反正是绿卡婚姻，你就不要挑剔对方的形象，结婚后先付一万美金，拿到绿卡后再付一万，平时不在一起，各过各的。移民局派人来检查的时候，你们在一起住上两三天，看着像真正的夫妻就行了。"老板像交代工作一样把这件事为我定了音儿。

见面是在费米街上的一家墨西哥餐厅。我和老板利尼奥尼先到的。

一会儿，瑞白卡来了，带着三个最小的孩子，一个领着，一个抱着，婴儿车里还推着一个。

"墨西哥菜是我的最爱，我家老二他爸爸就是墨西哥人，他叫胡里奥，多浪漫的名字，是我帮他办的绿卡，把他从墨西哥城的贫民窟里解放了出来！"瑞白卡说话大嗓门儿，激情澎湃。她在我对面的椅子上一坐，霎时我眼前一黑，对面的一扇窗户被瑞白卡严严实实地遮住了，我揉揉眼睛，试着去适应餐厅里的光线变化……

"胡里奥是个没良心的，我生了老二以后他就开始打我。男人都是这样，我帮他们拿绿卡，帮他们生孩子，换来的就是打骂，最后一个个都离开我……"

不是假结婚吗？我用探询的眼光问老板利尼奥尼，我有点儿被瑞白卡的话吓着了。

"嘿，点菜了！"老板利尼奥尼避开我的眼睛，"我们要大吃一顿，都快饿疯了！"他大声招呼着墨西哥跑堂儿的。

一低头，我就看见了瑞白卡硕大的胸脯，也许是买不到合适的乳罩，它们被一条长围巾半掩半露地包裹着。大胸脯像两块发得过了头的面团，松懈、乏力地瘫在餐桌上，把她面前的盘碗刀叉覆盖得严严实实。

跑堂儿的回来，发现餐具没有了，"对不起，我少摆了一套餐具，马上回来。"他带着困惑，转身去取餐具。

瑞白卡看来对我很满意，她一直盯着我看。老板利尼奥尼正要正式介绍我们认识，就听"咔嚓"一声，瑞白卡坐的那把椅子腿儿断了一根。

跑堂儿的拿着新餐具回来，瑞白卡站起来抱怨餐馆的凳子不结实。她一站起来，大胸脯盖住的餐具又露了出来。跑堂的正低头查看椅子腿，"对不起您了，马上给您换一把结实的！"他抬起头要放下手里的餐具，发现餐具像变魔术一样已经摆在了桌子上。

跑堂儿的快疯了，给瑞白卡换了一把更大更结实的椅子。

瑞白卡的三个混血的孩子都很可爱，个子高的叫比利，有七八岁的样子，很聪明，会说很多国的外语，比利可以流利地用西班牙语和餐馆里的服务生交流，他和我们说英语，哄推车里的弟弟的时候还说几句泰国话。

"这孩子很有语言天赋，"我要找些话来调节气氛，利尼奥尼引荐完了之后，我们坐在这里除了吃都不知该说什么。"他会几种语言？"

"他会五种语言，"瑞白卡说，"他从西班牙亲爹那里学会西班牙话，在学校里说英语，和他的三个后爹分别学会了泰国话、越南话和韩国话。如果以后你当他后爹的话，请你多和他说说中国话，这样等我们离婚的时候我的比利小宝贝就会说六国话了，哈哈！"

我感到后背冒凉气，我下意识地又看看老板利尼奥尼。他闷头吃墨西哥卷饼不敢看我，没错，反正不是他要和这个女人假结婚。

"长大了你应该去联合国工作。"我一本正经地鼓励比利，他一直神神秘秘地冲着我笑，像是很友好，又像是别有深意（后来当我知道那"笑"背后的含义时已经太晚了）。

利尼奥尼为了打破僵局说了一个关于"国王出外打仗，家里留下一个风骚王后"的荤笑话调节气氛，瑞白卡没心没肺地大笑起来，我感到毛骨悚然。紧接着就听"咔嚓"一声，瑞白卡坐的椅子腿又断了。

见面一个星期后，我和瑞白卡就去政府登了记。假结婚，我和瑞白卡简单地签了个协议之后，我付了她一万块美金。说好了平时就当不认识一样，只有在移民局来查的时候才住在一起两三天，而且是分开来住，利尼奥尼先生做中间人担保。

登记后一个月，我就开始申请绿卡。瑞白卡说为了应付移民局派人来检查，我必须先在她家里住几个晚上。这样移民局来调查的时候，邻居们才可以给我们作证，说我们是生活在一起的。

我就这样来到了瑞白卡在黛拉城的家。

第一个晚上，我睡在沙发上。瑞白卡洗完澡围着浴巾坐在我身边聊天，还故意把客厅的窗帘拉开，她说让过往的邻居们看到我们像夫妻一样亲密。

瑞白卡问我有什么法子可以让她减肥，"你看看我的大肚子……"瑞白卡说着就把围在腰间的浴巾掀开一个角，展示给我她的胖肚子……"有一次我感冒发烧到医院，护士要在我屁股上扎针。'你趴下！'护士说。我就趴在床上。很快就扎完了针，我站起来，提上裤子，发现在我右侧的肚皮上有个针眼儿，我很奇怪，给护士看，护士也纳闷儿，明明是一针扎在了屁股上了，怎么会跑到肚皮上去了？'再趴下！'护士说。我又重新趴在床上。我一趴下，肚皮上的一堆肉就被挤到屁股上去了，哈哈哈！"

恐怖不？瑞白卡就这样哈哈哈地用肚皮来吓唬我，我想哭。想想看，孤男寡女，夜里十二点，第二天一大早我还要开车工作。

那天晚上，瑞白卡讲完她在医院传奇的扎针经历之后，见我没兴趣，就回到卧室睡了。我疲惫地窝在客厅的沙发上，朦胧中回到了四川成都。在春熙路上，我进了一家食品超市，在副食品柜台边上，我看见了儿时最爱吃的一种肉制品——麻辣小肚儿（一种猪肚里面灌上麻椒和肉馅熏烤蒸煮出来，圆圆的像个皮球一样的食品）。我看见柜台里只剩下最后两个了，又圆又大。我又高兴又着急，怕剩下的两个小肚儿被别人买了去。算起来，我很多年没吃过家乡的麻辣小肚儿了。我一着急就挤了上去，我伸手把剩下的两个小肚儿紧紧地抱在了怀里，那香喷喷的味道直往我鼻子里蹿，我把两个小肚儿紧紧地贴在脸上，小肚儿开始膨胀，变得越来越大，在我脸上贴得越来越紧，我几乎不能呼吸了……我大喊着从噩梦里醒来！发现紧紧贴在我脸上让我无法呼吸的不是我家乡的麻辣小肚儿，而是瑞白卡的两个硕大的乳房。

瑞白卡赤裸裸地压在我身上，她呼吸急促，乳房紧紧地贴在我脸上蹭来蹭去。我被瑞白卡的两坨肉乎乎的东西压得喘不过气。

"我给你生个孩子吧！"瑞白卡激动地叫喊着，"我给你生孩子，我给你做饭，我……"

我几乎要窒息了，我被两坨肉紧紧地压住，无法呼吸。我想到了死亡，一个留学生，为生活所迫，在美国当专车司机，悲惨的海外生涯……结束在了一个智利女人硕大的乳房下面……

我想到了拉巴子，想到了卧病在床的钱旺，想到了还没有完成的学业，想到了"企鹅会不会飞"在学术上还没有给予明确的论证……我不甘心，我开始拼命地挣扎。

"别出声，甜宝贝儿，孩子们会听见的……"瑞白卡喘着粗气，嘴里有一股酸了吧唧像是发霉的奶酪味儿，几乎把我熏晕了。

"我靠！"我拼命地从瑞白卡的巨乳下面挣脱出来，大口地呼吸着相对新鲜的空气，"日你个妈的！"情急之下我用四川话大骂，一脚把瑞白卡从沙发上踹到了地板上。

"啊——"一声惨叫。

瑞白卡的叫声惊动了里屋睡着的几个孩子，孩子们纷纷出来看热闹。

"叔叔你真行！"比利穿着睡衣倚着门框站着，脸上挂着的就是在墨西哥餐馆第一次见面时的那种令人费解的"神秘微笑"。"以前的韩国、泰国、越南继父们没一个能从她的'大魔胸'下面逃出来，哈哈哈！"

这样，我和瑞白卡又办了真离婚，终止了噩梦一样的假结婚，绿卡没办成还赔了一万块钱。

瑞白卡的两只大乳房在我眼前不停地晃来晃去，我眼冒金星儿，头晕、紧张、出虚汗……那一刻我终于确信了，我的确患有一种精神上的疾病，我称它为"大乳房恐惧症"。

"钱学杰，你怎么了？呼吸困难吗？别吓唬我！"徐晓燕焦急地问我，"满头大汗，挺吓人的。"

"徐晓燕，如果你去韩国整一对儿大的……"我指着她的胸脯气喘吁吁，"……千万别来见我！"

"我不整了还不行吗？"徐晓燕满是狐疑地穿上带着厚厚硅胶垫的胸罩，"至于吗？！"

"至于！"我大吼，"戴硅胶垫也不行！"

3

好莱坞大片《我·机器人》在旧金山刚一上映，欧阳海岸就近乎哀求地对蒋红说："要么让我看《我·机器人》，要么我就什么都不看。"

"蒋红还以为他是在开玩笑，"徐晓燕在电话里呵呵地笑着告诉我，"三天的时间，欧阳海岸真的是闭着眼睛度过的。蒋红说她晚上特意穿了一件透明的肉色睡裙……就这都没有吸引老公睁眼看看她。"

"肉色睡裙？妈呀……这跟我有什么关系？"我装作一本正经，很不耐烦地说。

肉色睡裙！那上面一定散发着她的体香和黄色山茶花气味……

"蒋红这几天郁闷得不行，她抱怨，'瞎子不可怕，可怕的是瞎子不说话。谁也不知道他饿不饿、渴不渴、拉了没有、尿了没有、冷还是热！'"

"呵呵呵……好玩吗？"电话里徐晓燕没心没肺地傻笑，我又要挂电话。

　　"先别挂！"她着急了，"我还没说正经事呢……"

　　"快说！我忙着呢！"

　　"能对姐温柔点吗？"电话那头徐晓燕嗲嗲地，"就知道男女一旦上了床就没了尊重。"

　　"什么呀，我有事，正要去机场接人。"

　　"明天周六，上午 10 点，欧阳请你看电影！我和蒋红有瑜伽课离不开！完了！"她一本正经地说完，电话挂得比我还快。

　　蒋红从黑闪电专车公司预定了星期六一天的用车。当然，我是顾客指定的司机。出门的时候，我看了一眼工作单，行程很简单：

第一站：

8：00am 联合街电影院买两张电影票

片名：《我·机器人》

放映时间 10：00am

（注：其中一张轮椅票）

第二站：

9：00am 海岸别墅接客人去看电影

客人：Ocean OY

第三站：

听客人安排

　　工作调配单只有一张 A4 纸，简单明了。

　　星期六，我七点半就到了联合街电影院。

到了那儿才知道，敢情美国买电影票也有排长队的时候。排了四十分钟后，我终于拿到了电影票（排队得来的东西真有成就感）。我兴高采烈地开车到海岸别墅的时候，蒋红和女佣玛丽娅已经把欧阳海岸从房子里推出来，边晒着太阳边等我了。

"保温壶里是西洋参茶，很热！两个杯子在袋子里，"蒋红先把一个装保温壶的袋子递给我，"这条厚毛毯，进电影院一定别忘了给他裹上，会冷，两个多小时呢。"她又把一条厚毛毯和一个大开口的塑料瓶包在一起塞给我，"这是急用的，万一他要……"

"明白。"我示意她不必多说。

"先生的营养三明治……"玛丽娅把装在保鲜袋里的三明治和一包东西一起交给我，"这是两片加厚的尿不湿，看电影的时候不会有大事，如果有大情况就用这个替换。"

"我们知道，女厕所里有母婴专用室，哇哇哇——"欧阳海岸学着婴儿哭，把我们都逗乐了。

"对了，还有这个……"蒋红把一个老年人士专用的摩托罗拉手机塞到欧阳海岸怀里，手机按键像魔方一样，大得吓人。"除了在影院，必须每二十分钟打一个电话。"蒋红严厉地说。

我把欧阳海岸抱起来在副驾驶的位置上固定好，座椅靠背调整得像床一样让他平躺着，系好安全带，轮椅折叠好放进车厢，齐活！

"都准备好了，出发吧！"欧阳海岸抱着"魔方手机"在晨光中笑逐颜开，像准备参加夏令营的孩子。

"再说一遍，烟、酒、生冷、咖啡、甜食、油炸的……" 蒋红跟在我们后面千叮咛万嘱咐，我知道这些都是说给我听的。"如果违规——就没下次了！"车都开出去了，她还在后面喊。

"我闭目养神的第二天，玛丽娅用我最爱吃的墨西哥烤肉卷饼诱惑我睁眼……我坚持住了……玛丽娅故意把厨房门敞开着，让烤肉的香味飘进房里，蜂蜜和鸡汤调制的烧烤酱，抹在上好的猪肋骨上，用 Tequila（墨西哥酒）、橙汁、肉桂、丁香、迷迭香、百里香、九层塔……腌制一上午，入烤箱，180 度慢烤了三个小时，烤得香喷喷……"

一路上，欧阳都在我耳边炫耀他是如何与蒋红和玛丽娅"集团"斗智斗勇，成功抵制了来自美食、美色等各个方面的诱惑，最终赢得了这次看电影的机会。

"三个小时，墨西哥烤肉的香气环绕着你……平时我早就受不了了……玉米饼卷上烤肉，里面的奶酪、墨西哥辣酱、小茴香的味道折磨死我了……我紧紧闭着眼睛，心里默念着《般若波罗蜜多心经》'舍利子！色不异空，空不异色；色即是空，空即是色……'"

电影很好看，中间去了一次厕所接尿，别的都很顺利。看完电影出来，街上阳光明媚的，欧阳建议在联合街上走走。联合街又叫"小欧洲街"，风格独特的时装店、特色咖啡馆、星级餐馆、极品酒吧……鳞次栉比。

"这家不错！以前我和蒋红常来。"推着欧阳走了一段路，欧阳示意我在一家名字叫"青岛啤酒"的 Bar（酒吧）门口停了下来。"进去坐坐吧。"他用讨好的眼神看着我……

唉，我能拒绝吗？

"你很善良。"欧阳狡黠地一笑，他从我的眼睛里看到了民心可用。啊呀，我又被人看穿了。

我们的"夏令营狂欢"是从吃炸鱿鱼圈开始的。

欧阳和我在外面选了一张桌子坐下，酒保已经从里面拿着菜单出来了。"Calamary（炸鱿鱼）一份，配千岛酱，"没等我接过酒保递过来的菜单，欧阳已经点开了，"他们家的酥炸鱿鱼超棒，相信我。"他回头看着酒保，"再来一打生蚝，多加柠檬！"

酒保把脸转向我，我在看菜单，犹豫不决。

"汉堡，你必须要尝尝他们家最有名的 Quarter Pound Cheeseburger（1/4 磅汉堡）。"

"点得好！"酒保赞许地看看欧阳。

"OK.Quarter Pound Cheeseburger."我知道错不了。

"喝点儿什么？"

"一小瓶儿青岛啤酒，给这位开车的先生佐汉堡意思一下，我要一杯 Kendall-Jackson 冰白葡萄酒，谢谢！"靠近酒保，欧阳把一张 10 元的钞票隐蔽地塞到酒保伸过来收菜单的手里，"帮我搞一包黄盒的'美洲灵'（American Spirit），找头归你。"

"Got it!"酒保俏皮地用右手食指点了一下欧阳，一只眼睛微闭，亲切地挤了挤。

就这样，连二十分钟都不到，当我和欧阳吸着美洲灵烟卷儿，举杯庆祝周末愉快的时候，蒋红的四项戒律：烟、酒、油炸、生冷已经统统被我们打破了。

"汉堡怎么样？"欧阳举着他那杯挂着冰花的 Chardonnay，冰鲜的生蚝也已经消灭了快一半。

我得说，这里的汉堡超棒！别忘了我可是吃瓦普奥的专家。

"超好！"我嘴里满满的，只能轻轻地晃头做出"令人难以置信"的表情（就像约翰·塔拉沃尔塔在昆汀的电影《低俗小说》里喝那杯 5 块钱的奶昔一样）。

"你不介意给我来一口吧？"欧阳用夸张的眼神贪婪地盯着我的汉堡，"至少一年了，没吃它，就一小口。"

"让我慎重考虑一下。"我做出一个思考的表情。

"这半盘生蚝归你，只要一小口……"欧阳把冒着凉气的冰镇生蚝朝我的方向推了推，"炸鱿鱼也是你的……"眼睛里满是狡诈。

"Deal!"我一锤定音，把戏推向高潮。吃着喝着，我们开始谈论刚刚看的电影。

"人类只要不放弃自我，不放弃对生活的热爱，AI 永远无法取代人类。"我说。

"会的，人类的自负、懒惰和贪婪会让我们对 AI 越来越依赖……"欧阳海岸盯着手指间夹着的烟，仿佛 AI 的什么秘密就在漂浮不定的烟雾里，"我们会对 AI 上瘾，就像烟……"

"可以戒掉。"我把手里的烟蒂拧灭在烟缸里。

"可以戒掉吃饭、睡觉吗？获取信息、欲望、享乐、仇恨……人类会赋予 AI 人类所拥有的一切，包括人性中的丑恶……包括人对生活的热爱……一旦 AI 被人类赋予了人性，就是它们取代人类的开始，嗔恨、嫉妒、傲慢、贪婪、疑惑…… 顽固和自负……AI 一旦拥有了人性中的弱点……就知道如何控制人。"欧阳的舌头开始有些僵硬。

"可以制造没有人性弱点的 AI，让它们完美无缺。"我有点儿诧异。

"不完美的人永远无法制造完美的 AI，我们对 AI 的解读决定了它的呈现。上帝会按照他的样子造人，AI 之父赫伯特·西蒙（Herbert A. Simon）年轻的时候就……是个花花……公子，泡妞高手，有其父必有其子，呵呵呵。"

在日本城北的费米街（Fillmore St.），一家卖"布朗尼"的 Bakery（烘焙店）让我们流连忘返。就在我们下决心打破第五禁令——甜点的时候，欧阳怀里抱着的"魔方"响了。

"喂，电影看完了吧？"欧阳按下免提，手机里面传来蒋红好听的江南普通话。

"你们出来了吗？"

"出来了，已经在车上了。"欧阳看着我，眼珠搞笑地左右晃了两下。

"带去的毯子裹紧，千万别着凉。还有，别给他喝你们车里的冰水……"吃冰镇生蚝可以，我内疚地暗自思量。

"喝暖水瓶里泡好的西洋参茶，在轮椅座位后面的口袋里。"

"好的。"我回答。

"回来的路上顺便把盐取回来，别忘了。拿上盐就回来。对了，他要是想去玛瑞娜公园转转，千万别答应，那里风大，医生说最危险的就是感冒。"这话是说给我听的。

"我们有毯子。"欧阳悄声给我支招儿。

"不许去！有毯子也不行！"蒋红还是听见了，她大吼着，"还有，别喝咖啡，也别帮他买布朗尼！最好别从费米街上过，那里的甜食诱惑太大！"

欧阳海岸对我挤眉弄眼地打手势——挂电话！

"哦……我开车呢……"我及时地按下了手机上的红色按钮，欧阳对我竖大拇哥。

"真他妈没素质！"我咆哮着从高胖子手里接过两大包地中海海盐。

"没事儿吧，哥们儿？"高胖子故作惶恐地递给我一支万宝路。

"我的墙都快让你们蹬漏了！基本一宿没睡！"憋了一天对这对狗男女的怨气终于逮着机会爆发了。

"是刘桂琴折腾我，我没办法。"面带无辜，高胖子给我点上烟，他知道我说的是昨晚上他和刘桂琴"扰民"的事。"要不今晚上让刘桂琴找你聊聊……"他一本正经地对着我吐了个烟圈儿。

"当我是你呢，什么车都上！"我把两包海盐在后备厢里放好，扭头进了驾驶室。

在费米街上的另一家烘焙店"香草王国"，我们买了布朗尼蛋糕、甜甜圈，还有两个"法棍儿"，欧阳说拿到玛瑞娜公园喂鸽子用。然后我们去了"痞子"咖啡馆（Peets Coffee）打破了第六道禁令，打包了咖啡。经过日本城的时候，我们甚至还赶在那家著名的"日本老夫妻麻吉"店三点钟关门之前，抢购了最后的一盒"麻吉"（日本香糯米糕）。

下午，我们就一直在旧金山转。蒋红每隔半小时就会打电话来。后来我才明白，蒋红的瑜伽课，每半个小时学员休息一次。电话都是我接的，我像个傀儡似的按照欧阳海岸交代的说，不是路上堵车，就是排队加油，要么就是上厕所。

最后，欧阳海岸让我在海湾大道快到玛瑞娜公园的那家"思妃"超市（Safeway）又买了一包黄色的"美洲灵"烟，藏在轮椅坐垫旁边的缝隙里，说是应急储备。至此，我们"有过之而无不及"地打破了蒋红交代的所有禁令。

"可以了，学弟，第一次'自由行'不能太过分，要不然可就没有下次了。"在去玛瑞娜公园的路上，欧阳警告我，"蒋红会投诉你的，呵呵。"

"我什么都没帮你干，欧阳先生。"

"哈哈，别叫我欧阳先生，叫我'学长'，叫我'Ocean'，叫我'欧阳'也行呀！"

蒋红的电话又来了！这次我们谁都没接。"我们上厕所了，没听见，对吗？"

"是的，学长。"

"不过，我们是该上厕所了。"

五分钟以后，我推着欧阳海岸从玛瑞娜公园的厕所里出来，沿着公园的堤坝，背对着金门大桥向东走。

"谢谢你，学弟！就是 VIP 客人也不能要求你这样帮我。"欧阳一脸难为情。

我知道他指的是刚才在厕所里，我为他换尿不湿。"你可不是普通的 VIP 客人，学长。"我希望彼此都不要为刚才在厕所里的事感到尴尬。

面对着海湾中间的恶魔岛，我在一张长椅上坐下。

把厚毯子给欧阳披上，裹紧。毯子的下摆紧贴着轮椅两边的扶手塞紧，只留出两只手喝咖啡。轮椅一侧的轮子靠着我的膝盖（就像妈妈照顾宝宝的婴儿车），然后我把两个轮子的固定锁踩下去，这样，他就是再兴奋也不会把轮椅折腾到海里去。

"真好！"欧阳感激地看着我。

左手边是夕阳下的金门大桥，右手边是恶魔岛和漫天乱飞的海鸥。海鸥在我们脚边咕咕叫着徘徊，好像知道我们捧在怀里的大牛皮纸袋子里除了布朗尼、甜甜圈儿，还有两个为它们准备的法棍儿。

欧阳慢慢地喝着咖啡，恬静安详地看着太平洋上波光粼粼的金色落日。

我静静地把法棍儿掰开，喂海鸥。

透过桅杆林立的游艇码头看，金门大桥像一幅莫奈的油画。

"这才是生活！"欧阳平静的外表难掩内心的感动。

"嗯。"在清凉的海风里，我宁静，安详。

"哪怕活一天也要有滋有味的。"他喝了一口咖啡，"未来如果 AI 无法取代人类，原因只有一个，AI 无法获得生活的滋味。"

"一旦 AI 开始热爱生活，就会学习享受滋味……"

"这是人类的专属，味蕾，是最难复制的。人之初，上帝严格控制人对滋味的体验。亚当和夏娃在……'苹果'事件之……前，是严格按照上帝的旨意行事的。夏娃在蛇的诱惑下尝到苹果的滋味以后，一切都失控了……"

"人尝到了滋味，打开了味蕾。"

"美食、美酒、烟草、毒品、接吻……味蕾是一切享乐之源：AI可以被设计来辨别颜色，可以辨别声音，甚至气味……但是味蕾不行，滋味是丰富的，是有生命的。未来人类如果AI化了，味蕾可能会是仅存的人味儿。"

"就像企鹅的尾踪骨。"我想到了企鹅会飞的证据。

"尾踪骨？"欧阳喝着咖啡问。

"只有会飞的鸟类才有的一块儿骨头。"

"企鹅有吗？！"

"有。"

"所以企鹅是会飞的。"

"是的，这是证据。"

不知不觉，晚霞已经像火一样铺天盖地地从太平洋上燃烧进了金门湾。海鸟呱呱呱地叫着，如传播火种的精灵，在漫天霞光中飞翔。

"落霞与孤鹜齐飞。"我想到了这句王勃的诗。

"这也是生活的滋味。AI只知道红色，无法从红色中派生出诗意。诗意只能从复杂的生命体内被合成出来。"欧阳像诗人一样深情地凝望远方，"李白、杜甫、王维、孟浩然、王勃、莎士比亚、济慈、惠特曼、雪莱……没有AI可以像他们一样从生活的滋味里提炼出诗。"

"就像1579年，英国探险家Francis Drake看到晚霞染红了这片水域，就把这里取名叫'金门湾'。"我望着金灿灿的金门桥，卖弄着学识。

"实际上，那时候还要更壮观。德雷克勋爵是从太平洋上过来的，我们现在是逆光。而且 1579 那一年的太阳活动不一样。太阳系在那一年除了黑子活动频繁，一颗叫'黑寡妇-38'的中子星吞噬了另一颗脉冲星，这个吞噬的过程所产生的黑洞距离太阳系还不到一万光年。巨大的引力让太阳晃动了一下，太阳因为引力作用释放了火球一样的太阳风。在弗朗·德雷克勋爵眼里，金门湾应该是一片火海！"欧阳咬一口甜甜圈儿，喝一口咖啡，侃侃而谈。

我能想象当年他在学校里演讲的风采。

"我曾经驾着滑翔翼在夕阳快落下的时候，从太平洋飞跃金门桥进入金门湾，那种感觉就像飞蛾扑火，好似凤凰涅槃！"

"丁零零——"蒋红的电话！

"不能再拿厕所说事儿了。"我说。

欧阳笑了。

"我们已经在回去的路上了。"电话接通了我说。

"为什么不接我电话！看来你们是不想有下次了！"手机里蒋红的吼声不用免提都听得见。

"在洗手间里换尿不湿。"欧阳海岸耐心地解释。

那天晚上，我把欧阳送回到海岸别墅。远远望去，典雅的淡蓝色别墅在夕阳里散发着浪漫的波光。

车从日落大道拐上海岸别墅的私家车道。

我看见蒋红和玛丽娅已经在家门口等着了。车道很窄，我小心翼翼，尽量不让车身碰到小路两旁的矮树丛和矮树丛后面探头探脑的柠檬树枝杈。

车在海岸别墅门口停好，我把轮椅从后备厢里拿出来，蒋红和玛丽娅帮着我固定好轮椅，我把欧阳海岸从车里抱出来。

"谢谢你，学弟！"欧阳海岸坐在轮椅上，嚼着第三块儿木糖醇的绿箭口香糖（除去嘴里的烟味儿），用冰冷无力的手握住我的手。

"盐！"差点忘了！我转身把两包地中海盐从后备厢里拿出来交给玛丽娅抱着。回到车上，摇下车窗，在暮色里和他们挥手告别。掉转车头，我想沿着来时的路回去。后视镜里，蒋红挥着手向我走过来，我把车停下，放下副驾驶一侧的车窗，等着蒋红走近。

"今天辛苦你了。"蒋红站在车窗外面，我能看见她浅灰色丝绒瑜伽紧身衣的下摆和细瘦的腰肢，"这是给你的小费。"她把手臂伸进车里，纤细白净的手指，指甲修饰得很美，手里攥着两张整齐叠好的钞票。

"徐晓燕介绍的，都是朋友。"我启动车要走。

"谢谢你！"蒋红把卷在一起的钱轻轻地丢在副驾驶的座椅上，转身走了。卷着的钱在座椅上缓缓地松散开来，两百美金。

开车离开日落大道，海岸别墅在夜色中变得黑暗阴沉，越来越小，直到消失。打开收音机，按下储存一号按键，KKSF103.7温柔的爵士乐。听着音乐，我再次把视线转向副驾驶的位置，两张一百美金的纸币歪歪扭扭，静静地躺在那里。小费！为了在联合影院的厕所里为她老公接尿，在玛瑞娜公园的厕所里换尿不湿……我这才感到有一点儿要反胃。咸鱼味道的海风，浑浊的尿液，一摊黄色的污物因化成皱巴巴的两张纸币，因少了我心甘情愿的参与而变得无比污浊。

顺着"伟大的快速路"沿日落海岸行驶，在一个街口的红灯前我停下。

下雨了，旧金山的雨季就是从那一刻开始，说来就来了。我的心空荡荡的，就像圣诞节早晨那些被拆得破破烂烂的空盒子绝望地躺在圣诞树下，被掏空了礼物之后，百无聊赖，毫无意义。

一个人出现在你的心里，你关注着她，思念着她……她并不知道，也不能知道。

我喜欢雨砸在挡风玻璃上的声音，噼噼啪啪。

蒋红的形象不断地在我记忆里浮现，就像不停地砸向挡风玻璃的雨。我打开雨刷器，雨刷器刚刚把雨滴扫除干净，它们又顽强地回来。

我想起九岁时候的暑假，钱旺接我从竹林海拉巴子那里回成都。钱旺的大货车上装了满满一车甘蔗，从卧龙一直运送到成都。甘蔗是一捆一捆的，扎得很紧。一路上，看着车厢里满满的甘蔗，我流着口水，我想吃。但是货送到之前不能动，这是钱旺的坚持。钱旺和我说好了，货送到以后会让收货的人拆开一捆，买上两根甘蔗给我。忍着吃甘蔗的欲望，对未来充满了期盼。我们开了一夜，一直到把整车的甘蔗送到成都一个大卖场的仓库。甘蔗过了磅秤，收货人和钱旺拖拖拉拉地终于办好了交接手续。

"能拆开一捆吗？我家娃想吃，我付钱，买上两根。"钱旺点头哈腰地求收货的管理员，一脸严肃的小伙子。

"恐怕不行，我们有制度，我不能随便卖给你。"

"哦，好吧，既然有制度……"

在回程的路上，我看着空空的大货车车厢哭了。

现在这一刻，我的心就像没了甘蔗的空车厢。

一个老妇人戴着英国女王那样插着羽毛的帽子，蹒跚着在雨里横过马路。老妇人的腰已经弯得几乎成了九十度，我想拿上车里的一把黑色的大伞冲出去为老妇人遮雨，就像我每次为车里的客人所做的那样。不同的是，我不会期待小费。这世界不能用钱衡量一切。

后面有人按喇叭，绿灯已经亮了很久了，我必须沿着曲折的海岸线继续向前。

生活的滋味，AI 没有。

我想起了欧阳在玛瑞娜海边说过的话。

4

牛总是乘东方航空公司的航班从上海回来的。这个航班我很熟悉，下午 3:20 到旧金山国际机场。我算了一下时间，国际航班到港后要过海关，加上等行李的时间，一般至少都要一个小时。所以 3:20 到港的航班，客人一般会在一个小时后出机场。

徐晓燕今天的妆化得很浓，手里抱着一大束百合和玫瑰组合的鲜花，一条紧身的肉色短裙把屁股包裹得臀线抢眼，高跟鞋的跟儿又尖又细，显得腿很长。

"出发！"徐晓燕在副驾驶的位置上坐好，像将军一样地下达了命令。我们沿着 101 高速直奔旧金山国际机场。

"跟我说说蒋红吧！"这话像是下意识地从我脑子里出来的，把我自己都吓了一跳。

徐晓燕正对着副驾驶遮阳板后面的小镜子补妆，她"啪"的一声把遮阳板拍回到原位，"呦呦呦，说说蒋红吧！"徐晓燕假装生气地学我，"就知道你们男人见了美女就走不动，别管多大年纪的男人，都这货！吃里扒外，见异思迁，吃着碗里看着锅里……"她一边咬牙切齿地说着，一边在真皮座椅上使劲扭了几下屁股，好像要把天下好色的男人都压在屁股底下坐死。

"说说她老公吧，怎么就瘫痪了，不幸呀！"我赶紧打马虎眼。

"咱们就说蒋红，聊聊美女多来劲！"徐晓燕醋劲大发。

"其实我就是想了解一下我的客户，以后更好地为他们服务。"

"钱学杰，我看你说的比唱的还好听！那你怎么不了解一下我呢？我也是你的客户，你怎么不对我怜香惜玉！"徐晓燕对着我气愤地大喊。

女人花摇曳在红尘中
女人花随风轻轻摆动
若是你闻过了花香浓
别问我花开是为谁红

徐晓燕一边唱着梅艳芳的《女人花》气我，一边酝酿讲故事的情绪，或是在考虑要不要给我讲讲蒋红的故事。

"唱得真好！"我赶紧阿谀奉承。

"那你是没听过蒋红唱歌！你也没见过她跳芭蕾！否则你就更睡不着觉了！"

"蒋红老公怎么就瘫痪了呢？"

"欧阳……几年前我认识的时候，那可不是现在的样子。什么叫帅，什么叫富家子弟，什么叫贵族，什么叫健美先生……至于悲剧的发生……你自己到网上看去，查查'OY-I8 智能头盔'。"

三点十分到了机场，我把徐晓燕在国际到达出口放下，然后把车开到机场停车楼五层，在雷蒙车专用泊位停好，再返回国际航班到达口和徐晓燕一起等牛总出现。

四点，开始有从中国回来的乘客陆陆续续地走了出来。等候的亲朋好友开始大呼小叫地上去拥抱、握手、献花……气氛开始热烈起来。

四点半的光景，牛总粗壮的身影终于出现了。这次回来的不仅仅是牛总，身边还有一个七十多岁，满头白发的老太太和一个八九岁的胖男孩。

看见牛总出来，徐晓燕紧迈着碎步，满脸堆笑地迎上去献花，牛总示意她把花献给身后的牛大妈。

"牛大妈，America 欢迎您！"徐晓燕马上噔噔地奔着牛总身后的白发老太太过去。这么一大束的花迎面扑来，老太太一时还有点不习惯。"丫头，你是谁家的？"牛大妈下意识地做了个向外推的动作。

"娘，这不是我秘书小徐嘛。"牛总大声地给老太太解释，"有一次你血压高住院，小徐还去医院照顾过您。"

"谁？啊！"牛妈妈好像耳朵有点背，"小徐？小徐呀！"牛妈妈终于认出来了。

"正是我，牛妈妈，您一路辛苦了！"徐晓燕上前殷勤地拉住牛妈妈的手。

"这孩子，咋变这样了，"牛妈妈上下打量了一下徐晓燕说，"你看看穿的，还是以前朴朴实实的看着顺眼。"

"这小帅哥就是牛小宝吧？"徐晓燕摸了摸牛总身边那个胖男孩的头。

"叫徐阿姨，小宝！"牛总对牛小宝说。

"你就是我爸爸的小蜜吧，呸！"牛小宝对着徐晓燕就吐了一口唾沫。徐晓燕的脸马上变成了紫红色，一脸严肃。

"混蛋孩子！"牛总照着牛小宝屁股就是一巴掌。

"我妈说了，让我见到你的小蜜就吐她一口。"牛小宝蛮横地掐着腰说，"还有，我妈说了，到了美国你要是再敢打我就让我报警！"

牛总看了看四周，远处的巡警好像已经开始注意他们的举动了。

"你妈没文化，教不出你好来。"

我上前把牛总和牛妈妈的行李拉在了手上。"这是司机小钱。"牛总对牛妈妈介绍我。

"您老辛苦了！"我客客气气，亲切热情。

我们一行人向外走。

"苦倒不怕，就是惦记家里，地里的农活儿这节气正忙呢，离不开，哪有心思来这里旅游。你们牛总说啥也要我出来看看，我不来不行，就像当年土匪绑票一样，说不出个道理来。"牛大妈不停地念叨。

牛小宝还是不依不饶地跟在徐晓燕后面捣乱，那样子就像个街上的小地痞，"我说小蜜，你怎么穿得跟个鸡似的，屁股够大的，能生儿子，哈哈！"

牛总和徐晓燕谈笑风生地在前面边走边聊，就像没听见牛小宝的话，很明显，牛总对霸道儿子无可奈何。

"以后我就叫你大屁股吧，"牛小宝围着大人开心地转来窜去，语言和做派让我怎么都无法把他和八九岁的年龄联系起来。"你就是看上我爸的钱了吧，大屁股？"牛小宝窜到徐晓燕后面，大胆地拧了一下徐晓燕的屁股，徐晓燕"呵呵"笑着大度地往旁边一闪。这下牛总好像有点急了，他沉着脸停下来盯着儿子看了几秒钟，牛小宝马上躲到牛大妈身后，"有其父必有其子，我妈说的。"牛小宝委屈地争辩着。

打开雷蒙车门，牛小宝第一个兴奋地窜进了宽敞的车厢里。我把牛妈妈扶上车，再把所有的行李在后备厢装好，所有人都上了车，车门关好，我松了口气。

回黑鹰山庄的一路上都能听见牛小宝在车厢里疯跑喊叫，我有点担心车的底板会被牛小宝蹦塌了。

送完了牛总，从黑鹰山庄回旧金山的时候正好是下班出城的晚高峰时间，我沿着280号公路进城一点儿都没有感到堵车。从第九街出来，我把车一直开到市政府广场，在广场南面的旧金山市立图书馆的停车场上把车停好。

图书馆里人不多，在一个安静的角落里，我打开一台公共电脑，输入"OY-I8智能头盔"几个字之后，网页上很快出现了若干条相关的文章，这其中就有我曾经在《华侨世界报》上读过的那篇报道《盔里乾坤大，欧氏岁月长》。很快我就发现，关于OY-I8智能头盔的相关报道都仅仅局限在欧阳海岸驾驶滑翔翼对Sports-OY-I8智能头盔进行测试之前所发生的事件上，这之后的报道几乎没有。最后，我在谷歌上搜索了写《盔里乾坤大，欧氏岁月长》这篇文章作者的名字，果然在一个很不熟悉的网站上，找到了这个作者写的另一篇关于OY-I8智能头盔的文章。

文章的标题很惊悚，不同凡响：

《OY-I8头盔里的魔鬼》

在硅谷，被炒作得沸沸扬扬的OY-I8智能头盔终于随着它的（也许应该用"他的"）发明人Ocean OY驾驶着滑翔翼对着太平洋海岸的礁石奋力一撞而落下了帷幕。欧氏飞人集团也随着他的掌门人瘫痪在床——宣布停止一切关于人工智能方面的研究——正式退出了硅谷魔幻般的AI舞台。

且不细问欧氏飞人集团的合作伙伴，OY-I8智能头盔的独家生产厂商NASA下属企业究竟花费了什么样的巨额封口费，让Ocean OY先生撞悬崖事件得以在一开始就销声匿迹（如同没发生一样）——没有一家主流媒体在事发之后提及此事（除NASA下属企业的发言人，打着涉及NASA国家机密的幌子，在小范围的几个内部网页上澄清说，"Ocean OY先生撞悬崖事件"纯属个人驾驶滑翔翼技术失误，与OY-I8智能头盔的设计毫无干系）。利益，赤裸裸的利益！在NASA下属企业投入巨资准备批量生产OY-I8智能头盔的前夕，Ocean OY先生撞悬崖事件当然是需要讳莫如深的。

Ocean OY 先生撞悬崖事件纯属个人驾驶滑翔翼技术失误。在此，笔者很难苟同。下面就让我们更进一步地了解一下 OY-I8 智能头盔的发明人，连续三届旧金山湾区滑翔翼大赛冠军，"欧氏飞行俱乐部"第三代掌门人，有驾驶滑翔翼零失误历史的 Ocean OY 先生是如何在测试自己的重大发明 Sports-OY-I8 智能头盔的时刻突然技术失误的。

希望我的文章能够在"Ocean OY 先生撞悬崖事件"发生一周年的日子里，帮助大家从一个全新的角度找到真实答案。

文章从欧阳海岸驾驶无动力滑翔翼超凡过硬的技术，一直讲到欧氏飞人集团为什么在"撞悬崖事件"发生以后悄然退出硅谷，并且停止一切关于人工智能方面的研究，以及 NASA 为了巨大的经济利益，刻意隐瞒 Sports-OY-I8 智能头盔存在重大隐患，等等。

……让人倍感唏嘘的是，Ocean OY 先生正准备与挚爱 —— 芭蕾舞者蒋小姐 —— 在三天后举行婚礼。出事当天，Ocean OY 先生所驾驶的"玫瑰之约号"滑翔翼，正是这对新人用来拍摄婚纱照的。不幸，喜剧以悲剧收场。反观整个事件的受害者……

"690，690，急活儿！"对讲机里传来公鸭嗓催命的喊叫。

"690 在呢！"我压低声音，公鸭嗓的沙哑声音在安静的图书馆里显得尤为让人难受。

"Zhang 博士，临时的散客，在 N 号轻轨的'国王路'车站，赶飞机，马上去机场！"图书馆里的宁静气氛霎时被公鸭嗓打破了。

"690 明白，马上，马上！"我尽量压低声音。

"记住，张博士手里会拿把雨伞，在站台上。"公鸭嗓不放心地嘱咐。

我把未读完的文章下载后存在 U 盘上，在众人异样的眼光里灰溜溜地走出了计算机室。

在 N 号轻轨国王路站靠近旧金山巨人棒球队主场。因为今天有比赛，站台附近上下车的人不少。我把车尽量往站台附近靠。站台上，一个东方人模样，清瘦的中年男子，穿着米色风衣，戴着一顶日本导演黑泽明那样的帽子，手里拿着一把黑雨伞。我下了车，隔着轻轨的铁道线远远地向他招手，他看见了，从站台上下来，迎着我走来。

"张博士吧？"

"是，在下张升神。"

"国内航班吧？"

"嗯，去西雅图。"

"嗯，那就来得及。"国际航班安检要更费时。

离开旧金山，我载着张博士直奔机场。101 公路堵车，我选择了走 280 的"摇篮路"——从旧金山一出来上 280 高速的那一段。一路上，隔着驾驶室与车厢之间的窗户，张博士和我聊了起来。他是台湾人，斯坦福大学毕业，学人工智能专业的。

"路是 Emotional（情绪化）的！"车行驶在摇篮路段像坐船一样上下颠簸，"如果你是离开旧金山的访客，走在这段路上你会感觉路好像在跟你说再见，好像在握你的手。握手（Shake Your Hand）这个词是外来语，我们的祖先见面的礼节不是握手，我们的祖先见面表示友好是抱拳。握手的文化是把手伸开展示你的手里是没任何武器的，抱拳的文化就不一样，是隐藏，深不可测，你不知道对方的拳头里握着的是什么，是毒药还是暗器。也不知道抱着的拳头会不会突然打过来，袭击你。"张博士一路上用台湾腔的普通话和我聊得很来劲。

"嗯。"我开着车迎合着。

"Shake Your Hand 这个词中文的翻译'握手'并不准确，Shake Your Hand 的含义是握住对方的手并且上下摇晃的意思，不仅告诉你手里没有武器，连袖子里也没有！所以要握住手晃一晃，不仅是握住，还要摇晃，懂吗……对于刚来旧金山做客的人，走到这里，路好像是握手对你说，Welcome!"张博士很健谈。

"是呀，"我说，"雨天，这条路如诉如幕；晴天，这条路给你快乐的情绪，引领你，展示给你旧金山的美景……"我喜欢这条路的诗意。

"太对了，小老弟！你看，280 这条路和环太平洋的 1 号公路同样美丽，经过森林、山川、湖海…… 很多美丽的地方。1 号公路是小家碧玉的样子，280 则是老爷的气派，宽广、浑厚、粗犷……如果把平行的 101 高速路和 280 相比的话，我只能说，101 公路是任劳任怨，工人型的；280 优雅、神秘浪漫……梦幻般的森林、湖泊、牧场、古堡……是贵族。"

我被博士娓娓道来的描述迷住了，我喜欢这种学者气质。

"101 是条老路，南边到圣地亚哥，南北贯穿，很有长度，是马拉松型的。280 最多算百米跑。"博士正在兴头儿上，我几乎插不上嘴。

"280 公路，如果买台新车，我一定会想着到这条路上兜兜风。"我笑了笑说。

"日落大道和十九街同样是贯穿旧金山南北的两条要道，十九街满目疮痍，利用率太高了，破烂不堪；日落大道宁静、祥和……如果说日落大道是个贵妇的话，那十九街就是一个干杂活的小媳妇。"

我们聊得越来越起劲。

"我告诉你一件事……"教授语气突然低沉下来，"有一个无比凶残的连环杀手，在逃八年，身背七条人命案……都是用钢丝从背后勒死的。他东躲西藏，去过无数城市……"教授颤抖的声音从我脖子后面那个通往车厢的小窗户里传出来。"一天，他逃到了旧金山……第一次，从没来过……他行驶在这段摇篮路上……被连车带人颠了出去……头朝下摔了出去，脑袋顶碎了挡风玻璃，直直地插在了一根手指粗细的钢筋上。当时路基下面正在施工……两个眼珠子都掉出来了，很惨！"

"哦？！"我感到很不自在。

讲完了摇篮路"除暴安良"的故事以后，博士停了一会儿："想一想，连钢筋水泥的路都是情绪化的，何况 AI 呢？……"

"阿富汗、伊拉克、恐怖组织每天都在直接杀人。过度医疗、雾霾、毒牛奶、苏丹红、杀虫剂、农药、转基因、炒股、网络游戏、可卡因每天都在间接杀人……想一想吧，未来的 AI 会放过这帮人吗？"

……

之后的路途我和博士什么都没说。

5

高胖子立志要发明一款中西合璧的国际口味牛排酱。

他住的鸽子笼就像是化学实验室，瓶瓶罐罐，烧杯试管，各种酱汁、调料一应俱全。

"我靠！过瘾！太伟大了！味道好极了！"

深夜，伴着从门缝里飘进来的一阵阵奇怪的酱香味和高胖子兴奋的吼叫，我时不时在熟睡中惊醒。蒙眬中，我揉着惺忪的睡眼，判断高胖子的吼声来自墙板的右边还是左边：吼声在我的右侧，我知道高胖子又在研发牛排酱了；吼声如果来自墙板的左面，那是高胖子正在"研究"刘桂琴（我的鸽子笼正好夹在中间）。

高胖子为了发明新口味的牛排酱，月月都花光餐馆打工赚的钱，购买实验设备、各种酱汁、稀奇古怪的香料、鸡骨头、鸭骨头、牛骨头、甜菜、荠菜、韭菜、橄榄菜、橘子皮……他的鸽子笼总是被大大小小的汤锅和五颜六色的酱汁充满，像女巫熬制魔法汤的山洞。

借钱是高胖子见到同乡、朋友唯一兴奋的话题。在"震惊世界"的国际口味牛排酱还没有发明出来之前，高胖子的朋友们几乎都对他敬而远之。借钱是失去朋友的最好办法。

高胖子觉得我很有钱。

我从来都是西装革履、香水、发胶（这是我的职业需要，即使只有一件衬衫，我也要把它洗得一尘不染）。

其实我的名牌西装是在二手店里买的，旧金山有几家很好的二手服装店，都在富人区附近。有钱人发福了，或者感觉服装的款式过时了，就把它们送到二手店救济穷人。有的西装还很新，价钱却便宜得让人难以想象。穿上这样的名牌西装往梅西百货男装部的古龙水柜台一站，马上就会有漂亮的销售小姐过来。

"先生，要试哪一款？"金发碧眼的服务小姐甜甜地笑着过来问你。

"我试试卡地亚那个品牌吧，我一直用它。"你要自信，落落大方。

"好的，先生。"服务小姐殷勤地给你试用。试用之后，两三百美金一瓶的卡地亚古龙水足足可以在你西装上弥留一周而挥之不去。

"哎，哥们儿，再借我点儿钱吧，我那个牛排酱快研究成功了。"这之前高胖子已经向我借过无数次钱了。

"借多少？"我问。

"500 块。"

"我现在也不宽裕呀！"我把兜里仅有的几百块钱从钱夹里掏出来，"就三百，你看。"

"我会报答你，哥们儿，我会报答你！"高胖子握着我递给他的三张一百美金的票子，有点儿激动，"这是我第八次跟你借钱，而且从来没还过，你还肯借给我，我他妈的都不信，我要报答你！等我把这款最牛的牛排酱干成了，让那帮见着我就跑、提借钱就哭穷的孙子们看看，看看咱们四川哥们儿多有眼光！哥们儿，记住，你借给哥的不是钱呀，是眼光！我发誓，研究成了牛排酱给你股份！"

"谢谢！"我又被感动了。

"你知道孙中山吧，就是中国城门口写'天下为公'那块匾的哥们儿。那哥们儿当年闹辛亥革命，组织武装，这么大的事，能不缺钱吗？缺钱的时候也是没人理他。你不知道，多难呀！买洋枪、洋炮、车马、军装、药……哪儿不用钱呀？推翻清政府，这么大的事儿，嘿，硬让这哥们儿给干成了！知道谁支持他吗？在法国开买卖的一个浙江的商人。那时候的法郎，一给就是八万，再一给就是十万，就跟你现在给我投资一样。伟大呀！你们这些慷慨又有眼光的人改写了历史……"高胖子操着天津话说书似的"赞美"着我。

听到这儿，一般我就开始傻笑了，心里想着要不要去 ATM 机上再取两百追加投资，哪怕下个月不吃瓦普奥只吃面包片儿。

说心里话，我是真的羡慕高胖子的口才。我常想，给他投资就算花钱学说话了，这钱借给他多值呀。还别说人家拿你当投资者呢。这年头除了安利"牛吹来"（纽崔莱），谁能花三百块钱就拿你当股东呢？牛排酱技术含量多高呀！

"没说的，我一看你屋子里那些瓶瓶罐罐我就有信心。"

高胖子一提他的瓶瓶罐罐就兴奋，"我研制的可是划时代、超国界的、中西合璧的新口味牛排酱，你懂吗？"

"我不懂。"我说。

"不懂，没关系，我告诉你说……我要改变现在老外牛排酱的制作工艺。比如说，制作牛排酱的主料吧，我在小牛骨的基础上加进去广东人煲汤爱用的乌鸡骨，提高酱汁的鲜味。"

每次讲到牛排酱，高胖子的那种热情就让人感动。我兴奋不已，在美国的华人，有几个能在如此艰难、如此现实的环境里还保持这样的热情和创造力呢？

"辅料上，我会加进去滋补的枸杞和党参，我还要把决定牛排酱辛辣味的圆葱头换成长葱头和泡椒。酸味用黄柠檬、绿柠檬还不够，我要把广东新会的橘子皮加进去熬制……"

高胖子借钱真有一套！你借完了还不敢催他还债，甚至借给高胖子钱的人几乎见到他就跑，多数时候都是高胖子追着人家去讨论还钱的事儿。借他钱的人怕的就是自己控制不住情绪，不但要不回来借出去的钱，还可能再借一次钱给高胖子。

"朋友，我家穷呀！我妈死得早，我爸爸蹬三轮卖煎饼果子。贫穷哟，像绞肉机，它能把人的一切尊严、骄傲、梦想、希望……也就是把你身上有骨气的、整块的东西全绞碎。"如果你被高胖子抓着，他一准儿表情痛苦地这么给你讲故事。

"哥们儿，贫穷是什么？贫穷就是绞肉机，让你什么完整的都留不下。以前你是块肉，有骨头，有筋，肥瘦门儿清，后来被贫穷修理得没骨头，没筋，肥瘦也看不出来，成一堆黏糊糊的肉馅儿了。零零碎碎的肉馅儿掺和上酱油、盐、高汤、花椒粉、葱姜……再用面把它们包成包子、饺子，蒸完了、煮完了、煎完了，那肉又成了一整块了。可是你发现，不一样了，不是那原来的整块儿肉了，是加工过了的，就像红烧狮子头，看起来还是大块的肉，可实际上是肉馅儿和面包屑，一碰就碎了。"高胖子的哲学思想都是从吃中提炼的。

"知道为什么我对酱有研究？"高胖子喜欢问你问题，然后再给你解答。"知道我上大学的时候从家里带到学校的是什么吗？我从家里带到学校的是一整桶三十斤的天津大酱，朋友呀，这就是我一个学期的口粮，你能相信吗？"

高胖子不等你问他还钱的事，他会紧紧地拉着你的手，含着眼泪直视着你，这时候你已经快忘了找他讨债的事，开始想着怎么能尽快脱身了。

"一个学期三个月呀，我用实验室里的量杯把三十斤大酱分成三份儿，一个月一份儿；然后我又把每一大份儿分成三小份儿：一份儿做成辣椒酱，一份儿做成鸡蛋酱，一份做成土豆酱。这样可以换换口味呀，你说我对做酱能没有经验吗？

"我把三大份儿不同口味的酱用天平秤和砝码等量地分成三十小份儿。我用试剂勺把它们装在试管里密封好，贴上标签，注明酱的种类。我一天吃一试管儿，三天一个口味循环。大学四年，我就是这样靠大酱拿到的学位呀！

"那时候，我只有中午在学校食堂里出现，总是买五个馒头就走，中午吃两个，晚上吃两个，第二天早上吃一个。在学生食堂里，四年的时间我只买过五次红烧狮子头，四次是因为我过生日，还有一次是过春节我多来北京看我。"

讨债的听到这儿早就把要债的念头忘得一干二净了。你已经完全崩溃了。

曾经有个内蒙古来的留学生叫塔娜，"投资"给高胖子一笔钱，几个月后怀着试试看的心情找到高胖子要钱。高胖子就把三十份儿大酱、五个馒头和四年买五次红烧狮子头的故事讲给她听……

故事讲到一半儿，塔娜就忘了要债的事儿，开始哭着把身上所有的钱往外掏……

"记得有一年春节，北京雪下得很大，我和老爹蹲在玉泉路最热闹的那个路口，看着行人喜气洋洋地置办年货。我老爹和我一起喝一瓶红星二锅头。我喝一口递给他，他喝一口递给我；我喝一口酒咬一口双汇火腿肠，那是我老爹在来北京的路上买的，没舍得吃完，给我剩了一半，我爹自己吃白菜帮子蘸大酱。我说，'爹，过年了，别吃白菜帮子了。您大老远从天津蹬三轮来看我，您看我给您老买啥好吃的了！'我就从书包里拿出来一个饭盒，里边是我从学校食堂买的两个红烧狮子头。举着两双一次性筷子，我和我老爹呆呆地望着那两个红烧狮子头足有五分钟，就好像它们不是真的，是印在菜谱上的照片。太稀罕了，我们不敢动筷子。那一刻，面对我在这个世界上唯一的亲人，面对饱经沧桑的老爹，面对路上提着年货、喜气洋洋的人流，我暗暗发誓：我要发大财，要让我老爹过上好日子！"

要债的人听高胖子讲到这儿的时候，已经抹着眼泪，能跑多远跑多远了，下次见到高胖子只想着能绕多远算多远。

只有我是高胖子唯一随时都可以找来，随时都可以借到钱的人。我没法跑，谁让我的鸽子笼就在他隔壁呢。

6

在整个的雨季里，我拒绝见一切朋友，拼命地开车、加班、睡觉、吃瓦普奥。

有一天，一个拍卖行的老板要去"无名谷"（Noe Vally）。你知道那种男人——大腹便便，五六十岁，阿玛尼西装，一条咖啡色的丝巾垂在胸前，意大利皮鞋一尘不染，小费从来就只给三块两块。他是到无名谷一家画廊去找一个画家商量拍卖的事儿，画廊在二十四街上（是无名谷区的二十四街，不是日落区的二十四大道）。

旧金山无名谷这个区住着很多画家和艺术家。这里山谷葱翠，阳光明媚。在雨季里，无名谷更有着忧郁的艺术气息。

在画廊的门口，客人下了车，我把车停好，找一家咖啡馆避雨等着。

在画廊转角的痞子咖啡馆，我买了一杯拿铁打发时光。这时候，我看见了蒋红，在咖啡馆的一面墙上。

在旧金山，咖啡馆里一般都有这样一面软木板墙，上面用图钉扎满了小广告：周末什么地方有画展，万圣节什么地方有化装舞会，音乐会、歌剧、芭蕾在什么剧场；什么人等钱用要卖车，一百多岁的老奶奶走丢了，谁家的宠物猫不见了……就是这样的一块板子上，一个图钉扎着蒋红的照片和一些文字：

妮古玛瑜伽和冥想女神——Reddy Jiang
瑜伽班雨季课打八折（仅限女学员）
美妙的音乐，带你回到一千年前印度的"妮古玛"世界

照片上，蒋红穿着漂亮的藕荷色瑜伽服在演绎一个优美的瑜伽动作"鸽王式"。照片下面的一行小字：

湾区把"妮古玛"瑜伽演绎得最优美的瑜伽教练。

我把这张明信片大小的广告从墙板上拿下来在笔记本里夹好，现在我已经有两样关于蒋红的东西了。我想到了那盒"黄色山茶

花香粉"——我可以算是她的"粉丝"了。

"女士您好，您听说过'妮古玛'瑜伽吗？旧金山最好的瑜伽教练Reddy！"那个雨季里，我向所有使用专车的女客人宣传"妮古玛"瑜伽。我把那张印着蒋红照片的"明信片"复印了一千张，在所到之处发送：意大利城、日本城、俄罗斯城、墨西哥城、天使岛、恶魔岛、酒乡纳帕、优山美地……我甚至把宣传单带到了拉斯维加斯赌场。那个雨季，我就是用这样的方式做着"不拿小费的兼职"。

雨季过后，一个晴朗的星期天，我请了一天的假洗衣服。整个雨季里，我起早贪黑地工作，攒下了一堆的脏衣服。在N街的洗衣房，整整洗了两桶衣服，花掉了8块美金。最后一桶衣服还在烘干机里的时候，我的手机响了，是徐晓燕，"帅哥儿，请我吃意大利菜！"

在Calzones意大利餐馆的大露台上，我拜托高胖子帮我预定了一张可以俯瞰整个金门湾的座位。海湾上白帆点点，金门桥的一半掩映在缤纷的薄雾里。开进奥克兰港的货轮在桥下通过的时候，小心翼翼地鸣着悠长的雾笛。远处，天使岛和恶魔岛遥相呼应，小地中海湛蓝的海水在刺眼的阳光下越发显得蓝不可测。

露台上满满的客人，我和徐晓燕面对面坐着，海风很狂躁，不停地抓扯徐晓燕的头发。洁白的餐巾要用盛冰水的玻璃杯才能压制住它们跟着海风私奔的决心。

我们身后的桌子上，几对女"同志"正在兴奋地谈论旧金山年度同性恋大游行。

我把"不梳头"（Prosciutto，一种意大利火腿）和油浸朝鲜蓟（Artichoke）、油醋腌彩椒、萨拉米肠等七七八八的东西夹在热乎乎的黑橄榄福卡恰面包（Focaccia）里递给徐晓燕。

"你今天真帅，很绅士。请女人吃意大利菜的男人最性感，呵呵……"徐晓燕兴奋地吃着，脸上的笑容很灿烂。"我喜欢这里的浪漫气氛！"她暧昧地看着我。

"好吃吗？"

"好吃！"她咬了一大口，"像我们山东的烧饼夹酱肉。"

"悠着点儿，这才是餐前小吃。"我说。

"哼，为了吃你这顿，我三天前就只喝水了。"徐晓燕又吃了几口，"对了，这种意大利火腿叫什么来着，总是记不住？"她指着薄如蝉翼的不梳头问。

"不梳头。"我说，"就像你现在的样子……"望着徐晓燕被风吹散了的头发，"火腿好吃，意大利女人起床后顾不上梳头，一杯咖啡，用面包把这种火腿夹上就吃——不梳头。"

"呵呵，你按照译音瞎编的故事吧。"徐晓燕乐了。

"最近你的那个瑜伽教练怎么样？"

"蒋红？惨了！"徐晓燕夸张地说，"她老公病情加重。上次瑜伽课后，在她家的院子里喝咖啡，蒋红哭着对我说：'怎么办，我老公舌头已经开始僵硬了。'需要有一个人跟她老公不停地说话。'每天我都想跟他多说点什么，他总是一副无话可说的表情，不理我。难道婚姻已经真的让我们没有什么可以再去沟通、交流的了吗？如果再这样一天天无语，医生担心他会很快失去语言能力。'蒋红现在'大姨妈'失调，脸色发黄，失眠，焦虑……都快要崩溃了。我猜让她崩溃的另一个原因是她老公没法满足她的生理需求。女人呀……"徐晓燕表示遗憾地摇摇头。

"87年份'教皇的房子'酒庄。"一个矮胖的意大利酒保拿了一瓶红酒过来，"酒是我们Sauce Gao先生特意为这位小姐选的，是阿尔萨斯的灰皮诺，淡雅而不俗，为美丽的女士添点腮红！"意大利小伙子热情洋溢，眉飞色舞地对徐晓燕献殷勤。酒还没喝，徐晓燕的脸颊就已经泛红了。刚才高胖子特意从厨房出来打招呼，我把徐晓燕介绍给了这家伙，他一见到徐晓燕就两眼放贼光。

红酒贴着圆口大肚水晶杯的杯壁旋转……"谢谢你们汤厨高先生！"徐晓燕躁动地扭了扭身子，激情似乎就快要被法国红酒和意大利美食点燃了。

"不客气，女士，您是我们汤厨 Sauce Gao 的朋友，就是我的朋友，我和 Sauce Gao 是最好的朋友，在这里都说我们是哥儿俩。你可以留个电话给我，我们每星期从阿拉斯加运来的鳕鱼、生蚝和长脚蟹只给像您这样美丽的女士留着——我们没有太多，甚至不熟悉的陌生客人再有钱也吃不到。他们……"意大利小伙子故作神秘地压低声音，"那些陌生客人甚至都不知道我们有这些新鲜玩意儿。"

"谢谢，你一定还有别的事要忙。"我客气地打断了意大利小伙子的"真情告白"。

"是的先生，厨房里已经忙疯了，今天的客人都以为我们这里不要钱了。我是该去忙了，不过再忙也要把你们照顾好，一会儿高汤厨忙完了还要亲自过来说两句，我这就去忙了。在我去忙之前我要给先生您敬上酒，您是我们的常客了，有一次我的头还撞在了您的车窗上，这样的缘分可不是很多……"

脑袋上的包没了！我想起来了。意大利小伙子为我斟酒，眼睛却盯着徐晓燕微微敞开的衬衫领口。

"可以把这家伙请去和蒋红老公说话。"意大利服务生终于走了。

"蒋红说你倒是和她老公很聊得来。"

"我们是校友，他是学长，是学校的名人。"

"那就拜托了，行行好，跟你学长多说说话。"徐晓燕举起红酒杯，"听说蒋红已经和你们公司定了一年的 VIP 包车服务。感谢我一下吧，呵呵！"徐晓燕和我碰了一下杯。

几杯酒喝下去之后，我望着海湾上空飞翔的滑翔翼，红的、蓝的、白的……就像翱翔的大鹏鸟。"跟我说说他们的事儿。"我不失时机地给徐晓燕空了的杯子倒上红酒，心里想着蒋红和欧阳海岸。

"蒋红和欧阳海岸？"

"嗯。"我尽量克制着内心的好奇，语气就像是在随便谈论旧金山的天气。

"嗯——"徐晓燕喝了一口酒，兴致勃勃地望着海湾，任海风吹拂着泛红的脸颊。酒色给她的脸颊添加了风韵，显得很美。"曾经是一对浪漫的金童玉女，在旧金山的侨界也是有名的。蒋红，从南京来的留学生，在旧金山艺术学院学芭蕾，才貌双全，跳舞，弹古琴，瑜伽……样样都好。

"欧阳海岸，山西'晋茗泰'茶庄第五代传人，天文学博士。他来自有名的冒险世家：本世纪初，他太爷爷带着开晋茗泰卖茶叶赚下的巨资，从山西来旧金山开酒店和旅行社；他爷爷是北美第一家华人赛车俱乐部的创办人……经历也充满了冒险和传奇；欧阳海岸的爸爸是湾区'欧阳氏飞行俱乐部'的创始人。他们家几代人就像中了魔咒一样的喜欢冒险。他太爷爷是带旅行团骑马进入优山美地（Yosemite）探险的第一位华人。他先后六次带领华侨旅行团进入到优山美地，在那里开了第一家华人酒店。一伙跟他有利益冲突的白人找绑匪绑架了他，绑匪拿了他们家五十万的赎金，还是把人撕了票。

"他爷爷在一次有名的赛车大赛上车毁人亡。当时的事情还上了《旧金山观察家报》。

"1978 年，欧阳海岸的爸爸对旧金山侨界宣布要驾驶 BV-141 老爷飞机从旧金山飞香港过圣诞节，完成横渡太平洋的梦想。飞机起飞的前一天，欧阳海岸的妈妈，教会学校英语教师，坚持说梦见耶稣告诉她：她必须和丈夫一起才能顺利完成这次飞行（事后家里的菲佣接受采访时说，她听见了夫人说梦话，耶稣告诉她的是'不要和丈夫同往！'）。中途在夏威夷加油之后继续向香港飞行，飞机过了日界线之后就和地面失去了联系。地面听见老欧阳说的最后一句话就是'我控制不住，飞机在下沉！'

"欧阳海岸的爸爸在飞行之前就立下了遗嘱：欧阳海岸是欧阳家族家业的唯一的继承人。他还必须学习天文学，为的是有一天他能代表欧阳家族去火星上看看。"

"这是个什么家族，难以置信。"

"我也不信。可这是事实。"徐晓燕把杯中酒一饮而尽，"你大概听说过硅谷一个叫'欧氏飞人集团'的家族企业吧，是一家开发人工智能方面的……"

"智能头盔 Sports-OY-I8。"

"对，在产品开始批量生产的前三天，欧阳戴着 Sports-OY-I8 智能头盔驾驶滑翔翼沿着日落海滩飞行……快到圣塔芭芭拉的时候出了事故，摔在了太平洋岸边的悬崖上……你可以去旧金山图书馆找几年前的《华侨世界报》，有一篇文章……"

"《盔里乾坤大，欧氏岁月长》。"我把玩着手中的红酒杯。

"好像是这个名字。"

"这文章我看过了。"

"还有一篇叫《没有新郎的婚礼》，文章也在讲欧阳家族冒险的故事。蒋红初到美国的时候在一个瑜伽馆里打工，我是她的学生……后来我们成了闺蜜，无话不谈。有一天她跟我说，'晓燕姐，有一个叫欧阳海岸的华人跟我学古琴。'当时她很兴奋，我感到这是个可以让蒋红动心的男人。'晓燕姐，我去了欧阳海岸的家，看见了他们家收藏的一张唐琴——九霄环佩，音色美极了！'

"'晓燕姐，欧阳邀请我看了歌剧《哈姆雷特》。'……欧阳这，欧阳那……她每次和他见面后都兴奋地和我说欧阳海岸，说他们的约会经历。从她对欧阳海岸称呼的变化上就知道他们正在热恋。果然，没过多久，我就见到了她的这个'得意门生'。后来我了解到他的家族史，我才理解了他们欧阳家血液里的冒险精神和DNA里面带着的野性。

"第一次见到欧阳海岸……个子和你差不多，健美、帅气、披肩发、笑容阳光、绅士风度、修养好……周身散发着贵族气息……我明白了蒋红为什么会如醉如痴地爱上他。"徐晓燕放下酒杯看着我，"你嫉妒了是不是，呵呵。"

"我？没有，我嫉妒什么……"我掩饰——又被这个"妖精"猜中了。

"哼，在一个帅哥儿面前说另一个男人优秀总会让对方不舒服。"徐晓燕喝了一口酒说，"唉，可惜那个欧阳帅哥儿已经是个传说了。"她伤感地说。

"那天，也是这样一个明媚的下午。欧阳海岸开着红色的吉普车，戴着墨镜，古铜色的脸膛，鼻梁高高的，厚实的嘴唇，带着贵族的优越感……蒋红坐在副驾驶的位置，头上裹着爱马仕的金色丝巾，戴着宽边的太阳镜，像极了奥黛丽·赫本。他们在我面前停下车，蒋红招呼我上车，说要带我去'飞翔'。我们沿着环太平洋的一号公路一路向南，蒋红和我一路上唱着歌……那个下午，开心极了！直到我们到了半月湾（Half Moon Bay）附近的一个小渔港，我才相信他们是真的要来这里飞翔。美丽的小渔港里停着一艘欧阳海岸的私人游艇，游艇的尾部甲板上绑着一架滑翔翼。就是那种，没有任何引擎，全靠人力操纵的。"徐晓燕指了指远处海湾上飞着的五颜六色的滑翔翼，"欧阳海岸把吉普车停好，我们就上了船。那是我第一次坐着快艇在波光粼粼的太平洋上疾驰。望着船尾荡起的汹涌浪涛，我和蒋红紧紧抱在一起尖叫。欧阳海岸不但不管我们，还故意加快速度，你们男人就是喜欢看着女人害怕地尖叫，然后你们才有征服感，是不是？"

我笑一笑，讳莫如深。

"很快，欧阳海岸就教会了我和蒋红开快艇。当我们感受到这种速度带来的激情和刺激之后，才理解了少许冒险的乐趣。'危险到来时才知道生命的可贵！'我还记得欧阳海岸说这话时候的样子，劲风吹起的长发，温暖的笑容，缎子的白色衬衫领口敞开着，风从他结实的胸膛上掠过，衬衫就像鼓满了风的白帆。这种冒险精神和他的笑容让所有遇见他的人都为之倾倒。

"'有些人要用时间了解，有些人则要用生命！'蒋红嘻嘻笑着和我说悄悄话。近傍晚的时候，欧阳海岸把自己挂在滑翔翼上。'我准备登陆火星了！'他和我们开着玩笑，'个人的一小步，是人类的一大步！'那时候我和蒋红还都不知道，作为最年轻的脉冲星研究专家，他已经被提名过1992年美国国家航空航天局（NASA）要发射的'奋进号'飞船的内定人选了。如果他能成功，将是华人的骄傲。

"那个傍晚，在半月湾，我第一次目睹了欧阳海岸驾驶无动力滑翔翼飞翔！是我和蒋红开着快艇带着他起航升空的。我们驾驶着白色的'晋茗泰'号（我想船的名字是为了纪念欧阳家在山西创业的先人），沿着半月湾曲折的海岸向南。滑翔翼展开巨大的翅膀伴着火红的夕阳，伴着飞翔的海鸥，伴着我们担忧又激动的心……我们对着滑翔翼呼喊着挥手！在天空和大海之间，欧阳海岸挂在滑翔翼上的黑色剪影就像蝴蝶美丽翅膀中间的身体。"

"呵，够浪漫的！聊嘛呢，美女帅哥儿？"高胖子扎着大白围裙亲自把新鲜出炉的Calzones（Calazounisi意大利语，餐馆的名菜）端上来了。这种烤出来的"大饺子馅饼"让徐晓燕赞叹不已，薄皮大馅，表皮呈金黄色，面皮上有手工捏出来的意大利古老的图腾花纹。

"美女！"高胖子卖弄地用牛角柄银刀在馅饼上切出一个漂亮的十字花，一副重色轻友的嘴脸，"我亲自为美女烤的！"

馅饼一切开，热气带着奶酪、火腿、鲜蘑菇、牡蛎肉和嫩青笋的香味飘了出来。

"真会说话！"徐晓燕眉飞色舞，娇艳欲滴。

"当然，是为美女量身定做的，你看看这黑松露……还有牡蛎肉，我放了双份的。"高胖子嬉皮笑脸，无所不用其极地献殷勤。

我的思绪正徘徊在海岸别墅的门口，夕阳照着土黄色的矮墙和墙内的柠檬树……

"下犬式，跟着我做！"蒋红柔和的声音带着娇喘从庭院诗意浓浓的花窗里飘出来……走近看……柔软纤细的身姿在浅粉色紧身棉线瑜伽服里随意地伸展弯曲……夕阳把佳人婀娜的身姿剪影在维多利亚风格的外飘窗上……

在我的意识里，日落海滩上的风夹杂着黄茶花的幽香，一丝丝地扑面而来。

晚上，我和酒醉后千娇百媚的徐晓燕在太阳神汽车旅馆的大床上翻云覆雨。

黑暗中，我从身后抱着徐晓燕丰腴的肉体一次次地"冲锋"，忘我地叫喊。之后，我点亮台灯，用 Zippo 点上一支美洲灵吸着，徐晓燕背对着我"嘤嘤"地哭。

"怎么了？"我把手搭在她白皙光滑的肩上。

"谁是'黄茶花'？"徐晓燕执拗地把我的手从她肩膀上推开，"刚才你一直在喊她的名字。"

7

　　长时间的开车让我的颈椎、腰椎酸痛，右腿也有些麻木。在加油站或高速路旁的休息站，我下车做一些踢腿跺脚的活动，想办法来缓解疼痛和解除疲劳。在这个过程中，我慢慢发觉有些动作很像电视上爱尔兰舞蹈《大河之舞》中的踢踏舞动作。这一发现深深地鼓舞了我。不忙的时候，我把车停在旧金山市图书馆，在一楼的音像图书区找《大河之舞》的 VCD 反复观看（还有金凯利的《雨中曲》）。我戴着耳机一遍一遍地反复看这些碟片，一边听，脚还不老实，不知不觉地和着拍子跺地板。保安客气地提醒了我好几次。有那么一个阶段，我迷上踢踏舞了。夜深人静的加油站、机场空旷的停车场、酒店的后广场……在等候客人的闲暇时候，我就模仿加创新地跳上一会儿我自创的踢踏舞。

　　我根据腰腿颈椎不同的疼痛位置，设计了一些缓解这些地方疼痛的特殊舞步。比如，左脚原地像兔子一样地蹦，右脚则悬空像荡秋千一样地前后擦地画弧线。这绝对是我自创的舞步，它是用来缓解我右边胯腿连接处（医学上一定有个什么名字，我叫它胯腿连接处）疼痛的，我给这个舞步起名叫"胯腿联跳"。我在基本的踢踏舞步基础上根据身体的需要加进去一些辅助的治疗动作。我的颈椎由于开车（长期地目视前方）很酸痛，在跳"胯腿联跳"的时候加一个左右晃脖子的动作，甚至右手绕到脑后抓住左耳朵并随着踢踏舞的节奏用力把头向右侧扳……只有这样才能缓解我颈椎的疼痛。

　　这样，针对我不舒服的部位发展下来，我的踢踏舞就有了一套自己的舞步："蓦然回首"、"犀牛望月"、"反弹琵琶"什么的。我想，我的舞蹈天分一定是从拉巴子那里继承来的。

　　我惊讶我在舞蹈方面的创造力！只是生不逢时，岁月弄人，被埋没了。我甚至想象，当年发明踢踏舞的人也许就是一个和我一样腰腿颈椎不舒服的人。

开车累了，我就找一个空旷的安静地方停下，把一张踢踏舞音乐 CD 插入林肯车的播放器里伴着音乐跳上一段。

啪踏啪踏……我忘记了腰腿颈椎痛……啪踏啪踏……忘记了烦恼和孤独……跳累了！跳累了我就坐在车里歇歇，喝口水。夜晚的宁静孤寂和刚才疯狂的节拍对比鲜明，显得更寂寞了……我不能在这样的寂寞里想拉巴子和蒋红……那就站起来再啪踏啪踏一会儿。

在烈日炎炎的正午，我头顶着加州的蓝天白云啪踏啪踏。

北风呼啸的秋季，我踩着缤纷的落叶啪踏啪踏。

我伴着金门桥下货轮归航的雾笛声啪踏啪踏。

我在绵绵春雨里，呼吸着栀子花的芳香啪踏啪踏。

踢踏舞强健了我的体魄，充实了我的灵魂。

一个夜晚，伴着昏黄的灯光，在雨后空旷的加油站，我在尽情地独舞。当我跳到"蓦然回首"这个舞步时……这里我要先解释一下所谓的蓦然回首是一个什么样的动作：蓦然回首的基本步伐是模仿金凯利在《雨中曲》里沿着马路边上的护路石上蹿下跳的那种步伐。不同的是，我在这里揉进去了几个"胯腿联跳"的动作；最精彩的地方是在向前跳了几步之后身体不动，头猛地侧转 180 度向后急跳。这个动作难度相当大，但对缓解我的颈椎和腰椎痛有一石二鸟的综合疗效。

那个雨夜，在旧金山国际机场附近的一个偏僻的 76 加油站，我加好了油，客人的飞机晚点了一个小时，我环顾了一下四周，没有人。我打开车门，把踢踏舞的 CD 碟插进车上的播放器，音乐起，我尽情地跳了起来……音乐是节奏明快、激情四射的弗拉明戈……

很快我就达到了忘我的艺术境界……

我正在完成"蓦然回首"（难度最大，也是最"经典"的动作，头猛地侧转180度，猛回头向后急跳）这一高难舞步的时候，我发现身后不到一米的地方有个白人老太太在加油，那老太太看上去至少有八十岁了（在美国开车是没有年龄限制的，七十岁以上的人只要能通过每年一次的路试就可以照样开车）。因为当时加油站的灯光昏黄，或者是因为音乐太响，当我猛地回头，身体后窜的时候，尽量想把动作做完美，达到标准：右手从脑后抓住左耳朵……让头向左回转，达到180度的……这种扭曲力让我自然达到了（不由自主地）翻白眼和伸舌头的程度，加上后退时的惯性——我和老太太之间的距离几乎只剩下半米了！

"噢，我的上帝！"老太太扔了手里的油枪，翻着白眼儿缓缓地下蹲，瘫倒在了地上。

我拨了911紧急电话，五分钟后，救护车和警车几乎同时到达。

救护车呼啸着把老人接走了，留下我和一个年轻的黑人警察在雨后空旷的加油站。

黑人警察先是让我把手高举趴在车上，"原地站着别动！"他说。他检查了老太太的车，发现手袋里钱和首饰等贵重物品什么都没少。

"是你报的警？"他环顾了一下寂静的四周问。

"嗯。"我回答。

"发生什么了？"他拿走了我的驾照。

我就把怎么学的踢踏舞，怎么发明的"蓦然回首"，怎么跳的时候没注意，加油的老太太怎么看见我的舞姿就昏了过去，等等，详细地给警察讲了一遍。

"是不是喜欢'鬼步舞'呀？"警察一边听我说，一边哼哈地记录，还不时问些让人摸不着边儿的问题。

　　过了一会儿，老太太的儿子和儿媳妇来了。他们来取老太太留在加油站的车。他们是那种律师、医生或工程师之类阶层的人，说话客气，满脸堆笑。老太太的儿子握住我的手很真诚地感谢我为他妈妈报了警。警察委婉地透露给老太太的儿子，可能是我不慎吓到了她妈妈。她儿子很乐观豁达，还开心地讲了个故事为我开脱：年纪大了，他妈妈在家也总是疑神疑鬼的。

　　"一次我在家里刮胡子，满脸的泡沫，这时电话铃突然响了，我和我妈从各自的房间出来接电话，灯光昏暗，我妈看到我的样子也是瞬间就昏了过去。"我很感激她儿子，"今晚我妈妈刚看完一部叫什么《第六感》的恐怖电影，被吓的原因也许和电影有些关联。"他丝毫没有恶意。

　　就这样，老太太的儿子和儿媳丝毫没有责怪我，开着两辆车走了。

　　"小子，算你走运！"他们走后，黑人警察对我说，"他们要是告你一下可够你受的。"

　　但愿老太太醒过来以后能忘掉部分记忆，那不愉快的"蓦然回首"，我心想。

　　"好了，现在把你刚才跳过的踢踏舞步给我学学。"警察交叉着手臂靠在车门上说，"我看看你发明的踢踏舞。"

　　他口气很友好，并不是想嘲弄我。于是，我就"踢踏踢踏"地跳了起来。

　　开始的时候，警察还能憋住不笑。当我跳到"蓦然回首"的时候，他可实在忍不住了，前仰后合地笑了起来，笑得眼泪都快出来了……

　　"What's up man？（有什么不妥吗？）"我停下来，有点被侮辱的感觉。

　　"哥们儿，"他怕我误解他的笑，有意在称呼上和我拉近距离，

"哥们儿，你这也叫踢踏舞吗？"

笑够了，他直起腰来说："老兄，踢踏舞可不是这样跳的。"

"那你说什么是真正的踢踏舞？"我有点生气了。

"今天就让你看看什么是真正的踢踏舞。"他说着就脱掉了警服，解开了挂枪和警棍的皮带……看来他是要来真格的了。

"音乐，音乐……"他一边挽袖子，一边像酒吧里专业的DJ那样用食指在空气里画圈，示意我放音乐。

CD里放的是《大河之舞》。

开始的时候，那个警察哥们儿跳得很慢，看得出，基本功非常的扎实，我也能看出他脚尖、脚跟动作的变化。很快，他的节奏加快了，而且越来越快……他跳得相当流畅，"踢踏踢踏踏踏哒……踢踏踢踏"的声音在寂静的夜晚越发显得清脆悦耳，节奏明快，传得很远。他越跳越来劲，脚尖在地上画着优美的弧线，我看得眼花缭乱。到最后，我几乎数不清他脚跟和脚掌一秒内击打地面的次数了！霎时间，这个年轻的黑人警察成了我心目中的英雄！

这样，我们交上了朋友。

他告诉我他叫山姆，他还给了我他的电话。

在这之后，山姆和我一有空就聚在一起跳一会儿，在加油站、超市的停车场、图书馆后院……每次他都会教我几招。什么脚尖儿脚跟儿要平滑地弹出去，什么力度、节奏感、钟摆步、划船步、斗牛步，什么移动中连续击打五次……说真的，山姆的帮助太大了，让我的舞技有了长足的发展。

跳了一段时间的踢踏舞，我发觉不仅是我的腰椎、颈椎痛缓解了（省了一笔钱买Advil），而且还有了意外的收获：跳踢踏舞让我的脚掌变得非常的敏感，开车的时候哪怕路面上一个微小的坑坑洼洼，我都会很敏感地轻轻点到刹车，而且刹车的动作是靠脚掌轻轻地滑过去的，就像踢踏舞一个轻快的垫步。

客人坐我的车会感到非常的平稳、舒服，没有大起大落的颠簸感和刹车过重的前仰后合。可以说，踢踏舞让我变得更像是一个驾驶技术老道的专业司机。

把踢踏舞的技术在驾驶技术里一经融合，我就发现，我的驾驶技术好像达到了一个登峰造极的艺术巅峰。我的脚在油门和刹车之间优雅地滑翔、游走……那不仅仅是在开车，而更像是一种表演；开车已经不仅仅是一种技术，而是一种可以享受的艺术。我的驾驶"艺术"得到了客人们的赏识，这从我渐渐多起来的小费上可以看得出来。不仅小费多了，也有了更多回头客一定要坐我开的车。

从拉斯维加斯送完客人返程，车上没有客人的时候，我放着爵士乐，伴着音乐的节奏在高速路上开车。蓝天白云下，一片片的森林，一块块的田野，一群群的牛羊和我擦肩而过。我的脚打着拍子在油门上滑过，我和林肯120仿佛融合为了一体。那是一种开车的最高境界——脚、油门、刹车之间如此默契，一种无法描述的和谐之美，前进、后退、转向、加速……敏感程度……节奏和速度……在你脚下，一切的可控范围内都有踢踏舞的艺术之美。把这种从踢踏舞里找到的感觉运用到开车上算是创举，它赋予我的车技魔幻般的艺术性。"魔幻车技"逐渐成了我的驾驶风格。

最先感受到我车技变化的还是那个金发、大屁股意大利美女莉迪娅。莉迪娅是一个相当敏感的女人，坐在车厢里，身体和酒红色小牛皮沙发之间的任何细微的变化都让她有独到的感受。

"啊，我现在感觉坐你的车是越来越舒服了！"一个星期天，莉迪娅要去纽约参加好朋友的婚礼。我们行驶在去旧金山国际机场的那段280摇篮路上，波浪一样起伏跌宕的路面本来就让客人有乘船一样的感觉，天很热，她喜欢自然风，她让我打开了驾驶室和车厢之间的窗户，这样她可以和我聊聊天。

在驶过摇篮路的时候，我用上了表演一样的踢踏舞魔幻车技，莉迪娅被轻柔地颠起来，放下！颠起来，再放下！我听见莉迪娅在后面发出嗯……噢……呀……咦的娇声呻吟……声音里满是享受和愉悦。

我很高兴莉迪娅喜欢我的新车技。

我把她送到机场，下车的时候，我看见她白嫩的脸上泛着潮红，细微的汗珠挂在上唇和鼻翼上，她两腿发软地从车上下来，险些跌倒。我在车门口搀扶了她一下，在一百块小费被她柔软的玉指塞进我手里的时候，她也几乎就栽倒在我怀里……

接下来，她含着泪，动情地对我说了一段让我终身难忘的赞美："690，你的车技让我重温了小姑娘时候，在西西里老家的美好回忆，是外婆推着我荡秋千的感觉……"

那是我听到过的最动听的赞美，连同莉迪娅身上香奈儿5号混着意大利女人香汗的气息，一起定格在那片加州的阳光里。

8

"学弟，这么早，麻烦你，不好意思。"欧阳海岸坐在轮椅里扭过头，客气地对我说。

"不麻烦，一点儿都不。"把欧阳海岸的轮椅在克里夫餐厅（Cliff House）一张面朝大海的餐桌前面安顿好，这里是看日落海岸的绝佳位置。"有的时候我们在凌晨四点就起来送客人赶飞机。"我说。

"今天是个特殊的日子。"我们围着桌子坐好，蒋红看着欧阳却好像是说给我听。

"如果没有婚礼也算结婚的话，"欧阳海岸不像是开开玩笑，"那么今天是我们结婚纪念日。"

"两年前的今天，我们早上八点就等在了市政府门口办结婚手续。"蒋红幸福地补充。

"正好八点！对星期六来说太早了。"欧阳海岸看看腕上的表——漂亮的玫瑰金外壳，黑色表盘，江诗丹顿牌子——对我说。他说话的时候活动了一下脖子，轮椅跟着他的晃动发出吱嘎声，跟宁静的就餐环境不太和谐。

蒋红殷勤地为欧阳海岸松了松脖子上围着的酒红色爱马仕围巾，"不舒服吗，亲爱的？出门的时候我就说围巾太紧。"

轮椅的吱嘎声并没有吵到餐馆里吃早餐的其他客人，只是靠近我们这张桌子的一对老夫妻循声对我们报以宽容的微笑，蒋红歉意地微笑回去。

"其实我都把这个日子忘了。"

"说谎，你可不会忘！"蒋红半撒娇半嗔怪地，"昨天是谁预定的玫瑰花？"

"我正奇怪呢，学弟，昨天你给我们送玫瑰花了吗？一大捧的红玫瑰，昨天突然出现在海岸别墅的车库门口。"欧阳海岸神秘地对我挤了挤眼。

"我们结婚后的第一顿早餐就是在这里吃的……就是这个位置……"蒋红理了一下浓密的头发，淡粉色的套装映衬着她淡粉色的秀丽脸庞，在晨光里就像一幅水粉画。她脸朝向窗外，日落区绵长的海岸线，薄雾还未散尽，浪潮在太平洋的北风里使劲地撒欢儿嬉戏。

"我们喝着咖啡，讨论婚纱、伴娘、喜宴的菜，婚礼上邀请的嘉宾……"她沉浸在回忆里，像是自语，又像是说给我听。

"后来婚礼取消了。"欧阳海岸对着我低声说，好像在透露一个别人的秘密。

"你不能闭上嘴吗？"蒋红带着从美梦里被人残忍唤醒的愤怒。

"早上好！"白人服务大妈提着咖啡壶优雅地过来，"你们可真是幸运，这位置看日落海滩最好。"

"是，一个星期前我们就预约了。"蒋红在晨曦里微笑着，淡淡的朝阳透过维多利亚式的外飘窗，恰到好处地在她白皙的脸颊上涂抹一层淡淡的腮红。

"三位吃点儿什么？"

"嗯，要克里夫餐馆招牌早餐，有华夫饼加枫糖的！"欧阳用舌头舔舔上嘴唇，孩子似的说。

"选得好！"服务大妈绕过欧阳海岸的轮椅，给我们轮流倒咖啡。

咖啡热气腾腾，香飘四溢。"嗯，"欧阳海岸夸张地把鼻子贴近咖啡杯深呼吸，"这才是早餐，生活的味道。"

"不行。"蒋红看着服务大妈说，"这位先生的咖啡给我，请给他温水加柠檬。"

"太过分了！"欧阳海岸身体前倾，像是要用生命来捍卫自己眼前的这杯香喷喷冒着热气的咖啡。

"对不起，这位先生不能喝咖啡因饮品。"蒋红无视欧阳海岸的强烈抗议，一脸严肃地对服务大妈解释。

"Well……我们有低咖啡因的……"

"那也不行，这是医生的嘱咐。"

"我抗议！"欧阳海岸眼睁睁地看着自己面前的咖啡被服务大妈无情地拿走，换成了柠檬水。

"抗议无效。咖啡、巧克力、香烟、雪茄、黑森林蛋糕、贝利甜、白兰地……刺激你神经的都不行。"蒋红像是说绕口令，一口气说完，然后眼睛警告地直视我——这是底线。

服务大妈给我倒咖啡的时候我站起来，"我要走了。"

"一起吧，学弟。"

"谢谢，欧阳先生。我在车里等你们。"我把风衣从椅背上拿起来搭在臂弯处。

"那样也好。"蒋红并没有挽留我的意思。

"辛苦你了！"欧阳海岸真诚地对我笑着。

"祝你们纪念日早餐愉快！"

"谢谢，学弟！"

蒋红赞许的目光似乎在说，"快走，请让我们单独庆祝纪念日。"

在餐馆外面，依着海岸墙堤的护栏，背对着海狗崖，我点上一支烟。从太平洋深处吹来的海风很凶猛……我把伦敦雾风衣最顶上的扣子扣好，竖起领子。日落区的海岸线很长，海滩平缓曲折，浪在这里可以毫无顾忌地肆虐上岸。海岸线再向南几公里就是另外的景象了，那里是嶙峋的峭壁、断崖，在那里，浪花会被撞击得粉碎，"雪花"四溅……

早早的就有人开始在日落海岸冲浪了，晨潮会把浪托举得很高很高，这正是冲浪的好时机。我住在日落区莫若格大街（Moraga St.）上，离这里并不远。两个小时前我还在梦里，我梦见了一个漂亮女人的背影，女人向隅而泣，我不肯定那是蒋红还是徐晓燕……直到被无法控制的冲动裹挟着进入高潮…… 醒来的时候发现黏黏的东西在两腿之间。隔壁，刘桂琴的嫖客又在用脚蹬我的板墙。

"杰克钱，你到我办公室来一趟！"雨季过后的一个上午，老板利尼奥尼叫我过去。

在老板的办公室里，我看见老板的大班台上歪七扭八地放着厚厚的一叠复印件小广告，是黑白复印出来的"妮古玛"瑜伽宣传单。

"客人反映你向她们兜售瑜伽馆的广告。"老板用食指点着大班台上的那堆东西。我无语，等着处罚。"我们是豪华专车，是服务贵族的！不是浑身上下贴满了小广告的出租车！"

"对不起，我很抱歉。"我态度诚恳。

"下次注意了，下不为例。"老板似乎并不想深究此事。

"叫你来不是要批评你，不是，实际上我想对你说声谢谢！"老板指着小广告上蒋红的照片，"那个瑜伽教练 Reddy，昨天登门拜访，代表她瘫痪在床的丈夫说了一堆你的好话。为大小便失禁的客人接尿！杰克，我为你感到骄傲！你为我们黑闪电雷蒙公司赢得了荣誉！"刚才还是疾风暴雨，转眼就风和日丽了。意大利人的情绪化和夸张！他甚至还倒了两杯红酒请我一起喝。

"实际上杰克，你是我们有史以来最杰出的员工！Reddy 女士走的时候和我们签了一整年的用车合约：整天包车每周不少于三天，指定你是他们夫妇的专属司机。这可是个大单！"

"什么是专属，老板？"我紧张地问。

"就是他们只认可你为他们服务。基本上就像是私家司机。包你一整天，除了开车，就是陪客人聊聊天。"老板呵呵呵地笑着，"干杯，杰克！"

"一整天服务？我都干什么？"我知道这个问题很傻。

"干什么？那要听客人安排！"老板有点不耐烦，"包车一整天就是一整天都跟客人在一起！客人要干什么，你就照办！"

"和普通的包车一整天一样吗，老板？"

"傻小子，一不一样你自己看着办。跟着大美女 Reddy，照她的吩咐去做！你要是不想去，我准保乐呵呵地替你去。可是我不会中文。我相信她老公已经好几年不能满足她了。臭小子，不一样的就是有更多的机会把她搞上床。如此，我拜托你一定找个僻静点的地方，别他妈给我惹出祸来。还有，你问我还有什么不同？那就是干净整洁、皮鞋擦亮、领带打得漂亮、衬衫雪白、裤线要熨烫得倍儿直，最好能跑火车……你小子是黑闪电派去的专属司机，代表我们意大利公司的品位……还有这个……"老板把一个信封推到我面前，"公司给你的奖励。"

我把信封捏在手里，第一次拿到奖金。估计有几百美金的样子。

"放你一天的假，去意大利城买件有质感的缎子衬衫，配上条菲拉格慕（Ferragamo）领带，最好是金色的，闪闪发亮，就像托斯卡尼的艳阳。"

上午，我去了银行，把老板发的奖金和最近几个月攒下的一大笔钱一起电汇给了拉巴子。一想到拉巴子和钱旺接到这笔汇款时高兴的样子，我的心情舒畅得就像金门公园红杉树枝上蹦来蹦去叽叽喳喳的红梅花雀（Red Avadavat）。

洗了两件白衬衫，熨烫了三条领带和两套西装，做了一点儿针线活：一件衬衫的领子有点磨破了，一套西装的口袋也破了一个洞。稍稍喷点古龙水，我把熨烫补好的衣服按顺序排列好，挂进狭窄的壁橱里。这些领带和衬衫都已经很旧了，但很干净，也浆洗得很挺实，尤其是衬衫的领子，一点儿汗迹留痕都没有。作为一个专车司机，干净的衬衫、领带，庄重笔挺的西装是一种信仰。我自己干洗、熨烫。干洗店是为有钱人开的，五块多美金干洗一件衬衫，三块多美金干洗一条领带，这个价钱在打折的星期六，可以在费米街（Fillmore St.）上的二手店买一条像样的裤子了。

在衣柜的最里面，那件白色的亚麻布"博思"（Boss）衬衫和那条薰衣草颜色的真丝领带是我的最爱。我决定把它们当作VIP专属包车司机第一天工作的行头。

我一边从冰箱里找冰块，刚才熨烫衬衫的时候不小心，被笨重的老式熨斗烫了手，火辣辣的，一边想着老板说过的话，"有史以来最杰出的员工！"真的吗？我感到有点骄傲。

在冰箱的角落里找到一小块冰，敷在烫伤处，很痛。

二手货服装店在旧金山每个区几乎都有几家，而且，好的二手货店和差的二手货店有天壤之别。"好的没有"（Goodwell）这样的店是旧金山最破烂的二手货店。"好的没有"二手货店是慈善机构和政府开的，这里的东西十分的便宜，常常出没在这里的顾客都是真正生活拮据的，也有流浪汉和乞丐。流浪汉和乞丐常常到"好的没有"这样的店里选几件还不错的旧衣服，他们装模作样地拿到试衣间里试穿，趁售货员不注意，他们就把穿来的又脏又臭的衣服留在试衣间里，把相对好些的干净衣服穿走了。这样，"好的没有"二手货店的试衣间就心照不宣地成了流浪汉和乞丐的更衣室了。售货员心知肚明，他们往往睁一只眼闭一只眼，反正这家二手货店的东西都是街坊四邻生活好一点儿的人家捐献出来的，为的就是救济穷人。把这些捐来的东西低价出售，是为了应付一些开店的房租、运输费、工作人员的工资，等等。

"好的没有"店里有时候也会有一些从真正有钱又很慷慨的富人家里捐献的好东西，比如：裘皮大衣。

裘皮大衣在"好的没有"出现，可能要感谢保护动物协会。保护动物协会劝说某个富豪的夫人站出来反对虐待动物从放弃穿裘皮貂皮开始，于是贵夫人头脑发热，带头把几千美金买来的裘皮大衣捐给穷人御寒了。知道了这样的因果关系，你在马肯街头看见寒风中一个女乞丐，满脸脏污，缺牙，少一半舌头，头发黏糊糊打着绺儿，正伸着在垃圾桶里捣扯了一天的黑手向过路的行人要钱的时候，身上穿的是一件让路过的中产阶级太太看了眼红——嵌了一条完整火狐狸皮领子——的裘皮大衣时，你就不会感到太吃惊。

"给几个钱吧！"从一个这样的女乞丐身边经过——喔噻，我盯了这款大衣十几年了，老公也没舍得给我买！女乞丐穿着我的梦想还管我要钱！这世道到哪儿说理呀！——某个中产阶级的太太一定会这样想，她会撇一下嘴，然后加快脚步……

"嗨，看我这身材怎么样，亲爱的！"女乞丐叼着捡来的烟屁股，两手掐腰，忸怩作态地从背后对嫉妒得发疯的女人嚷嚷。

旧金山，一个奇迹王朝。

即使"好的没有"二手店里有黄金，那些律师、医生、工程师的太太们也不会踏进那里半步。即使她们的丈夫其实让她们过得也就是中产阶级里的下层日子，这和那些可以捐赠"几千美金裘皮大衣"的真正富豪太太还差几个等级呢。

经常逛二手货店，当然要知道买什么样的东西该到什么样的二手店。

如果你想找满是补丁，浑身是兜，裤腰低到露屁股沟，裤裆快低到脚踝的那种旧衣服，你最好去"嬉皮街"那家"好的没有"店，那里住的都是嬉皮士。

在同性恋和雅皮士的乐园卡斯楚区 (The Castro) 的那家二手店里，卖的都是时髦的长领衬衫，宽幅有鲜艳条纹的领带；"香蕉共和国"(Banana Republic)这样品牌的二手衣服在这里出现得最多，还有虐待狂用的皮鞭，受虐狂用的铐子，短到刚好能把裆兜住的皮裤衩，等等。

保守的老富豪用的东西你可以在核桃街上的一家叫"古德柏"(Goodbye)的二手店里买到。那是开在太平洋山岗区的一家店，是古老的富人区，靠近旧金山北部风水最好的林肯高尔夫球公园高地。那里的每一栋豪宅都不会少于 8 千万美金。钢铁大王卡耐基的后人在那里有房子，汽车大王福特也有豪宅在那里。那里的二手店和"好的没有"完全不同，保守的老富豪捐赠的西装、领带、衬衫、皮鞋最适合雷蒙专车司机用来当工作服——款式过时了，但保守可靠，很庄重，有绅士风度。衣服也保养得好，像新的一样。我是光顾这里的常客。

实际上，随着年轻、思想解放的计算机新贵们对旧金山北部的玛瑞娜、罗兰山岗、俄国山岗等老富豪区域的渗透，二手货店里传统的西装、西裤、马夹、领花、三接头蕾丝边意大利手工皮鞋少多了；取而代之的是比尔·盖茨那样工程师风格的富豪喜欢的穿着风尚：水洗布衬衫，米色的卡叽布裤子（Coky），轻便的新平衡（New Balance）翻毛运动鞋……

我鸽子笼里的陈设只有床买来就是新的。柏伯瑞格子花纹的长沙发是在路边上捡来的；桌子是在"好的没有"花20块美金买的，吃饭兼写些东西，上面整整齐齐地放着《牛津动物学大辞典》和几本史蒂芬金的小说，还有每个月要付的账单。

简单的椅子、台灯、噪音很大的老式吸尘器……这些东西是从"车库甩卖"买回来的二手货，东西很旧，但很干净。

旧金山人喜欢在休息日里把堆在库房和车库里的旧东西翻出来晾晒，顺便就把一些用不上的旧货便宜出售，他们在家门口立个简单的牌子，上面写着"车库甩卖"。

开车路过车库甩卖，我总喜欢停下来瞧瞧，怀着寻宝一样激动的心情从车库外面到里面挑挑拣拣，希望有意外的收获。

在旧金山的华侨里流传着这样的一个故事：

有一个中国来的老教授，教历史的，退休后来美国看儿子。语言不通，儿子儿媳整天的忙，没有时间多陪他。老头就一个人走街串巷地瞎溜达，每次看见车库甩卖就凑过去看看。

话说一个当年参加过八国联军火烧圆明园的家伙，他从圆明园里抢了不少的宝物，其中有一个乾隆爷的印章，田黄的，是个好东西。后来这个印章就传到了那个家伙的曾孙手里。他的曾孙是个不识货的摇滚乐吉他手，因为缺钱就把家里的老东西拿出来车库甩卖。甩卖的东西里就有这枚乾隆爷的印章。那个学历史的老教授一眼就把那件宝物认出来了。四块美金！乾隆爷的田黄石印章！两年以后，这枚印章出现在了香港的一个重要的拍卖会上，一千八百万港币被一位港商拍走了。

当然，这样的奇遇可不是总有的。

把九平方米的鸽子笼里里外外打扫一遍之后，大清扫工作就算完成了。打扫完房间，把换下来的床单、被罩、浴巾、脏衣服塞进一个大编织袋，带上洗衣粉和换好的硬币出门，走三条街到最近的投币自助洗衣房洗衣服。房东提供有洗衣机，就在地下室的洗衣房里，在那儿洗衣服每月房东要额外加收 50 块美金的电费，太苛刻了。

来到外面，我才意识到天气有多好。

阳光明媚，海风把日落区早上的薄雾都刮走了。站在东西走向的街上，一眼就可以望到白浪滔滔的日落海滩。

太平洋海面宏伟辽阔。

今天不是周末，年轻人都上班去了，冷冷清清的街道在骄阳下泛着白光。偶尔有拄着拐棍儿的老人蹒跚横过马路。通往马肯大街的 71 路汽车载着三两个无精打采的乘客在我身边"吱"的一声急刹车，我才意识到人行道上是红灯，差一点儿和 71 路车撞上。去洗衣房可以坐一站车，我每个月都买通票。在旧金山，除了捷运快铁，通票什么车都可以乘。在宝贵的休息日，终于可以不开车。不想开车，也不想坐车，作为一个专车司机，我也有走路的权利是吧。

温暖的阳光，清凉的海风，鸥鹰和许多不知名的鸟儿欢快地唱着歌儿划过天空，淹没在金门公园高大的古红杉树林里。沉闷的雾笛声从远处金门桥方向不紧不慢地传过来，我的心情莫名地沉重。

洗衣房的人很少。三两个人一边悠闲地看报纸和电视节目，一边等着他们烘干机里正烘干的衣服。

一个漂亮的俄罗斯女孩微笑着和我打招呼，她好像是一个酒吧里调酒的，我们常在这里碰到。洗衣服的几个人都是邻居，见到了都彼此点点头微笑一下，多半都是在周末不能正常休息的服务行业人士。

把被罩和衣服按深色和白色分装进不同的两个洗衣桶。

对了，要先放洗衣粉，再把衣服丢进去。我意识到自己没把洗衣粉均匀铺满洗衣机滚筒的底部就先把衣服放进去了，结果往往会让衣服洗完后一两个地方堆积着没有及时溶解的洗衣粉。如果没留心，把粘有没溶解洗衣粉的衣服放进烘干机里烘干，洗衣粉没溶解开的地方就会留下像蜡染一样的白色印记，一件衣服就给毁了。我吃过这样的亏，所以一直很小心。现在，必须先把脏衣服从洗衣机的肚子里重新拽出来，然后再均匀地把洗衣粉洒在滚筒的底部，这样水从下面注入的时候就可以先把下面的洗衣粉泡开。

在重复这个不该出错的动作时，我突然意识到今天做事好像总是心不在焉：早上熨衬衫被熨斗烫了手，过马路闯红灯和71路车抢道，现在又颠三倒四的……

这一瞬间，我看见脑海里一个美丽的女人——蒋红在不停地跳舞。

9

组山形墙（Bargeboard，也称 Ergeboard），墙的三角形边框有海蓝色的浪花雕刻装饰，外飘窗两边的廊柱上，深蓝色鱼鳞状的叠瓦（Imbrication）让人一下子就想起荡漾的碧波。海岸别墅，在晨光中越发显得精美、别致。

"那是'旅行者2'……1977年9月5日佛罗里达的卡纳维尔角，一枚'泰坦3-E 半人马座火箭'驮着它发射升空。由于地面工作人员疏忽，忘记了传送一个重要的启动代码，使宇宙飞船关闭了 High Gainantenna（高增益天线），情况相当的严峻……幸好地面的工作人员最终成功与船上的低增益天线取得联络，并重新启动船上的高增益天线，才避免了一次重大事故。"

在客厅的壁炉旁边，欧阳海岸对着展示柜里的一个航天飞行器模型和一张金唱片模型兴奋地对我唠叨。他坐在轮椅上，墨西哥姑娘玛丽娅推着他。

"这张金光盘是地球名片，是给外星人捎去的礼物。"欧阳指着"旅行者2"旁边的那张金唱片兴奋地给我讲解。他让玛丽娅推着他在海岸别墅宽敞的客厅里转来转去。欧阳比我上次见到他的时候苍老了许多，说话的声音也有了一些变化，舌头下面好像含着一块石头。

"……希望能够有外星文明在宇宙的某个角落里捡到它，读懂地球的呼唤，通过此碟了解我们人类。唱片直径为30.5厘米，外表镀有一层金膜；唱片的 A 面录制了90分钟的'地球之音'，包括地球人60种不同民族语言的问候语。35种自然界的音响和27首古今世界名曲；另一面录制了115张反映地球人类文明的照片，此外还录有当年美国总统卡特和联合国秘书长瓦尔德海姆的贺词。

"在问候语中有中国的普通话、粤语、闽南语和吴语，其中广东一位小姐用粤语向外星人发出亲切的问候是这样的：'各位都好吗？祝各位平安、健康、快乐！'"欧阳声情并茂地用粤语学一个年轻女孩娇滴滴的说话样子，惹得我和玛丽娅大笑。

"一位妇女用厦门话这样说：'太空朋友，你们好！你们吃过饭了吗？有空请来这儿坐坐！'还有上海话：'侬好，啥辰光过来白相白相？'最后，一位男子用普通话说：'各位都好吧？我们很想念你们，有空请到这儿来玩！'"欧阳的语言天赋真不得了，他把各地方言模仿得惟妙惟肖。

"这其中还有管平湖先生演奏的古琴名曲《流水》。地球人类活动的照片中包括八达岭长城和中国人家迎新年的家宴。这张'地球之音'唱片就是'旅行者2'带上太空的，在太空可以保存10亿年。光盘需要至……少几百光年才能穿越我们的银河系，它将在公元8571年飞抵距离地球4光年的伯纳德（Barnard）恒星附近，而……到公元20319年，其……将飞抵距离半人马座3.5光年的地方，而到296……036年，将到达距离天狼星最……近的地方。"

欧阳的舌头开始有些不听使唤了……我理解了周医生为什么让他保持说话，现在完全验证了"说话"对他舌头的好处。

"今天是很久以来Ocean说话最多的一天！"玛丽娅激动地称赞，"Reddy——"她侧身，压低声音对着客厅外面的阳光房兴奋地喊。从客厅的位置可以看到外面的阳光房，七八个女人正在蒋红的指导下练瑜伽。

"下犬式……马滚式……非常好，坚持！……眼镜蛇式……好，坚持住！婴儿式……"透过窗户可以听见蒋红好听的声音。一边指导学生练瑜伽，她的目光一刻也没减少对客厅方向的关注。

"玛丽娅，不要影响她们上课。"欧阳温和地提醒。

面对蒋红的注视，玛丽娅兴奋地对着蒋红比画着，指了指坐在轮椅上的欧阳海岸，然后用并拢的四个手指与拇指上下开合做了一个说话的手势，同时嘴里做出"他在说话！"这个句子的口型。

　　我跟着欧阳海岸从客厅又到书房。在书房里，我看着那些挂在墙上的照片——少年时候英俊的欧阳海岸快乐地和他爸爸站在一架 1935 年的"剑鱼"MK.I 单引擎双翼鱼雷轰炸机前面。

　　"那是我爸爸第一次带着我飞上蓝天。"欧阳海岸在我后面，就像是画廊里的解说，"飞机是二战时候英国王牌飞行员查尔斯·波特的座机。我爸爸花大价钱把它买下来，重新改装，拆除了又沉又重的机关炮，里面加上了可以拆卸的沙发座椅。照片是我们第一次试飞回来。"

　　我又把目光投向一张老式滑翔翼的照片上。欧阳海岸的声音又飘了过来："这个老古董，我的第一台滑翔翼，是 13 岁时候的圣诞节礼物。"

　　"又在显摆你的这些历史。"蒋红擦着汗从阳光房走过来。

　　"Reddy！今天是 Ocean 一生中说话最多的一天。"玛丽娅迎着蒋红掩饰不住激动。

　　"一生？他以前可是个话匣子，那时候你还没来呢！"

　　空气里，我闻到了黄色山茶花的清香和美丽女人的汗味……

　　"我去换衣服，午餐多做一个人份儿。"蒋红吩咐玛丽娅，语气里带着掩饰不住的喜悦。

　　蒋红小鹿一样轻盈地转身离开，留下黄色山茶花的气息和着她的汗味儿弥漫在我的左右。还有我的心跳，我躲躲闪闪，我左顾右盼，我静止不动……只有这样我才不会被我的慌张出卖。

　　"玛丽娅——洗发液没有了！"那好听的说话声音从楼上浴室的方向传来。

　　"浴缸右面的柜子里还有一瓶——！我在炒海盐，Ocean 一会儿就要用了——！"玛丽娅从厨房里出来扯着嗓门对楼上喊。

　　"配比——！"蒋红在楼上喊。

　　"知道——两袋草药混合一袋'地中海盐'，炒二十分钟！"

玛丽娅回应着消失在通往厨房的走廊里。

黄色山茶花的香味混合着我的敏感和慌乱弥漫在空气里。我下意识地扫视欧阳海岸，希望我的慌乱没有被他察觉。还好，他的脸正朝向窗外。

午饭过后，欧阳海岸要午睡。

我坐在车里等待吩咐。车里自带的三明治和一大瓶白开水都没用上。午餐吃的是玛丽娅做的"鸡胸肉鳄梨嫩莴笋Paella"（西班牙饭），喝了两大杯玛丽娅调的粉色柠檬汁加冰。Paella很好吃，玛丽娅毫无保留地把做法教给了我：鲜嫩的鸡胸肉用盐、橄榄油、黑胡椒、蜂蜜、黄姜粉、鸡汤腌制；洋葱切丝，莴笋切丁用橄榄油、黄油翻炒，加盐、肉桂、红辣椒粉（Paprika）、迷迭香、月桂叶、小茴香、丁香……鸡肉煎至金黄色，加藏红花泡过的冰白葡萄酒，加谷粒短粗的庞巴米（Bomba Paella Rice），加高汤……小火收汁儿直到米粒成透明的红宝石色，撒上鳄梨丁和细碎的新鲜小青葱装饰……按照医生的吩咐，欧阳要多吃活血化瘀的藏红花。玛丽娅在Paella里放了很多藏红花。煮出来的米玲珑剔透带着红玛瑙的光泽，吃在嘴里软糯浓香，加上鸡肉汤、葡萄酒和各种香料的调制……把Paella的美味一层层地展现给味蕾，让食客吃得跌宕起伏，就像精彩的歌剧大戏一样回味无穷。

我斜靠在驾驶室里，昏昏欲睡。味蕾上带着厚重的庞巴米鸡肉汁和藏红花的浓香。VIP长期包车还管一顿饭，这是我没想到的。

"咚咚咚。"有人在外面敲副驾驶一侧的玻璃。是蒋红，她就站在外面看着我。

我把车窗摇下去，"我丈夫让我请您……（这是她第一次用'您'来称呼我）和他聊会儿天，今天的午觉他不睡了…… 行吗？"蒋红低着头，难以启齿的样子让人心疼。拜托了，即使为了老公也不要这样低头恳求。

"好，我这就来。"

蒋红站着不动，望着远处的树丛。我看着她姣好的侧脸和沉思的神情——像为做一个什么样的决定而犹豫不决。就这样，有几秒钟的样子，她伸手把副驾驶的车门打开坐了进来。

"钱学杰……"蒋红在副驾驶的位置上坐好，车门开着，好像她随时都准备要从我的视线里逃掉，"……让你陪着我丈夫说话是额外的服务……今天他很开心，看上去他很愿意和你聊天。医生说得很对，多说话对他的病有好处。这是额外的要求，我会另给你一笔小费。"

"我愿意和他说说话，反正你们包了一天的车。"我坦然笑对。

"那就说好了，除了开车服务，加一项陪我丈夫说话，我付双倍的小费。"我的话让蒋红脸上浮现一丝喜悦——那是发自内心的快乐，发散到嘴角，"盛开"出来的一个浅浅的笑容……这笑容只有一秒，就好像在乌云笼罩，久不见晴的雨季里，泛起在乌云边缘的一点清辉——稍纵即逝的亮边，勾勒出乌云的轮廓——让你知道那乌云笼罩的范围。这一点点笑意足可以预示雨季将逝，坚冰即将融化。后来的日子里，在我和蒋红的关系里，每每感到沮丧和绝望，我都会想起这个中午她坐在我身边对着我流露的那一丝若有若无、若即若离的笑意。它让我联想起竹林海乍暖还寒时节新笋破土而出泛起的嫩绿，那是希望的嫩芽。

"额外的小费就不用了。"我说，"反正我坐在外面等着也没事儿。"

"谢谢！一会儿见。"说完这句话她并不看我，起身离开，留给我一个逆光中离去的窈窕倩影。我能感受到她"谢谢"的语气不是客套。

她刚刚坐过的位置——酒红色的真皮座椅上，她坐过的凹痕——十分美丽的臀印——正在缓缓地消失。我静静地看着那美丽的臀印在座椅上渐渐地展平，直到完全消失……黄色山茶花的胭脂香，淡淡的……还在……

10

给欧阳海岸做 VIP 专属司机，每周三四天。

每天一早迎着霞光开车到海岸别墅上班。一天里，除了接送欧阳去周医生的诊所做理疗，大部分的时间就是陪欧阳说话。

欧阳背朝上平趴在卧室的床上，玛丽娅把中药混合着炒得发烫的海盐装在两个粗布口袋里，把袋口用绳子扎好（像两个小枕头）压在他肩颈和腰部的位置——盐疗。

"玛丽娅，脖子的地方不舒服，像是针扎！"欧阳海岸晃荡着肩膀要把压在上面的盐袋子晃下来，他痛苦的表情，好像孩子拒绝打针。

"住手吧你！"玛丽娅凶巴巴地喊，"那是海盐里的中药在起作用，是在疏通你的经络呢！"欧阳海岸任性地又晃动了几下肩膀，那样子有点像北极冰面上摇摆爬行的海豹。

"Reddy！快来！"玛丽娅毫不留情地对门外喊，"Ocean 又不听话！"

"杰克，快把门关上。"欧阳海岸对我使了个眼色，"你看见了，她们是怎样合伙虐待我的。"欧阳用中文对我说。

"舒服吗？这样，还是这样？"玛丽娅把他肩颈上压着的海盐中药包调整了几下。

"怎样都不舒服。"欧阳抱怨着。

"下犬式……好，坚持！拜月式……五四三二一，好，坚持！"

隔壁阳光房里传来蒋红教练瑜伽的声音，下午的瑜伽课开始了。

　　欧阳海岸背着两袋海盐，妥协地把脸埋在床上，好像睡着了。玛丽娅竖起食指放在厚厚的唇上对我做了一个"静"的动作，"你负责看管他，"她压低声音，"盐袋子二十分钟不能掉下来！"玛丽娅认真地冲着我下命令，然后蹑手蹑脚地从卧室里出去。

　　"玛丽娅走了吗？"过了一会儿，欧阳海岸问我。

　　"还没走。"我故意吓唬。

　　"骗子！"他微微抬起头，小心地向两边看了看，"玛丽娅就像纳粹党卫军。"他舒展了一下脖子，对我抱怨。

　　"你最好是听医生的话，配合治疗。"

　　"哦，看来两个美女已经用美人计把你买通了监视我。"

　　"我还没叛变呢！"

　　欧阳海岸努力地抬头，看着我欣慰地笑了，"衬衫很漂亮，意大利手工做的吧？质地很好。"

　　"我在二手店淘来的。"

　　"是靠近核桃街那家古德柏二手店，还是费米街上的二手店？"

　　"核桃街那家古德柏。"

　　"那是家有品位的好地方。"欧阳好像要告诉我去二手店没什么不好，"我以前也常去那里逛逛。我喜欢那里的毛衣和鞋。有时候恰好有合适的码才叫幸运，真正的意大利手工皮鞋。那附近的绅士送过去的东西都保养得很好，鞋不会磨损得太厉害，价钱却是新鞋的十分之一，而且你的脚也不用遭受穿新鞋的'折磨'。"

　　"呵呵，我也喜欢那里的鞋。"我迎合着。

　　"其实我一直想把我的一些鞋和衣服送到那里去寄卖。对了，你穿几码的鞋？"

　　"四十四码。"

"也就是十一码，对吗？"

"欧码，是的。"

"太巧了。你去我的衣帽间看看我的鞋，拜托学弟，能不能帮我穿穿，好鞋关在柜子里久了，也会得抑郁症。"欧阳海岸示意我身后的一面由一排落地镜子组合成的墙，"那里就像是衣服和鞋的'监狱'。"

我环视了一下四周：整个卧室大概有一百平方米，国王尺码的欧式雕花红木大床在卧室的正中间。卧室里除了几把可以和欧洲宫廷家具媲美的扶手椅和一张丝绒面的巨型贵妃榻之外就是几盏漂亮的中国古典式落地灯。灯罩是薄纱的，带着仕女图案彩绘。

"打开'监狱'大门的玄机在落地灯的后面。"他看出了我的疑惑，"那后面有一个金色的按钮。"

我在落地灯的后面果然看见了那个金色"按钮"。实际上所说的"按钮"更像是故宫城门上的门钉，一个金色的大圆疙瘩。"门钉"镶嵌在云锦面装饰壁布上。门钉的正中间，因经常按蹭比周围的金色更加光滑闪亮。

"按吧！"我站在那里犹豫，"那是我曾祖父设计的机关。"欧阳鼓励的声音就在我身后。

我按下那个门钉，整面墙的镜子伴着吱嘎嘎的声音从中间向两边分开，一个宽敞的衣帽间，足有六七十平方米，呈现在我眼前：衣帽间分成两个区域，左面是男人的，右面是女士的。左面的柜子里是一排排的西装、西裤、衬衫、鞋子、大衣、领带、围巾；右面是女士的各种套装、裙子、丝巾、帽子和珠宝首饰。衣帽间地上铺着金色的波斯地毯，地中间是一个灰色的椭圆形真皮座椅，最里面是梯形三面环绕式落地试衣镜。

"随便试试，西装什么的，我们的尺码应该很接近。"欧阳海岸鼓励着我，"就当是弟弟穿穿哥哥的衣服，随便挑挑。"欧阳海岸的声音依旧带着鼓励从我背后传来。我的视线却落在了衣帽间右边的一排女士套装上了。我看见了那条淡黄色的长裙——"秋天的银杏树叶"在骄阳下摇曳，化作一片片的金箔……

有了我这个帮手照顾欧阳海岸，蒋红又回到旧金山艺术学院继续上芭蕾舞课。

那天，送欧阳海岸去周医生那里看病回来，我和玛丽娅把欧阳在床上安顿好。

"盐疗改成每天三次，"我喝了口水对玛丽娅说，"周医生说多加一次。"

"多加一次！"玛丽娅抱怨地，"难闻的中药和炒海盐的味道要把我熏死了。"

"去接蒋红吧，快要下课了。"欧阳神秘地对我说，"别忘了花，给她个惊喜。"

我在发傻街（Fosame St.）上找到一个超大停车位，把车停好。

离蒋红下课还要一会儿。我横过马路，对面就是旧金山艺术学院的教学楼。这所建在马肯街东侧闹市区的艺术学院是一所马路大学，没有校园，也没有围墙。按照欧阳的提示走过去两条街，在街角果然有一个很大的格蕾丝花店，欧阳说这里的黄茶花又大又好。

柜台后面，大朵的黄茶花开得正艳。

我捧着修剪得整整齐齐还扎着漂亮蓝色缎带的黄茶花从格蕾丝花店里出来，转过第三街街角的希尔顿饭店，继续向米神街（Mission St.）方向走。走不远就找到了欧阳说的那栋旧金山艺术学院舞蹈系教学楼——灰色的百年老建筑。

老旧的电梯"轰隆轰隆"地响着把我带到了三楼。出了电梯，在走廊里就隐隐约约地听见了音乐声——柴可夫斯基的《天鹅湖》。我跟着音乐向走廊深处走过去，很快就看见了宽敞明亮的芭蕾舞排练大厅。大厅里正在上课，四小天鹅伴着音乐正欢快地起舞。我站在门口等了一会儿，蒋红跳的黑天鹅出场了。化了妆，黑天鹅的行头……我惊呆了，太美了！

"黑天鹅"大概跳了五分钟，"今天的课就到这儿！"老师拍着手叫停。蒋红手扶把杆，面对着大镜子喘着粗气。很快，她就从练功房四壁的大镜子里看见了捧着黄茶花站在门口的我。我举了举怀抱的花，微笑示意——我是来接她的。

蒋红从镜子里盯着我，手里握着擦汗的毛巾，就那样定格在那儿保持着擦汗的样子，一动不动地望着我，像一尊黑天鹅的雕塑。很美！我再一次对着镜子里的她轻轻挥动着手里的黄茶花。蒋红满眼惊讶地盯着镜子里的我看……突然，她就在镜子前面轻飘飘地倒落在地板上……带着芭蕾的美感，瑜伽的柔软，在一袭黑天鹅的行头里，恰似"天鹅之死"。

我吓坏了！所有人都吓坏了！老师同学操着各种语言一起围了上去！

"快叫救护车！"我大喊着冲上去……

"用冷水泼她的脸！"有人喊。

"校医，快叫校医来！"

……

"都别动她！"一个权威的声音从人群后面传来。围观的同学闻声闪开来。是校医来了，六十几岁的老人家，一头梳理得整整齐齐的白发，手里提着一个急救箱。他挨着我在蒋红身边蹲下，打开皮箱，拿出来一种像是空气清新剂一样的气雾剂，按下气雾剂的白色按钮，轻轻地在蒋红瓷娃娃一样精美的鼻子底下轻轻地来回晃着……蒋红脸上汗津津的，泛着彩霞一样的红晕，黑天鹅的装扮让她更显得具有戏剧性的凄美。

"我说过,这样大的运动量不是在排练,是在要姑娘们的命。"校医不满地对指导老师抱怨。

气雾剂显然起了作用。蒋红慢慢地睁开眼睛。

"慢慢扶她起来。多喝水就没事了。"校医站起来,对两个正扶着蒋红坐起来的"白天鹅"嘱咐。

四小天鹅中的另一个白天鹅递上来满满的一大杯水,蒋红喝了几口,好多了。我这才松了一口气,拾起丢在地上的黄茶花。

"欧阳先生让我过来接你回家。"蒋红直视着我的时候我说。

"你出去等等我,我要换衣服。"接过花,蒋红异样地盯着我看了看,好像我的脸什么地方没洗干净。

"楼下的痞子咖啡馆,我在那里等你。"我想起出门的时候欧阳提到过的地方,蒋红对我点点头,看样子没事儿了。

"谢谢!"蒋红抱着花,礼貌地推开搀扶她的白天鹅,自己站了起来。

在痞子咖啡馆,我惊魂未定。刚刚发生的一切都太戏剧了,我好像刚刚参与了一场现实版"天鹅湖"的演出。

要了一杯美式黑咖啡给自己,为蒋红要了杯热柠檬红茶加柚子蜜。欧阳告诉我,蒋红每次排练完都习惯喝一大杯这种饮料。

选一个靠窗户的位置坐下,这样蒋红从路对面出现的时候我就能看见。

窗户是朝阳的,午后的阳光斜射进来,热气从泡着柠檬片的杯子里缓缓地升腾……我喝了一口咖啡,眼睛注视着窗外对面的街道。我选的这个靠窗户的位置光线很充足,特别是我对面的位置——蒋红一会儿将坐到这里——几乎是完全暴露在阳光之下的。女人是怕这样的强光的,就像许多坐我车的女客人总是一进车厢就下意识地挡上车窗的纱帘，尽管车厢的玻璃是百分之四十滤光的茶色玻璃。我开始后悔选了这个桌位，环顾四周，咖啡馆靠中间的位置刚才还有空着的，现在已经被一家四口，爸爸妈妈带着两个孩子占领了。

很快，我又发现了这个桌位的一处致命缺陷——对面的椅子！我坐的这个位置椅子是柔软的金丝绒沙发，太阳光也被大部分墙挡在了外边；对面，座椅是硬木的，棱角分明，坐上去一定很不舒服。我庆幸及时发现了这个问题。还来得及，在蒋红出现之前把对面的硬木椅子换成丝绒的沙发。我环顾四周，用目光去寻找某个位置上正好多出来一把柔软的沙发椅……没有。每个桌位剩下来的都是硬木的椅子，好像来这家痞子咖啡馆的所有客人都商量好了，不给我机会把硬木椅子换成沙发椅子。正当我这样琢磨着怎么把硬木椅子换成软面沙发的时候，我看见蒋红不知道什么时候已经横过马路向咖啡馆走来了。一身浅灰的紧身休闲运动装，碎花布的四方女式包，贴着右侧挎着，步子轻盈，像一片云。

我站起来，慌乱之中一个惊人的智慧产生了：把座位调换一下，一切就都解决了！我迅速把对面热气腾腾的柚子蜜柠檬红茶拿过来摆在我面前，然后把我的咖啡杯向对面推过去。

刚在对面的位置上把硬木椅子拉开站进去，蒋红已经推开大门进了咖啡馆。我挥手，她看见了。咖啡馆里的男人们几乎同时注意到了这位曼妙的东方女性，包括卖咖啡的小伙子、带孩子的白人奶爸，他们的视线暗自地跟着蒋红向我并拢，这感觉真好，焦点的感觉。

"对不起，久等了。"蒋红坐在我对面的阴影里，金丝绒的沙发椅看着就舒服。我为我的安排喝彩。虽然窗子透进来的强光让我有些睁不开眼，但这恰恰是对我的褒奖——我考虑问题是多么周到。

"柚子蜜柠檬茶。"我示意她。

她端起杯子喝了一大口,温度看来正合适。

"你穿的西装,扎的领带……还有古龙水……衬衫的袖扣都是我老公的。"蒋红平静地放下杯子。

"是,"我笑笑,"上次他让我参观他的衣柜,一定要送给我一些……还有皮鞋。"我把脚伸出来,露出酒红色的三接头带蕾丝边的意大利皮鞋。

"你自己没衣服穿吗?一定要捡别人穿剩下的旧衣服?"我脸上的笑容瞬间凝固。蒋红表情严肃,这话可不像是在开玩笑。

"哦……欧阳学长说今天一定要我穿上这些给他看看……"蒋红看着我,眼泪就在眼眶里,几乎快要流下来了。我害怕了,怎么也想不到她对我的穿着反应如此强烈。

"欧阳学长说……反正他也不会穿……"这话一出口我就知道又错了。果然,蒋红的眼泪噼里啪啦地往下掉,转眼就哭成了"林黛玉"。

我急忙把纸巾递过去给她擦眼泪,想着怎么控制局面。

"你们这是故意的。一样的时间、一样的地点、一样的穿着打扮、一样的花……他要干什么?"

我预感到了什么。

"三年前,今天,我和欧阳第一次约会。一样的地点,一样的衣服,一样的花,他也是上楼去接我,也是在这间咖啡馆等着我换衣服……"

明白了……我沉默着,等蒋红哭完。

……

"你怎么不说话?"过了一会儿,蒋红平静了一些,"你们不是蓄谋已久的吗?"

"……"

"那么下面将要怎么进行？你们是怎么商量的？'情场老手'有没有告诉你，当年他是怎么把我泡到手的？你算是找对了老师，拜对了师父。"又哭了一会儿，蒋红抽泣着说。

……

"下一步带我去哪里？"一阵尴尬的沉默之后，蒋红又开口了。

"去 Calzones 吃饭。"我马上回答。

"这也是你师父的建议吧？"

"没有，他只说你喜欢那家意大利菜。"

"他有没有说我喜欢这家馆子的蘑菇色拉、天使意粉和皮诺红酒？"

我沉默，这时候最明智的就是沉默，我想。

"好吧，我的确是饿了。"蒋红的语气缓和了下来。

Calzones 这样的意大利名馆子，去吃饭的客人需要提前定位。要想马上就有座位，私底下给领班打点上三五十块小费是一定要的，或者认识里面的大厨什么的。

去餐馆的路上，我正后悔忘了早点儿通知高胖子我要带"贵宾"去吃饭。也就只有高胖子能临时抱佛脚，在犄角旮旯儿给我想办法加一张桌子。

"丁零零——"我的手机来了一条短信息，是 Calzones 发来的确认短信：

"Ocean 先生在三天前预定了最浪漫的七号桌位。预留时间到今天晚上八点。祝福用餐愉快。"

我看了看仪表盘上的时间：六点三十分。我不得不佩服"欧阳导演"的安排，天衣无缝，一切尽在掌控。

跑堂的把我和蒋红在七号桌安顿好，"你是怎么搞到这张桌子的？"蒋红的目光略带敬佩，"哦……"她随即夸张地恍然大悟，"我忘了你幕后是有高人的，呵呵！"

所有的都是招牌菜，样样都是我让高胖子亲自安排的。

高胖子在厨房门口向我招手。我走过去和他打招呼。

"这个美女可比上一个有味道！"高胖子隔着出菜口对我挤了挤眼睛，回厨房忙去了，今天是周末。

开胃菜是意式凉菜拼盘，里面有大片儿的不梳头意大利火腿、油醋泡朝天椒、烤红青椒、油泡黑橄榄、萨拉米香肠、盐水"阿尔提丘克"（朝鲜蓟）。

开胃面包是新出炉的福卡恰，松软带着浓郁的橄榄油香气。红酒选的是口感适中的法国情人谷 1989 年份的干红。浪漫的意大利歌剧《塞纳的理发师》中的片段做背景音乐，餐桌上点亮了带熏衣草香的蜡烛，一枝红玫瑰在小巧的花瓶里。

窗外，哥伦布斜街上霓虹闪烁。

"面包真好吃，"半瓶红酒之后，蒋红有点微醺，"你师父有没有说我们三年前要的主菜是什么？"

"没有，他只是说你喜欢这里的'菠菜拉扎尼亚'（Lasagne，意大利面的一种）。"

"但愿味道和三年前一样。"蒋红笑了，借着红酒的微醺，她笑得很开心。

我多么希望此刻与佳人推杯换盏的人依旧是昔日英俊潇洒的欧阳海岸。美好时刻的意义……只有在后来的回味里才可以真正地体会到，命运下的生离死别都是这样。我知道，今天，我是一份被欧阳先生精心设计包装的"第一次约会纪念日礼物"。我很开心，能被人利用说明你有利用价值。杜月笙的话。

"没有悬念，我老公一定告诉你了，甜点是樱桃火焰香草冰激凌。"蒋红有点醉了。

那天晚餐，一切都很好。她点了菠菜面的肉酱拉扎尼亚，我要的是茄汁钮蔻（Gnocchi，意大利土豆面疙瘩），茄汁是高胖子亲手调的。

最后，伴着烛光，"脑袋撞车"的矮胖意大利小伙子笑眯眯地推着一个小推车来到我们面前，上面是酒精炉和做甜点的材料，他要在现场给我们做晚宴最后的甜点——樱桃火焰香草冰激凌。

新鲜的加州红樱桃去了果核，用奶油加红糖炒，炒得很烫的时候，浇樱桃白兰地和一点点苦艾酒。当甜酒在热锅里被点燃的瞬间，浇了酒的樱桃也跟着燃烧起来，火焰从蓝色变成紫色再变成橙色……这时，对着火焰轻轻地撒一把肉桂粉，听它们在火焰里噼噼啪啪地绽放出火花，像点亮了夜空的繁星……漂亮极了！火焰照耀着蒋红微醺的笑脸，无比的美丽。

火焰渐渐熄灭以后，把已经炒成琥珀色的樱桃糖酒汁浇在早已准备好的两杯香草冰激凌上——热情的岩浆和冰冷的心在瞬间结合。

这个夜晚一切都近乎完美。最后，当我提出要为这餐买单的时候，一切都变化了。

"一切都还满意吧？"蒋红面前的酒瓶快要空了的时候，跑堂的过来送账单。

"不错，我很满意。"蒋红舌头有点僵硬。

"很好。"我接过账单。

"把账单拿过来。"蒋红认认真真地端详了我一会儿说。

"我来吧。"我紧紧握着账单。

"你把自己当什么人了呀！给我——"蒋红的舌头和语气都像一个执拗、任性的小姑娘。

"不不不，我来！"我把账单拿在手里不放。

"把它给我！"蒋红伸出手，不容置疑，"你知道你是谁吗？英俊潇洒……你？差远了！绅士风度？你？也不行……"

她眼睛里闪着的冷漠让我如身在北极……我诧异……不知所措。

"你是我的司机！我老公花钱雇你来陪我吃饭！"蒋红故意把句尾的"我"字在语气上加以强调，而且声音也渐渐大了起来，"因为今天是个特殊的周末，今天我很孤独。你以为你是谁？嗯？穿着我老公的衣服你就可以像个情人一样地请我吃这顿饭？！"蒋红声音越来越大，最后她从我手里一把把账单抢了过去。餐厅里所有人都在看我们。

高胖子也出来了。

我默默地站起来，拿起我的外套，司机的责任这时候该去取车了。

"她好像喝多了，"高胖子跟出来送我，"我以为你新交了女朋友。"

"没事了，有话回去再说。"

我沿着哥伦布斜街拥挤的人流找我停车的地方。年轻人对对双双。

哥伦布斜街挨着热闹的红灯区，周末，这里是旧金山年轻人放纵的天堂。

这是一种诗意的感伤，我回头看一眼餐馆，玻璃窗里的气氛依然优雅浪漫，我刚刚坐过的那张台子上，蒋红对着账单一张一张地数钞票。

"叮咚"，手机上进来了一条短信，是欧阳：

学弟，对不住，今天可能会让你感到委屈。

你的努力让一个美丽的女人"鸳梦重温"；你的委屈让一个

美丽的女人暂时忘记了现实里有一个永远都无法再站起来的丈夫。

谢谢！

欧阳老哥

我把"命运120"停得尽量靠近餐馆门口。

餐馆里，蒋红美丽的侧影正微笑着举杯……和对面的空椅子干杯，就好像昔日英俊、潇洒热情的欧阳海岸坐在对面。

那一刻，我的心被一只无形的手紧紧攥着，攥出的水—— 热辣辣地，从我的眼睛里涌了出来。

11

"快看中文频道！"

我刚回到鸽子笼，刘桂琴脸上敷着面膜（像《歌剧魅影》里的面罩人），头上卷满了"蛋卷儿"疯疯癫癫地在公共厨房里大喊："华语电视台！快看，在播高胖子专访！"

我打开从马路边上捡来的九寸日立牌电视，从冰箱里拿上一罐百威啤酒，坐在从"好的没有"淘来的破沙发上。

电视一阵子重影和晃动之后，漂亮女主播的形象渐渐稳定了。高胖子穿着大号的沙滩衫（图案是红红绿绿的椰子树），脖子上戴着又粗、又晃眼睛的金链子，两鬓留起了胡子，整体白胖的脸上分布着刚刚被太阳暴晒过的大块儿红斑，像刚撒去尿不湿的婴儿屁股（也许是电视机色彩还原不好造成的）。

女主播："高先生能不能同我们的观众说说，您发明这款牛排酱的灵感和动力到底是什么？"

高胖子："吃，从吃开始的。我父亲是卖煎饼果子的，我从小就帮助我父亲调不同的酱汁……麻辣的、咸鲜的、酸甜的、椒盐的……抹在煎饼上。"

女主播："您怎么知道天津人爱吃的这些东西在美国会有市场呢？"

高胖子："只要好吃，都会被接受……比如，外国人吃我们的北京烤鸭，他们就很适应甜面酱，葱丝卷荷叶饼……没听说哪个老外去北京全聚德吃烤鸭自带西红柿酱的。"

女主播笑了。

高胖子："当然，发明新款牛排酱的灵感也不全是煎饼果子酱，还有北京烤鸭酱、广东烧鹅李子酱的元素。我还把意大利面西红柿酱汁、法国鹅肝酱、德国烤肉芥末酱……甚至墨西哥塔克（Taco）豆酱……从世界各地不同口味的酱料中汲取精华。"

女主播："请问制作牛排酱是您最热爱的事业吗？"

高胖子："是的，我喜欢酱，小时候最爱吃酱，长大了也没离开过酱，我发明好吃的酱是一种乐趣，我人生的目标就是变着花样地发明酱，发明世界上最香、最好的酱。"

女主播："听说您家境贫寒，从小没有母亲，和父亲相依为命。这是不是你成长过程中不断进取的动力呢？"

高胖子：（思考了一下）"贫穷是什么？贫穷就是绞肉机，在它面前，完整的很难留下来……以前你是块肉，有骨头，有筋，肥瘦门儿清。后来被贫穷修理得没骨头，没筋，肥瘦也看不出来，成一堆黏糊糊的肉馅儿了。"

观众席上众嘉宾鼓掌。

高胖子："肉馅儿吧，零零碎……掺上酱油、盐、高汤、花椒粉、葱姜……再用面把它们包成包子、饺子……蒸完了，煮完了，煎完了，肉又成一整块了。可是你发现，不一样了，不是那原来的整块肉了。那是加工过了的，就跟红烧狮子头似的，看起来还是大块的肉，可实际上是肉馅儿和面包屑，一碰就碎了。"

女主播："看来高先生的智慧和思想都是从吃中悟出来的……"

嘉宾笑。

女主播："高先生，听说您是读化学的，您的专业对您现在的发明有没有一定的帮助？"

高胖子："有，太有了！（想想）我就说说上大学的时候我从家里带到学校的是什么吧。我从家里带到学校的是一整桶三十斤的天津大酱。朋友呀，这就是我一个学期的口粮，你能相信吗？一个学期三个月，我用化学实验室里的天平秤，把三十斤大酱分成三份儿，一个月一份儿。然后我又把每一大份儿分成三小份儿：一份儿做成辣椒酱，一份儿做成鸡蛋酱，一份做成土豆酱。"

女主播："这样可以换换口味，呵呵，你说高先生对做酱能没有经验吗？"

高胖子："对。我把三大份儿不同口味的酱再用天平秤和砝码等量地分成三十小份儿。我用试剂勺把它们装在试管里，密封好放进实验室的试剂无菌冷藏柜，上面贴上标签，注明酱的种类。我一天吃一试管儿，每三天一个口味循环。大学四年，我就是这样靠大酱拿到的学位！"

嘉宾掌声。

高胖子："那时候，我只有中午在学校食堂里出现，而且总是买五个馒头就走，中午吃两个，晚上吃两个，第二天早上吃一个。在学生食堂，四年的时间我只买过五次红烧狮子头，四次是因为过生日，还有一次是过年。"

女主播："您和父亲的感情很深厚吧？"

高胖子："对。我爸卖煎饼果子供我读书。我刚上大学的时候，我父亲的煎饼果子摊就在我们学校门口，我教室的窗户正对着他的煎饼果子摊儿。"

女主播：（诙谐地）"那吃煎饼可就方便了。"

高胖子："没摆多久，就被城管给砸了。"

女主播："太遗憾了！"

高胖子：（眼圈红了）"你看见过最亲的人被城管追着满街跑的场面吗？"

女主播："因为做小买卖？"

高胖子：（含着泪）"上一半儿的课，我从教室的窗户里看见楼底下城管正在追着我年迈的老父亲满街跑，鸡蛋碎了，香菜、大葱、甜面酱洒得满地都是……我又不敢说那是我父亲，怕同学老师看不起我……"

女主播：（含泪地）"那一刻，面对这个世界上唯一的亲人，面对饱经沧桑的老父亲被追得满街跑，您的心情……"

高胖子："我暗暗发誓，有一天要成为大企业家，做大买卖！永远不要做小买卖，被城管追着满街跑！"

女主播："不在城管管的范围？"

高胖子："对，我要发大财，要让我老父亲过上好日子！"

嘉宾掌声。

我看着电视，虽然对高胖子叙述的"城管砸他爸煎饼果子摊"的故事已经耳熟能详，眼泪还是像断了线的珠子滴滴答答地砸在了手里攥着的百威啤酒上。我想起了躺在病床上的钱旺……

女主播对着镜头："今天做客演播厅的是刚刚从夏威夷度假回来的'高氏牛排酱'发明人高汤，他是中国留学生的骄傲！……好的，现在是广告时间，广告之后我们接着听高先生聊牛排酱背后苦辣酸甜的故事！"

电视插播广告 —— 一瓶新款"高氏牛排酱"的特写，商标就是高胖子胖乎乎和蔼可亲的笑脸。高胖子穿着厨师服，右手举着一罐牛排酱说广告语 ——"高氏牛排酱，味道大变样！"

高胖子终于成功了。应该是他还我钱的时候了。看完电视节目，我做的第一件事就是从行李箱的内层隔层里找出来这些年高胖子向我借钱打给我的一堆借款欠条。借着昏暗的台灯，我仔细数了一下，竟然有七八张白条子，总金额达到了七千六百多美金。

从打"中文电视台"采访了高胖子之后，我就很难再见到他了。

高胖子搬走的那天我正好不在。

"这孙子连个地址都不留。"刘桂琴穿着薄薄的条格睡裙，手里攥着根啃了一半的黄瓜，正午的骄阳下，睡衣里面，刘桂琴丰腴的裸体隐约可见——难道是没穿内裤吗？

"他说回来，我就烙好了葱油饼等他……"刘桂琴打开公共厨房的冰箱门，里面满满地塞着葱油饼，一个月前的、半个月前的、一周前的、三天前的、一天前的……一叠叠用保鲜膜包着，用黑色的记号笔标记着日期，整整齐齐地码放在冰箱里。

"有钱了，有名了……就怕我黏上他，坏了他的名声。呸，看错人了！老娘要饭都不去他家门口！"

我突然感觉此时的刘桂琴很美。

发财了以后，高胖子再也没回到鸽子笼。

12

不到半年的时间，海盐和中药的混合气味就彻底侵占了海岸别墅。

那是一种焦煳的气味，就像是烧煳了的米饭结在铝锅底下的那层黑乎乎硬邦邦冒着黑烟的硬壳儿的味道。这股难闻的气味先是牢牢地在厨房站稳脚跟，然后是卫生间、卧室、书房、客厅、车库、酒窖……最后靠着死缠烂打的"地痞流氓"手段强占了蒋红的瑜伽房。

这股尖利、干燥的刺鼻异味是地中海海盐和中药结合的产物，它成功地继承了"父母"身上最糟粕部分的基因并在高温爆炒的"教唆"下恶性膨胀，无孔不入。它很快就把原始季风家族——夹杂着海藻和生蚝气息的温润暖湿空气——彻底驱除出海岸别墅，让"干燥"和"焦煳"这两个刺客对别墅空气里的"清新""湿润"进行了毫不留情的绝杀。

在这种异味纠缠厨房之初，玛丽娅试图把排烟机开到最大挡送它归西，可是很快就发现，它以特有的尖利和隐蔽，牢牢地附着在厨房的犄角旮旯和锅碗瓢盆上，并通过空气的流动和餐具的使用以及挂靠人的衣服、毛发等诸多卑鄙下流的手段，在海岸别墅里流窜。

蒋红曾经希望用敞开瑜伽房所有落地窗和天窗的方式，阻止这股邪恶的异味占领别墅里最后的堡垒——瑜伽房。当学员们惊恐地发现所有的瑜伽垫、紧身衣、毛巾、水杯、地板缝隙……甚至她们流出来的汗里都带着这种刺鼻的异味的时候，蒋红还没有对根除它彻底绝望，她把最后的希望寄托在黄茶花胭脂粉的香气上。她把黄茶花胭脂粉均匀地洒在敞开的落地窗窗台上，想借助海风的力量抛洒胭脂粉让异味望而却步。但是很快这股异味就以它加倍的疯狂和暴力，无耻地玷污了清纯柔美的黄色山茶花香！一厢情愿的粗暴结合所产生的另一种悲凉、沮丧、堕落气息最后让原本优雅高贵的瑜伽房堕入了风尘。

一个星期以后，蒋红的瑜伽课宣布无限期暂停。

为欧阳定制的电动遥控轮椅终于送来了。在我的监护下，欧阳遥控着电动轮椅，整整在客厅里疯玩了一上午。

中午，买菜去的玛丽娅和结束了舞蹈课的蒋红同时回来了。

"你把仓库的钥匙藏在哪儿了？"玛丽娅一边把两个炒热了的盐袋子平铺在欧阳海岸的脖子和腰上，一边斥责，"现在老实交代还来得及！"

"不知道！"欧阳海岸吃力地晃动着脖子，尽量让粗麻布的盐袋子在脖子舒服一点儿的位置服帖。

"很烫吗？"玛丽娅把手伸进垫在盐袋子下面的隔热毛巾下试了试温度，"忍耐一下吧，温度低了不利于药草渗透进皮肤深层，这是周大夫说的。"我感觉玛丽娅在严刑逼供。

"玛丽娅，我的鸽子发卡不见了！"蒋红在客厅里喊，"我常戴的那个，和平鸽衔着一枚橄榄枝的。"

"我不知道，夫人，你看看卫生间的杂物筐里有没有？"玛丽娅狐疑地盯着欧阳海岸。

"没有，我都找过了。"蒋红失望的声音从外面传来。

"还有，我的太阳眼镜也不见了。"隔了一会儿，蒋红的声音持续传进来。

"你盯着我看什么？"欧阳转过头去，避开玛丽娅紧盯着他的眼睛，"一会儿是仓库的钥匙没了，一会儿是发卡，现在又是太阳镜……"

"很奇怪，欧阳先生，这些东西早上还都在它们自己的位置上老老实实地待着呢。"玛丽娅绕到床的另一侧，继续盯着欧阳海岸的眼睛，"我上午只是出去买菜，回来这些东西就都不见了。Reddy去学校了，家里只有你驾驶着电动轮椅到处转。"

"不是只有我，"欧阳把头对着我站的位置扬了扬，"你走后杰克就来了，他也在外面到处晃，你为什么不问问他？"

我苦笑着摇了摇头，不知道欧阳学长今天葫芦里卖的是什么药。

"我不认为钱先生会拿这些东西。"玛丽娅看了我一眼说。

"带上傻瓜相机，你要负责拍活动的照片。快走吧，我们要迟到了！"蒋红在门外催了。

"快走吧，你们要迟到了！"欧阳学着蒋红的声音。

"来了——"玛丽娅对着门外回答，"你们，"她转过头一脸严肃，"老老实实地，希望我回来的时候能发现仓库钥匙回到了原来的位置。还有 Reddy 的鸽子发卡和太阳镜。"玛丽娅一边走出卧室一边回头警告地对我们说。

很快我和欧阳海岸就听到了院子里蒋红启动宝马 Z3 的声音，接着是悦耳的跑车渐渐驶远的声音……

"她们走了，呵呵。"欧阳兴奋地说，"我们今天下午有三个小时不被打搅。"

"三个小时？"

"她们去金门公园参加旧金山妮古玛瑜伽大奖赛，至少三个小时。"欧阳晃了几下脖子，盐袋子被他晃了下来，"快，小兄弟，把我腰上的盐袋子也卸下来，反正是没知觉。"

"不行，时间还没到。"我想阻止他这样任性，"我答应了蒋红要监督你到盐疗结束，"我看了看腕表，"还有十九分钟。"

"拜托了，扶我起来吧，呼吸新鲜空气比盐疗对我更好。"他抓着床头的铁栏杆奋力地挣扎着要把身体翻过来，太阳穴两侧的青筋和弯弯曲曲的深蓝色血管紧绷着，好像要从惨白的皮肉里跳出来似的。失去知觉的下半身和压在腰上的盐袋子显然是巨大的阻力。我摇了摇头，无奈地把盐袋子从他的腰上搬下来，帮他把腰转动一百八十度，让他借着我的帮助把身体翻转过来。

"好样的，小兄弟！"他大口地喘着粗气，"就知道我们是一伙的。现在把我放到轮椅上，谢谢！"我把欧阳抱起来，他的手轻轻地搭在我的脖子上，阳光从窗户照进来，他的脸就这样在我的胸前微笑着沐浴在阳光里。阳光的笑容。我想起第一次在优秀校友展示墙上看到的这张脸，阳光美男子。

把他在轮椅上放好，我抓起一个热乎乎的盐袋子把他后背和轮椅靠背之间的缝隙填满，把第二个盐袋子像枕头一样放在他的脖子后面。他显然感到有些不舒服，"有这个必要吗，把我打扮成一只蜗牛，呵呵。"

"你要是想下床还要坚持盐疗就只能这样。"我假装严肃地说。

"好的，我听话。"欧阳像个害怕失去玩伴的孩子一般迎合我，"总比整天躺在床上好。你看……我像不像霍金博士，呵呵。"他歪着脖子用右手的拇指、食指和中指揪着电动轮椅的操纵按钮，端起右肩，缩着脖子学着霍金的样子，"我发现……斯堪的纳维亚口音……对女人尤其管用。"他断断续续地学着霍金的声音，我笑个不停。

那个下午，阳光好像特别的灿烂，别墅里刺鼻的中药炒海盐的异味也被欧阳快乐的情绪冲淡了，我们身心都在一种无比轻松的状态。欧阳遥控着轮椅在走廊、客厅到处跑，他弓着背，脖子上的盐袋子晃来晃去，让我想到《巴黎圣母院》里的"卡西莫多"。电动轮椅让他的活动空间变大了。

他带着我四处寻宝，他指挥我从冰箱后面拿出来一包一个月前藏在那儿的"奥利奥"薄荷味饼干。

在电视机后面，我摸出来一大盒奥地利黑巧克力。在门口鞋柜第三排第四个写着 Cole Haan(寇汗)字样的鞋盒子里，我找出来一瓶金酒（杜松子酒 Gin）。

在院子里晒着太阳，我们一个人抽了一支烟，吃了一块巧克力，喝了一杯兑了些金酒的混合果汁。快乐和惬意冲淡了我协助他喝酒、抽烟、吃巧克力的罪恶感。

　　"现在真正的探险才刚开始，"欧阳兴奋地举起手里的杯子，"我们要赶在'警察们'回来之前完成这次探险。"我们干杯——把粉红色的混合饮料喝完。

　　"下一步探险之前，欧阳学长，你要配合一下。"突然我严肃起来，欧阳感到诧异，"玛丽娅说过，坐轮椅之前要检查一下你的纸尿布。"这时候提醒他我有点尴尬。

　　"好的，那就检查吧。如果你有一个瘫痪的哥哥就没什么感到难为情的。"我知道他说这话是为了安慰我。

　　回到卧室，把他放在床上，解开裤子，撕开缠在腰间的一次性纸尿布的胶贴，刺鼻的味道就出来了……

　　"小兄弟，我没有感觉，也许现在状况很糟糕……可以等蒋红回来再换。"

　　我什么都没说，我把纸尿布解开，我不会在蒋红回来之前让我的学长就这样带着满是屎尿的纸尿布到处转，虽然他自己没什么感觉。用床底下已经准备好了的大片儿湿纸巾把身体上黏黏的东西擦了两遍，然后把沾满了排泄物的湿纸巾连同用过的纸尿布一起包好。我记得玛丽娅说过，在换上新的尿不湿之前要给屁屁擦点痱子粉。我照着做了，然后用新的尿不湿把那里重新包好。

　　"好了，舒服又干净。"我轻松地说，尽量让口气听上去好像刚从夏威夷度假回来似的。

　　"谢谢你，小兄弟，我想象不出下面有多糟糕。"他脸上带着平静的笑容。

　　"比照顾婴儿好多了。"我笑笑，他也对我笑笑。我抱起他重新坐上轮椅。这一切都值得，我想，那笑容就是一切。

　　欧阳操控着电动轮椅屋里屋外地跑，快乐的样子就像是孩子刚拿到手一台遥控汽车。"杰克，过来，快！"在旋转楼梯粗大的红木扶手旁，欧阳停下轮椅，神秘地招呼我过去。楼梯是红木的——从客厅直通二楼——显得相当的古旧。楼梯的另一侧扶手边上竖着一个青花瓷瓶，瓷瓶肚大口小，底座是黄花梨木的镂空雕，雕着一条腾云驾雾的龙。底座和瓷瓶加起来有一米多高。"小老弟，麻烦你，"他指着青花瓷瓶对我说，"把那个瓷瓶拿下来，里面有东西，谢谢！"

我走过去，青花瓷瓶很美，蓝色的花鸟图案很生动，站在瓷瓶前面，很容易被它古朴和圆润的质感吸引。

"别担心，摔坏了算我的。"看着我站在瓷瓶前面发呆，他说。

"是让我把它从底座上拿下来吗？"

"是的，小老弟，然后帮我把里面的东西拿出来，谢谢！"

瓷瓶并不是太重，我试着握住瓶嘴把瓷瓶提起来。

"你会把瓶嘴揪下来的，最好用双手把它拦腰抱起来，小老弟。"

我按照欧阳海岸说的，双手在瓷瓶最粗的腰部抱紧，然后缓缓地把它抱离黄花梨的底座。"这是真正的元青花，我爷爷从土耳其拍回来的。它的主人曾经是伊斯坦布尔的亲王，瓶子先坐船到的纽约，然后我爷爷开着飞机把它从纽约运回到旧金山。"欧阳越是唠叨我越觉得手抖。

终于把瓶子在地毯上平稳放好，我松了一口气。把瓶子微微倾斜，手从狭窄的瓶口伸进去……先掏出了一支和平鸽发卡，然后是太阳镜，最后是一把钥匙。

"呵呵，这把钥匙！"欧阳海岸用神秘的语气，"会带我们找到宝藏。"

"果然是你偷了钥匙，玛丽娅没说错。"

"还有那些小玩意儿，嘿嘿！"他看着发卡、太阳镜坏笑，"那些都是转移视线的，要不然玛丽娅整天就只想着找钥匙。好了，现在我们上楼去。"我被他探险的热情感染，"Reddy 和玛丽娅怎么也不会想到我们会上楼去。"

"她们会想到我可以把你抱上楼去。"

"但她们不会想到坐着轮椅上去。"

"你是说把轮椅和你一起抬上楼去？我试试。"

"我们有更好的方法……"欧阳海岸遥控着轮椅，他示意我跟上，"我们的探险才开始。"

在一组红木的古董屏风前面，欧阳海岸停下来。屏风很大，差不多可以覆盖住整面的墙。屏风有瘦长的八组，每组有两扇带着雕镂隔心的隔扇窗。隔心是黄花梨的，图案是松竹梅和花鸟鱼虫。两扇隔扇窗之间，有绦环板从中间隔开，绦环板上用阳线雕雕刻着古琴曲《流水》的故事——伯牙弹琴，子期听琴，背景是高山和流水。

"小兄弟，麻烦帮我把这几组屏风挪开。"

屏风后面是什么？我开始有一种真正在探险的感觉了。

"小心！"

我搬动屏风的时候有一扇差一点儿倒下来，我用肩膀顶住它，缓缓地把要倒下来的屏风扶正，虚惊一场，汗都出来了。

"老弟，这套紫檀屏风是嘉庆从和珅家里抄出来的。"欧阳笑笑说。

挪开屏风之后，一个带铁栅栏拉门的电梯入口出现了。电梯是 20 世纪 30 年代的样式，在希区柯克的黑白电影里经常看到。铁栅栏拉门锈迹斑斑，电梯门边的白墙上有两个巨大的按钮，一个黑的，一个红的；按钮上分别标记着上和下的箭头。我按了一下标记向上的红色按钮，电梯纹丝未动。

"呵呵，这部电梯已经好久没用过了，从我受伤之后就封梯了。

再说，蒋红是不会让我们轻易探险成功的。"欧阳带着神秘的笑，"开电梯的钥匙已经让蒋红藏到她自己都找不到的地方去了。"

钥匙，电梯需要钥匙启动？果然，我看见在两个红黑按钮下面有一个钥匙孔，样子就像一个大写的字母 T。

"不过她们也太低估欧阳家族的智商了。毕竟这栋房子里我是元老，六岁的时候我爸爸就告诉我，电梯有一把备用钥匙。'有了这把电梯钥匙，才是这栋房子的真正主人。'我爸爸说的，'从天台到地库，这把钥匙可以带你到房子的各个地方。'"

在二楼走廊，墙上挂着的雷诺阿油画作品《伞》的后面，在画框的左下角，画框和画布边角的中间，我摸到了那把钥匙。手一触到那把钥匙的时候就感到了它粗糙和沉甸甸的质感，躺在这里多久了？钥匙是红铜的，磨得发亮的钥匙柄上有一只海鸥的造型，精巧别致。

"找到了吗——？"楼下传来欧阳兴奋的喊声。

"找到了——！"我压抑着内心的激动。

"太好了——赶紧下来，电梯已经等不及它的老情人了。"

"来了——"我拿上钥匙下楼，欧阳急不可耐地等在老电梯的近旁。从楼上的紫檀围栏俯瞰下来，那画面让我想起希区柯克的电影《后窗》里那个摔断了腿坐在轮椅上还不忘偷窥的哥们儿。

"我们要在玛丽娅和 Reddy 回来之前结束战斗。这个时刻我可等了好久了。两年了，她们不让我上楼，他们把电梯一锁就是两年。"欧阳海岸把钥匙从我手里一把抓过去，深深地在钥匙的手柄上吻了一下，然后他就伸出手去，试着把钥匙插进电梯按钮下方的钥匙孔。他的手抖得厉害……钥匙颤抖着，围着钥匙孔转圈圈就是插不进去，"……这钥匙……和电梯……它们分别得太久了，我想是钥匙太兴奋，或者钥匙孔太害羞……呵呵。"

"你可真有想象力，学长。"我笑着抓住他的手，稳定住他颤抖的手，然后试探着把钥匙对准钥匙孔……我尽量轻地握着他的手，我试着让欧阳海岸感到这一切都是他做的，我只是那只《拔萝卜的小老鼠》里面最后拽着兔子尾巴的小老鼠。

"别害羞，电梯，又不是第一次……进去了，进去了！" 伴着欧阳的唠叨，我们终于把钥匙插进了黑洞洞里。欧阳兴奋地大喊："进去了，比我强，我现在可干不成！"

"学长你……"我脸红了。

欧阳冲着我呵呵呵地坏笑，"我说的是事实，不信你去问蒋红。"他拍拍大腿，"腰部以下没知觉。"

通了电，电梯的按钮亮了。

"哪个钮？"我问。

"哪个'妞'也白费！"

"学长，我问你按哪个按钮。"我知道他是故意打岔。

"按红色的，我们先上去。"

电梯斑驳的铁栅栏门在我们面前吱吱嘎嘎不情愿地打开， 我推着欧阳海岸进去，电梯内部的装修贴面儿是红木的，常年受海洋湿雾侵蚀产生的霉斑附着在表面。电梯里充满了浓重的霉味。

"按三层。"看着我面对电梯里那些稀奇古怪的按钮不知所措，他说。

我按了写着罗马数字"Ⅲ"的按钮。按钮是象牙的（我猜），白里微微泛黄。依次排着的罗马数字和字母是"T、Ⅲ、Ⅱ、Ⅰ、B"。数字和字母是黄金镶嵌出来的。

电梯上升得很慢，潮湿和霉味让我突然想到：这里也许是海岸别墅里唯一没有被海盐和中药的"异味"占据的空间。

电梯在三层停稳，随着铁栅栏门缓缓打开，迎面是一扇厚重的双开红木大门，门上精雕细刻着大朵的牡丹。

"现在，该用玛丽娅的钥匙了。"

我用玛丽娅的钥匙把门打开：一个有差不多两千平方米的大仓库展现在了眼前，里面满满地堆着收藏品，各式各样，让人眼花缭乱。

"欢迎光临欧阳氏家族历史博物馆。"欧阳海岸兴奋地喊。我惊呆了，这里的收藏太丰富了：青铜器、玉器、青花瓷、紫檀家具、唐三彩马、金徽玉枕的古琴；各种景泰蓝、珐琅彩座钟，牙雕；一捆捆号记的普洱茶，用发霉的蒲叶包着，依稀可见"晋茗泰"字样；还有各种飞机模型，各种款式的老爷车模型（有些是纯金的我猜），各种奖杯，上百幅叫不出名字的油画……

"别傻站着，就当它们都是赝品吧。"

"嗯。"我木讷地点了点头。

"好了，下一步我们要找到滑翔翼收藏区。"欧阳指点着我绕过那些散乱堆放着的宝贝来到一张小叶紫檀贵妃榻后面。他示意我停下，贵妃榻后面是用一大块白布蒙着的一堆东西，白布单上落着厚厚的浮尘——很久都没有动过了。

"帮我把它掀开，谢谢！"迟疑了片刻，欧阳指着白布单表情严肃地对我说。

我轻轻地扯起白布单的一角，抖落的尘埃在窗外射进来的光影里翩翩起舞，我把白布单角对角拉到一起包住上面的尘埃。白布单一折起来……下面的东西就露了出来——一台无动力滑翔翼。确切地说是一台滑翔翼的残骸。铝合金的骨架已经严重扭曲变形，左侧翼的帆布皱巴巴地像一团用过的抹布和骨架藕断丝连着；右侧翼的合金骨架严重弯曲变形，帆布上残留着几片乌黑的血迹，已经干枯。一道长长的裂痕从机翼中间撕开。

残骸旁边放着一个金色的头盔，样子很酷，头盔的侧面印着一行蓝色的字—— Sports-OY-I8。

"我一直想再看看它……"欧阳海岸盯着那堆残骸，紧紧地咬着下唇，紧紧地咬着，轻轻地摇了摇头，好像直到此刻都不能相信曾经发生过的一切。血像一条红色的蚯蚓从他的嘴角缓缓地钻了出来……我从西装口袋里扯出酒红色丝巾递给他。

"我从六岁开始学驾驶滑翔翼，在欧阳氏飞行俱乐部，我教过无数的学员飞翔，我——我——我是个出色……的滑翔翼手……"他嘴唇颤抖着。"我要……看看，到底是……什么原因毁了我的生活……"他擦了擦嘴角的血，"一个星期后……我们就……就要举行婚礼……

"测试飞行……我的发明……最好的结婚礼物……人人都很兴奋……只有 Reddy 阴沉着脸，不太赞同我此时冒险……天……天气就像平常一样好，风和日丽，记者来了…… 摄影师要……拍摄……头盔里的世界：海天相连，视野无比辽阔。

"水上飞机把我牵引到三千英尺的高度，放下我……我自己滑翔……风很好，西北转东南……'旋风和逆流'，智能头盔精准地计算出来……'请侧旋避'。我听见头盔机械的提示音，我正要照办了。强气流！可我必须要迎着气流……逆流飞……把稳升降舵……你不问我为什么吗？不讨好，逆流！"欧阳嘴角抽动，半边脸扭曲……我知道，此刻谁也无法阻止他把埋藏在心底里的话说完。

我摇头，等待着他揭晓答案。

"因为那只长长的横幅……拖在滑翔翼尾巴上，写着'Sports-OY-I8'的巨大广告横幅……它正被侧旋风吹起来，旋转着飘过来……知道吗……我不能向右压翅膀侧旋，横幅会把……会把滑翔翼紧紧地缠住，会失控，失去滑翔力……摔下来。从两千英尺的空中……这是多么明显的危机！一个初学滑翔翼的都会下意识地躲闪逃离……那一刻，Sports-OY-I8 替我做了决定。我努力……努力不受头盔支配……可是我不由自主地听命……头盔给我描绘的画面太美了！我看见了漂亮的下旋压右翼翻转……千载难逢的下旋逆流……我知道地上很多人在看，摄影师躲在直升机里拍摄……在期待这个只有 AI 才能设计出来的完美、漂亮的翻转……我听命于 Sports-OY-I8 设计出来的精彩绝伦的滑翔……我完全忽略了近在眼前的危机……

"滑翔翼被巨大的横幅缠住了，紧紧地包裹住了……滑翔翼开始急速翻滚……横幅如同一条巨蟒，死死地、紧紧地缠住滑翔翼不放……"

突然，欧阳开始拼命地咳嗽，胸腔里发出刺耳的"嘶嘶嘶"的声音……我扶住他，用手拍他的后背……咳嗽缓解了。

紧接着，他发疯一样遥控轮椅拼命地向前，"AI，该死的！狂妄的家伙！"轮椅的轮子奋力地撞击碾压 Sports-OY-I8 智能头盔……不断地撞击、碾压……一个轮子悬空……在轮椅即将侧翻的一瞬间，我紧紧地抓住椅背，"行了，欧阳，行了！"

欧阳满脸冷汗，像是刚被暴雨淋过……疲惫地瘫坐在轮椅里喘息着。我紧紧地抓着轮椅不撒手，他开始恢复平静："那个瞬间我被 AI 控制了……一秒，两秒……也许更长……难以置信，它影响了我的决定……"

他低着头，有气无力地默念着……语气里带着的绝望、悔恨和深深的悲凉让我感到毛骨悚然。

在卧室的床上躺好，情绪失控让他又失禁了。我给他换了一片尿不湿，看着他安详地睡下。

窗外，我听见了蒋红的宝马 Z3 驶进车道的声音。

13

黑乔治的视力越来越差了，他在黑闪电专车公司干了 38 年，老板利尼奥尼还是把他给辞退了。

失业后，乔治就在联合广场上吹萨克斯风。我偶尔去看他，给他带去他爱吃的中国炒饭和炒面。

"别忘了带酱油，我要两个酱油包！"乔治口味很重，他总是这样提醒我。

有时候，我来到联合广场上，乔治正在即兴演奏，过往的行人和游客偶尔驻足，听一会儿，在他脚下装萨克斯风的破皮箱里扔下几个钱，又匆匆离开。

我把打包好的炒饭放在地上，在乔治身边的石阶上坐下，静静地听他的演奏。有时，我会就这样坐着听一个小时，静静地听他反复演奏《回家》那首曲子。我静静地听着，试图把乔治演奏的零零碎碎的片段整理成一个关于他的完整故事。

一对老夫妻坐在长椅上喂鸽子，年轻男女伴着萨克斯风音乐在广场上拥抱接吻……

"嗯，好香，我闻到了，今天是炒饭！"演奏完了，乔治夸张地用鼻子对着我的方向闻，"酱油，别忘了带够酱油！"

别忘了带酱油！这句话我一直记着，连同他说话时候的样子，连同那悠扬、哀怨的萨克斯风乐曲。

黑乔治被辞退以后，我除了每周三天雷打不动地做 VIP 专属司机接送欧阳学长去周医生诊所接受治疗，一周里的其他几天还要负责服务过去黑乔治负责服务的部分 VIP 散客。一个星期七天，每天至少工作十五个小时，我越来越感到身心俱疲。"福无双至，祸不单行"，越忙的时候越出乱子。

一天下午，把一批客人送完机场回城，我刚把车停进公司的维修车间接受定期保养，就看见我老板利尼奥尼叼着根牙签，大腹便便地向我走过来。

"杰克，把你的车厢门打开，卫生抽查！"老板站在林肯车边上一脸的严肃。

"好的。"我按照他的吩咐把车厢门敞开，利尼奥尼抬起小短腿进了车厢。

"690，怎么搞的？你车厢里有严重的异味！"很快，利尼奥尼就用真丝手帕捂着鼻子从车厢里出来了，"我已经接到三起客人对你的投诉了！马上到我办公室来一下！"

老板利尼奥尼板着脸转身回办公室，我呆呆地站了一会儿，这个月又要被罚款了！一份无奈从心底油然而生。我把车钥匙交给维修工检测胎压和机油机滤，然后诚惶诚恐地来到老板利尼奥尼办公室门口。

"咚咚咚。"我轻敲了三下门。

"进来——"里面传来老板懒散的声音。

"690，你非常让我失望！"我在办公室里一站，利尼奥尼就大呼小叫地开始了训话，"空气清新剂呢？为什么不用？你知道每个月我花在采购除臭剂、柠檬空气清新剂、芳香片、巴斯消毒液上的钱有多少吗？每个车里都有，你不知道吗？"

"我用了，每次客人上车之前都喷柠檬清新剂，每次客人下车之后也都喷……"

"效果呢？我要看效果！一个月三起投诉说你车里有异味……这是多么严重的事儿！"利尼奥尼气愤地站到椅子上（这样他看上去的确比我高点儿），"杰克，我一直很看好你。给你工作签证，帮你张罗绿卡，教你穿着打扮，给钱让你买衣服，还把最好的客户交给你……你呢？你是怎么报答我的？——把黑闪电公司最豪华的雷蒙弄得气味难闻，就像去夜店拉活儿的出租车……"

我知道车厢里的异味是地中海海盐和中药的味道，是欧阳身上留在车里的。此刻，我不能解释，我默默地一句话也不说。

"罚你的款都无法弥补黑闪电公司受损的声誉！"老板怒吼着。

罚款吧，我认了。这样想着，我的心平静下来，不再纠结。

牛总又要去拉斯维加斯，这次要带牛大妈和牛小宝出去逛一逛。徐晓燕打电话给调度定了我的车。

一早儿我就在"抵押袜子带肉"（Divisadero St.）大街和橡树大街那家贝壳加油站把油箱加满，顺便在加油站的7&11便利店打包了一个墨西哥鸡肉卷（加油站的老板是墨西哥人，墨西哥鸡肉卷当然正宗）。我喜欢这家加油站的原因不仅仅是墨西哥鸡肉卷好吃，那些个洗车的胖乎乎的墨西哥女孩们干活时总是对你傻笑着，样子很真诚。一天下来，在这个城市里看惯了客人们一张张冷漠的面孔，你会愿意看看这样的傻笑。

从贝壳加油站出来，我把车开到玛瑞娜公园。

显然因为刚洗过澡，命运120沿着海湾开心地在玛瑞娜大道上撒欢儿。一艘印有紫荆花图案的货柜船从金门桥底下驶进海湾，从天使岛和恶魔岛经过，缓缓地驶向奥克兰集装箱码头。

海面上白帆点点，孩子欢快地放着风筝，老人用面包喂着海鸥和鸽子，几只小狗快乐地相互追逐。经过著名风景区艺术宫的时候，命运120跑得太快了点儿，吓跑了一群觅食的鸽子，游客也有些个不满。太失礼了120，别忘了你是个绅士，下次一定要注意！看见有人对我们"竖中指"，我们赶紧灰溜溜地离开了。

离牛总约定的时间还早，把命运120停在了太平洋边上的"中国海滩"，看着金门桥下来来往往的货轮，我开始吃打包的墨西哥鸡肉卷。

中国海滩在金门桥外面一点儿，是太平洋旧金山地段上一处相当漂亮的海滩。一百多年前，来加州修铁路的一批华侨喜欢来这里眺望大洋彼岸的故乡，思念远方的亲人。随着来这里的中国人越来越多，日子久了，这里就得名——中国海滩。

我喜欢来这里享受片刻安静。

八点半，我准时把雷蒙停到了黑鹰山庄6号楼楼下。

今天牛总是全家出行：牛总、牛妈妈、牛小宝、徐晓燕，还有两个中国来考察的政府官员，好像是牛总的老朋友。

人都上齐了。我启动车。已经把车开出了院门，徐晓燕养的宠物狗花花——一只大耳朵的泰迪狗，突然从房子里跑出来，拼了命地追车。最后我只好把车停住，让徐晓燕下去把花花也抱上了车。

一上高速，牛妈妈就开始晕车。牛妈妈坐不惯车厢里的J型高档沙发，吐了几次之后只好让牛妈妈坐在我旁边副驾驶的位置上。也怪，牛妈妈坐到副驾驶位置上就不晕车了。

一路上，牛妈妈和我说麦子和家里养的鸡鸭鹅狗。"我想回家干活去。"牛妈妈不停地唠叨。我喜欢听。

牛总看出来牛妈妈对我印象不错。

"我妈要是问我们去拉斯维加斯干啥去，"在休息站的时候牛总不放心地把我叫到一边说，"你怎么回答？"

"不能说去赌钱是吧，牛总？"我说。

"那当然！"牛总睁大了眼睛说，"说赌博我妈非骂我！"

牛总在他妈面前好像突然变成牛小宝的年纪了。

"听着，我们要统一口径：我们是去拉斯维加斯学习和考察那里的金融业和酒店业管理经验。"牛总还真会编，当然不能说花公款带政府官员赌博去。

到了拉斯维加斯，牛总、徐晓燕和两个官员一进赌场就不见了踪影，照顾牛妈妈、小宝和花花的任务就交给了我。

我们下榻在威尼斯人大酒店，吃饭和酒店的房间都是免费的，因为牛总是威尼斯人大酒店 VIP 赌客（这里只要是每次赌资在十万以上，就能享受吃住免费待遇）。

我把车停好，在前台取了钥匙，把牛妈妈和小宝的房间安顿好（牛总和客人的豪华行政套房由徐晓燕安排）。牛小宝说要出去玩，想到牛总嘱咐过让我带牛妈妈多转转，于是我左手搀着牛妈妈，右手领着牛小宝，牛小宝牵着花花，浩浩荡荡地开始参观威尼斯人大酒店。

牛妈妈以为威尼斯人酒店购物广场屋顶的巨型 LED 仿真天空是真的。她奇怪：这里怎么一会儿下雨打雷，一会儿就出彩虹了；刚看见晚霞，转眼就繁星满天了；喝口水的工夫，火红的朝阳就出来了；去了趟茅房回来太阳就三杆子高了……

"这里的农民可苦了，庄稼不好种呀！"牛大妈快疯了，"小钱，这儿的农民都什么时候下地干活儿呀？"牛妈妈一头雾水，"这么折腾非把庄稼人和耕牛都累死。"

"牛妈妈，你没听说美国有疯牛病吗？"我拿牛妈妈开玩笑。

"哼，那是，一天这么折腾，人也疯了。"

我们在威尼斯人的西餐厅吃免费的自助餐。

我吃了不少鲑鱼和龙虾刺身，牛小宝抱着冰激凌不撒手，牛妈妈看着带血丝的牛排、冰鲜的生蚝和刺参一点儿胃口都没有。最后，她把从山东老家自带的小米面煎饼拿出来了。煎饼是牛妈妈从山东老家带来的，足够吃两个星期，一捆捆扎好，包在花布包里像一捆捆的烧纸。

"吃蔬菜色拉吧，牛妈妈，都是免费的。"

"洋东西我吃不惯，鱼肉怎么生着就上来了，牛肉还带着血呢……"吃了几口煎饼，牛妈妈说，"小钱呀，麻烦你帮大妈找找大葱，或者萝卜干咸菜。"

萝卜干咸菜甬问一定没有。我找餐厅领班的要大葱，领班的说大葱没有，换洋葱行不行？牛妈妈说没有大葱的话，也只能将就。

"吃洋葱能蘸酱吗？"一会儿牛妈妈又问。

我向领班的表示了牛妈妈的意思。领班的说没问题，"我们有千岛酱、蛋黄酱、西红柿酱、油醋汁酱、李子酱……"

"有豆瓣酱吗？"我打断领班。

"没有。"

最终领班的让牛妈妈吃上了洋葱蘸酱油。

我要了一份牛排，"做五成熟。"我对跑堂的说。反正一切都是免费的。

一会儿，我的牛排香喷喷地端了上来。我兴奋地把牛排刀在叉子上蹭了几下准备动手。这时花花开始对我大叫。

狗粮、面包、米饭、丸子……什么都试过，花花就是不吃，只要我一准备吃牛排花花就开始叫。

"狗狗可能病了。"我打徐晓燕的电话，电话那边很吵，牛总和客人"同花、顺子"地正在争论大小。

"啊，我忘了告诉你，我家花花只吃牛排，平时都是从牛排馆给她订餐的。"电话那面徐晓燕慢条斯理地说，"喂她牛排吧，拜拜！"

我刚要挂断电话……"对了，牛排要五分熟，花花也不吃胡椒！"徐晓燕在电话里补充说。

把我的那份牛排给了花花，果然它就大口吃了起来，想不到花花吃牛排也喜欢五成熟的。

晚饭的时候，徐晓燕来接牛妈妈和牛小宝——牛总要请客吃法国大餐。牛妈妈死活不去，最后只好我开车带牛妈妈继续去找萝卜干咸菜。

跑遍了维嘎斯（拉斯维加斯的昵称）的中餐馆，到处打听哪里卖萝卜干咸菜。就要失望的时候，看到了一家叫"粤菜皇"的精品中餐馆。门厅装潢得很豪华，霓虹灯前面的亚克力图案是维多利亚港的夜景。

雷蒙在餐馆门口一停下来，年过半百、和蔼可亲的华人餐馆老板就亲自迎了出来。

车门一开，牛妈妈穿对大襟儿的蓝布褂儿，小脚，腋下夹着蓝底儿白花的小布包（里面包的是山东大煎饼）颤颤巍巍地下了车。

"有萝卜干咸菜吗？"我开门见山地问。

"有，我们餐前送鲍鱼汁腌制的萝卜干咸菜和油炸花生米。"

太好了！我们被安排在欧式的贵族大班椅（带扶手的那种）上落座。

"您是哪里人呀，老人家？"老板操着香港腔的普通话满脸堆笑地把鲍鱼汁腌制的萝卜干咸菜和花生米放在牛妈妈面前。

"山东，看儿子来了。"

看来坐雷蒙专车来的客人老板都会亲自过来安排菜。老板心里一定在想，山东人真的有钱了：一个山东农村老太太出门的排场，可以和接待过的台湾议员媲美。

再说桌上的餐具：紫檀木筷子和纯银勺子，筷枕是一条镀金的龙；大红的锦缎餐巾布，浆洗得一尘不染，手感厚重，闻着还有淡淡的茉莉花香味；八人台红木圆桌上是双层的水晶转台。

老板推荐完了本店的招牌烤乳鸽、烤乳猪、鱼翅捞饭、清炒芥蓝什么的就去忙了，留下一个穿黑马甲的跑堂小伙子继续服务。

"烤乳猪，有图片吗？"我想给牛大妈看看菜的样子。

指了指对面十人台上刚端上来的一只烤乳猪，跑堂小伙子用广东普通话说："就是这个（介个）样子的拉。"

"不像话，这还是猪崽子呢，咋就给烤了吃了！"牛妈妈看着对面桌上的整只烤乳猪（切成骰子块又拼凑成的整猪，卖相好看）不高兴了，"太心急了，怎么也要喂上十个月一年再杀吧，现在的人急功近利，太狠心了。"

"老人家是山东人，喜欢吃面。"我说

"那就云吞面、星洲炒面、炒河粉吧。"

"好的，就要一份炒河粉吧。"

我们最后要了一个炒河粉。牛妈妈只吃了一口炒河粉就把包煎饼的花布包拿出来，在红木水晶玻璃大转台上打开。四周吃饭的客人和服务员都好奇地用眼睛瞄着看我们这儿，从林肯雷蒙车上下来的老太太花布包里究竟是什么山珍海味。

一层层地打开以后，一饼金黄金黄纯小米面的大煎饼露了出来。煎饼在餐馆明亮的白炽灯下闪着金光。

牛妈妈一层层撕开煎饼，就着油炸花生米和萝卜干咸菜热火朝天地吃了起来……

"一路上都没吃过这么香的东西。"牛妈妈大口嚼着萝卜干咸菜说。

餐馆里的客人多数都没见过纯正的山东大煎饼，他们羡慕地看着牛妈妈的吃相。

"那吃的是个啥？"我听见邻座的白人女士用英语问跑堂的小伙子。

"大概是金箔吧！"小伙子调侃。

"哦，真是有钱人。"

在众目睽睽之下，我倒是有点心虚：气派的八仙桌上，一盘炒河粉孤零零的，很凄凉；一小碟油炸花生米和一小碟萝卜干也几乎见底了。免费的普洱茶也喝了两三壶了。

"孩子，莫心慌！"牛妈妈好像看出来我的心思，她自信地

操着浓重的山东口音说，"有一次去北京，我儿子的朋友还请我
在人民大会堂吃过饭呢，好菜多的是，可我还是吃我的煎饼。能
在人民大会堂吃煎饼，就不能在美国吃煎饼吗？"

结账的时候，加上服务费和小费一共是 25 美金。

"25 美金是多少我们的钱？"牛妈妈不安地问。

"大概 200 块。"我说。

"太贵了！"牛妈妈吓了一跳，"一盘炒面条 200 块，宰人了！"

"这是美国。"我提醒说。

"小钱，我们能不能再要点儿萝卜干带走呀？"牛妈妈显然
不甘心。

我征求了店里老板的意见，说明了牛妈妈对萝卜干的深厚感
情。老板是个爽快人，他马上让跑堂的包了一大包萝卜干咸菜给
我们带走，这下牛妈妈满意了。

回酒店的路上，牛妈妈还是和我一起坐在驾驶室里。

"孩子，你在美国几年了？"

"四五年了吧。"我开着车，听牛大妈和我聊天。

"啧啧，美国有什么好。"牛大妈摇了摇头，嘴里发出对我
表示同情之声，"在这里的娃儿们都太不容易了！来之前就听说
这里人人都有枪，抢劫杀人天天都有，我还不相信。"

"大妈，没有那么严重。"

"孩子，昨晚上我在电视里都看见直播杀人了。"牛大妈神
秘地说。

"哦？"我也有点诧异。

"七八个挖煤的孩子猫着腰站一排等着挨枪毙，执行枪决的
是一个白人老头呀，眼神不太好，没瞄准就朝天开枪了！还好，
一个都没打着！娃儿们吓疯了，撒腿就跑，跑呀跑……最后有两
个坏蛋扯着一根绳子想把他们拦住……哪拦得住呀，娃儿们都疯

了！"

"大妈，您还是少看这样的电视节目吧。"我想起来了，这个时候美国正在直播全美大学生田径运动会。

"孩子，你让大妈看什么电视节目，都是英语。"牛大妈无可奈何地说，"我已经习惯了一到晚上七点就看《新闻联播》，看完了睡觉别提多踏实了！"

把牛大妈和牛小宝安顿在酒店休息，我去楼下转了一圈。

牛总陪客人在玩"奥马哈"（一种赌博游戏），赌局鏖战正酣，我知道这时候最好不要自找没趣。

"你怎么把蒋红得罪了？"老虎机大厅，徐晓燕和我每人捧着一塑料杯25美分的硬币，并排坐在相邻的两台老虎机前。

"蒋红，得罪了她？"我莫名其妙。

"装傻，"她一边往老虎机里投硬币一边念叨着，"都是你惹的祸。"

"我惹的祸？"

"你帮助欧阳去了顶楼仓库……还看了最刺激他神经的东西。蒋红最不愿意让欧阳看见的滑翔翼残骸，和那个什么头盔。"

"我……"

"我知道是欧阳唆使你干的……"

"蒋红是怎么知道的？我还纳闷呢……为什么一连几天蒋红都通知我们公司暂时取消我的VIP专属服务。"

"欧阳这几天情绪极度不稳定……发高烧、做噩梦、说胡话……周医生说他的肺部感染已经很严重了，吞咽和说话的神经也被压迫得几乎丧失功能。周医生说他不能再这样情绪化，严禁喝酒、抽烟、喝咖啡……更不能回首不愉快的往事……突然的刺激会导致他病情急剧恶化。"

"你不知道……"我深深地叹了口气，"做他喜欢做的事儿他有多快活……"

"蒋红希望他活得久一点儿，不是一时的快活！她说你是帮凶，是同谋……"徐晓燕暧昧地瞥了我一眼，"呵呵，听说欧阳还指导你怎么样勾引他老婆……"她不可思议地摇摇头，"跟我说说，欧阳都教了你什么……勾引他老婆的绝招儿？哈哈哈……你可以在我身上试试。"徐晓燕一边对我飞眼，一边用短裙下面的大腿蹭我的膝盖……

"有什么好笑的。"我狠狠地压了一下老虎机的手柄，凶巴巴地一脸严肃。

"四个樱桃！"随着徐晓燕一声惊叫，我的这台老虎机的小窗口齐刷刷地排出了四个一样的红樱桃。紧接着，出币口开始"哗啦哗啦"不停地吐 25 美分的硬币。我痴呆呆地看着，徐晓燕用塑料杯子足足接了四大杯的硬币。

"哈哈，我们发财了！"徐晓燕站起来，抱着满满的四大杯硬币，扭着欢快的大屁股向兑换窗口走去。

14

我帮助欧阳乘电梯去海岸别墅三楼"探险"的事儿的确给欧阳带来了巨大的情绪波动，一连几天高烧不退，噩梦连连，并且不停地说胡话……蒋红吓坏了。之后，蒋红和玛丽娅组成联合"调查组"顺着欧阳和我探险时候留下的蛛丝马迹（移动了的《流水》屏风，乘过了的电梯，罩在滑翔翼残骸上的白布单没有了灰尘，撞碎了面罩的 Sports-OY-I8 智能头盔等）展开了调查。

徐晓燕还告诉我，玛丽娅从二楼那幅挂歪了的《雨伞》后面找到了一把红铜的电梯钥匙，从一个没盖严实的鞋盒子里发现了一瓶金酒，给欧阳洗刷轮椅的时候，发现了塞在坐垫和扶手缝隙里的美洲灵香烟……随着奥地利巧克力、牙买加雪茄、布朗尼蛋糕、埃塞俄比亚咖啡等蒋红单子上严格制止的"违禁品"相继从欧阳房间里被发现，促使蒋红打电话给我们老板利尼奥尼，取消了我的 VIP 专属司机服务。

"这是为了避免杰克'助纣为虐'。"她对徐晓燕说。

蒋红要求利尼奥尼换一个司机继续履行为期一年的每周三天接送她老公去周医生诊所的 VIP 专属司机的工作。至此，我又变回到了以服务零散客户为主的普通专车司机。

好一段时间我都没有机会再见到欧阳海岸。日落区的那幢蓝色的房子——海岸别墅——好像对我施了什么魔法，我总是想再回到那里看看。

被蒋红"排挤"的这段日子里，接送欧阳的专属司机"走马灯"似的换了又换。最初是来自哥伦比亚的司机冈萨雷斯，几个星期之后又换成了意大利小伙子诺贝尔托，几个星期之后又换成了来自巴西的司机阿里大叔……

很快，老板利尼奥尼就发现，这些个司机都是在接送欧阳海岸之后频繁地被其他客户投诉车里有异味；之后，这些司机就开始找各种理由拒绝为 VIP 客户欧阳海岸提供专属服务。诸多司机的负面情绪和来自调度公鸭嗓的信息回馈让老板利尼奥尼知道：这一切都是欧阳海岸身上治疗用的海盐和中药顽固的异味惹的祸。

很快，老板利尼奥尼吩咐调度公鸭嗓：给愿意服务欧阳海岸先生的专车司机一次任务补贴五十块。

"今天谁去接'盐人'？有去的没有？"我们常常能听到公鸭嗓用大众调频（对所有专车司机的）在对讲机里喊，"有愿意去接盐人的吗？50 美刀补贴，现金，有去的吗？"

所有的司机都知道，公鸭嗓所说的"盐人"就是那个浑身上下充满了海盐和中药异味的欧阳海岸先生。

接"盐人"的补贴从 50 美金涨到了 100 美金，还是很少有人愿意接这个活儿。司机们害怕：那种顽固的异味一旦吸附在车厢里就很难祛除，后果就是接其他客人的时候往往被投诉车厢里不干净，小费拿不到不说，还要被老板利尼奥尼罚款。公司的 100 块补贴还不够付被投诉的罚款呢！司机们都能算明白这笔账。

为了坚持履行为期一年的接送"盐人"的合同，老板利尼奥尼开始强制摊派司机为盐人服务。

"昨天老板派我去接'盐人'了，真倒霉！一车的味儿！喷了三遍柠檬空气清新剂还去不掉。"

"唉，明天又该轮到我去接'盐人'。"

"公司和'盐人'的合同什么时候到期？"

"接'盐人'的老婆还行，接'盐人'？我坚决不去。"

……

我常在公司里听见这些关于接'盐人'的牢骚话，一段时间里"接'盐人'"成了公司烫手的山芋。

旧金山的八九月份，晴空万里。

学生们陆陆续续地从世界各地赶回来上课了。学校的日子多让人怀念呀：新学期、新同学、新教材、新老师、新教室、新故事。

一天，我一连去了三次机场，都是父母送孩子过来学校报到的。

一个是韩国来的一家人，父母、女儿和儿子。女儿考上了斯坦福大学法学系，他们一家人刚从汉城飞过来。爸爸是现代汽车公司的一个高管，妈妈是做泡菜生意的。即使不是那个妈妈唠叨着担心家里的泡菜厂离开自己就一团糟什么的，我也能从他们给孩子的行李里装的那两大玻璃瓶泡菜上知道这一点。

另一家是迪拜来的，父母，还有送孩子来报到兼旅游的姑姑、叔叔、表兄、堂弟，一共七八口人，最后连副驾驶的位置都腾出来给他们放行李。他们送孩子去加州伯克利大学学政治学。我一直把他们送到校园附近一幢独栋的小洋房，他们为了孩子上学预先在校园附近买下了一栋别墅，我才知道阿拉伯人有多任性。在小洋房门口，我卸下行李，客人不下车——他们等着21世纪房地产公司的销售代理过来送钥匙，我耐心地陪他们足足等了半个小时。后来21世纪房产的人来了，阿拉伯人一家欢天喜地搬进了新房。男主人给了我两百块钱的小费。两百块！耐心和优质服务总不会让你白忙。

最后把一个南非来的富豪之家从他们吃饭的"圣富朗斯" 酒店送到医学院靠着金门公园东门的 UCSF 校园——富豪家的女儿第二天一早要报到——已经是晚上 11 点多了。

我把车开回到公司车库，搭上最后一班 N 号轻轨回日落区的鸽子笼。每天一样的生活，把车交回到公司的车库，乘 N 号"猪大"线（N Judah）回日落区（夜里 12 点之前有车）。N 号电车在隧道里运行的时候，窗户上会清晰地映照出我的影像。深夜了，一车的人都很疲惫，从镜子般的车窗里我看到了自己清瘦、憔悴的脸，疲惫的躯体被风衣整个儿罩着……恐惧从脚底一直蹿到头顶：那个随着车厢摇摆晃动着的影像是谁？我吗？车窗里的这个人是如此落寞……一个游荡在异域的空洞外壳。我怀疑……那个生机勃勃的我正行走在故乡成都的某条大街上。

这里和北京时差 15 小时。

电车出了隧道，回到了"猪大街"（Judah St.）上。突然，我看见车窗外的马路上有一个身材和发型都很像蒋红的女人，穿着一件黑色的长袍，急匆匆地一闪而过。我抓着电车上的吊环向车尾跑过去，借着路灯的微光我辨认着，想看清楚夜色中的女人。

女人急匆匆地与电车相向而行，背影很快就被电车远远地甩在了夜色里。一切又都安静了下来。我无力地靠着扶手。车厢里灯光幽暗，每个乘客的脸都很诡异，金发、黄发、黑发、白发、蓝发（庞克，嬉皮士）都像僵尸一样随着电车的摇摆昏昏欲睡。不一样的肤色，不一样的年龄——一样的疲惫和麻木。

上班下班、吃瓦普奥、坐电车、消灭蟑螂、听刘桂琴叫床……周而复始的生活就像买加州六合彩，总是不中，没有丝毫的悬念，但还是不断地有人在买。谁能告诉我，我的前方还有什么精彩？

打开车库边上的小角门儿进去，轻轻地把看了一天的《星岛日报》卷成个卷儿，像根棍子似的握在手里，脚步放轻，轻声开锁，突然开灯！骤然的光明让案板上拖家带口聚餐的蟑螂们大惊失色。这之前，蟑螂们正幸福而疯狂地享受我出门前残留在案板上的面包渣、碎肉、果酱、粘着黄油的包装纸。灯一亮，大小蟑螂们先是集体猛地停下来，一动也不动地过了两秒钟，然后意识到大难临头了，它们树倒猢狲散地开始四处逃窜。我冲上去，手舞足蹈，用报纸一顿猛抽，扔下大大小小十几具尸体，蟑螂族群沿着案板的缝隙消失得无影无踪了。

打开冰箱，苹果汁已经快见底儿了……我拿了罐啤酒，开一盒"新东洋"牌子的红烧鳗鱼罐头，两片面包一夹，然后把自己扔在沙发上。没力气刷牙了，我开始吃东西，人是脆弱的。看着脚下这些蟑螂死尸，我并没有胜利者的成就感，相反，有些沮丧。

这种和蟑螂之间的战争已经持续很久了。我可以暂时地杀死它们，可是蟑螂们以超强的繁殖能力和坚韧不拔的信念占据在这个鸽子笼里就是不走。我甚至几次使用"灭门"牌超强效杀虫剂，一种喷雾状的蓝色毒气。大屠杀过后，蟑螂们尸横遍野，它们会暂时销声匿迹，我很高兴地享受几天回来后看不见蟑螂的日子。既不用担心吃剩的食物裸露在外面，又可以安稳地睡觉（不用担心蟑螂会爬到耳朵里去）。

好景不长，三四天宁静的日子以后，第五天我就发现了一群黑灰色的变异蟑螂出现了。灭门牌超强效杀虫剂似乎使它们个头更大了：它们体形成圆弧状，诡异地从冰箱被腐蚀的铁皮后面出来；清冷的节能灯下，变异者们身体闪着淡灰和深紫色的荧光，十分恐怖。

正常状态下的蟑螂是浅咖啡色的，形状也是比较细长的，而且行走的速度也没有那么快，吃咬东西也没有那样疯狂。当我第一次看到这种"灭门后时代"的产物在案板上爬行的时候，我脑海里蹦出一句大作家海明威的话——"你可以杀死我，可就是打不败我。"

我知道，有一天 AI 会像这些个变异蟑螂一样充斥在人类生活的各个角落，赶不走也杀不死。

鸽子笼里静悄悄的，"砰"的一声，易拉罐啤酒开罐声在静夜里震耳欲聋。不用担心扰民，高胖子早就搬走了，他住的那间鸽子笼房东还没有转租出去，里面还堆着高胖子研究牛排酱用过的量杯和瓶瓶罐罐。对于高胖子没打扫干净房间就不辞而别的做法，台湾房东老头十分不满。虽然高胖子租房的押金有一千五百块在房东手里，但是房东还是不满。

"你看看这墙和地毯，到处都是酱汁的痕迹。"有一天，房东指着高胖子房间里涂鸦一样满是酱汁的四壁对我发牢骚，"所有的壁纸都要重新换。还有这地毯，你能看出来本来的颜色是鹅黄色的吗？"我摇了摇头，十分惊讶。我一直以为高胖子的地毯是牛排酱色的。

"光换洗地毯和墙壁纸他的那点儿押金都不够。唉，当初我说押金要交两千五，他可怜巴巴地求我才让他少交了一千。"房东很有个性，他让我联系高胖子回来打扫房间，否则他不接收。"那小子一天不回来打扫，这间房子我一天不对外转租。"房东好像不明白，房子收不到租金，损失是他的。高胖子这时候可能正在某个大超市搞活动宣传他的"高氏牛排酱"呢，大把的钞票伴着订货单滚滚入袋。

喝着啤酒，我眼睛落在了横七竖八躺在门口的几封信上。信是房东从门缝里塞进来的，多半是水电费账单、银行信用卡催付通知和杂七杂八的商业广告信。

我弯腰拾起那一叠信，前面几封信是加油站的打折券，冰激凌店的店庆通知，旧金山某个社会团体邀请参加他们的游行——声援同性恋。我把信用卡付款和水电费账单之类的收好，有空的时候写张支票再寄回去；垃圾信件直接扔进超市给的回收纸袋子里。

现在，我手里仅剩的一封信——来自加州旧金山大学动物学系。

我感到好奇，休学以后，学校已经很久没有关注过我了。记得上一次接到学校的来信还是在一年半前，一封来自校图书馆的信，提醒我还有一本书没有还。后来我从沙发底下找到了那本一直以为已经还了的关于"旧金山就业市场研究"的书，并且还了回去。那以后就再也没有受到过学校的关注。

我用剪刀把信贴着顶头剪开，抽出一张折得很整齐的信纸，缓缓地把信纸展开：

亲爱的钱学杰同学

你好吗？很高兴地通知你：这个学期回学校继续你的学业。经校方决定，你已经被列入享受特殊捐赠助学的学生名单。未来的一年半学业里，你的学费和在校期间的杂费都将由学校的"特殊捐赠助学基金"提供，直到毕业实习完为止。

接到通知后，请到你所在的动物学系报到。祝福欣喜！

加州旧金山大学校长

"特殊捐赠助学金？"只有鬼才相信这样的好事会平白无故地落在我头上。

我怀着复杂的心情回到学校，教务主任托尼亲自在办公室里接待了我。

"先生，"我彬彬有礼，托尼五十几岁，白人。"我想当面告诉您，我不想平白无故接受这笔特殊助学金。"

"孩子，人生的路固然漫长，但关键的就只有几步。这是个机会。"托尼从抽屉里拿出一封信，笑眯眯地递给我，"看看信，先不要急于拒绝这位善人对你的一片诚意。"

学弟好：

如果你正在托尼的办公室里想着如何拒绝我提供给你的这笔助学金的话，那么大可不必。因为我还有事情有求于你。

信封里有一张"欧阳氏飞行俱乐部"的白金会员卡。拿着它，到俱乐部找杰夫（我们俱乐部的大管家），他会安排你每周一次学习驾驶滑翔翼和小型飞机（卡的背后有俱乐部的地址电话）。

好好享受飞翔的快乐！虽然很危险，但是很刺激，很值得去体验。

拜托了，学弟。求你一定学会滑翔翼。别问我为什么，助学金就当是对你冒险挑战自己的报酬。

原谅我不能和你见面。我已经是"出卖老婆"的罪人了（而且，你是同谋）。呵呵……我答应了蒋红，不再见你。

学长：欧阳海岸顶礼

果然是欧阳海岸，我已经猜到了。

从托尼办公室里出来，我心里说不出地感激欧阳海岸，这笔助学的费用就像严冬里的炭火。

加州旧金山大学学生入学报到处里热闹极了，新学期开课前总有解决不完的学生问题要在这几天里应对。选课、领教材、办听课证、办学生食堂饭卡、办图书馆借阅卡、办健身中心卡……久违了，大学校园！我抱着一摞崭新的教材走在校园里，踩着脚下的落叶沙沙沙地响，内心幸福得不行。

回到学校复课的日子里，我没有再见到欧阳和蒋红。

这一年里，我砍掉了三分之一的专车公司的工作，学完了全部动物学研究生的课程，成绩都还过得去；这一年，我还通过了滑翔翼和螺旋桨小型飞机飞行执照考试。

15

杰夫是个和蔼可亲又有职业操守的白人老头，六十几岁，满头的银发，是典型的英式管家，长得就像好莱坞电影明星安东尼·霍普金斯。杰夫不仅是老欧阳生意上的合伙人，也是欧阳家族真正的大管家。他勤勤恳恳，事无巨细地帮助欧阳家族打点这份庞大的家族产业。

"欧阳氏飞行俱乐部"是"欧阳氏飞行基金会"旗下众多产业的一部分。俱乐部坐落在金门桥南面的"珀斯帝尤"（Presidio）海湾，五千平方米的三层小楼掩映在海湾和巨树之间。房子是典型的维多利亚式的，背靠废弃的海军营房（曾经是美国海军第七舰队的旧址）。浓雾散尽的时候，从俱乐部客厅巨大的落地窗可以清楚地看到日落海滩遥远绵长的海岸线。

俱乐部有自己的游艇码头（更像是一个游艇俱乐部），码头上停着几艘游艇和两架单引擎水上飞机。俱乐部的前面有几棵要三四个人手牵手才能合抱的参天侧柏，码头刚好掩映在浓密的树荫之下。房子的后面是一个足球场大小的草坪，草坪是一个舒缓渐渐变陡峭的斜坡，最终伸进海湾。这是滑翔翼助跑最理想的地貌。斜坡后面是两座山丘的空隙，这是绝佳的风口，给滑翔翼瞬间腾空提供了最佳推手。

滑翔翼和滑翔伞也可以由游艇带着起飞。除此之外，游艇还能派上更大的用处（如果你是个初学滑翔的人，当滑翔翼掉到海里的时候，你就知道游艇的用处有多大了）。水上飞机可以把滑翔翼拖上五千英尺的高空，让滑翔翼借助高空气流远行。

我每周来俱乐部一两次，什么时候来，具体时间由我来定。当然，杰夫会很委婉地给我发来简短含蓄的短信：明天天高云淡，风力四六级；或者说，今天教练麦克斯可以教你像海鸥一样翱翔。

俱乐部请来的教练都是滑翔界的精英。对白金卡会员一对一地授课，课程细致周到：从物理学、流体力学、飞行原理，到心理学、心理障碍测试、体能训练、野外求生、紧急救助……

每次训练课结束，我常常留在俱乐部里做功课，享受白金卡会员待遇：喝一杯埃塞俄比亚咖啡，抽一支哈瓦那雪茄，和杰夫下一盘国际象棋，品品俱乐部酒窖里的红酒，吃吃俱乐部里法国厨子布利斯（Brice）做的烟熏火鸡肉三明治。

俱乐部的日子总是宁静祥和。有时候我把自己埋在客厅柔软的水牛皮沙发里，看斯蒂芬·金或者狄更斯的小说。猛地抬头，从巨大的落地窗望出去——蜿蜒绵长的日落海滩——我突然忘记了自己身在何处。生命是可以这样尊贵和有滋有味吗？有时候，杰夫会静悄悄地把一杯刚煮好的埃塞俄比亚咖啡放到我的面前。咖啡杯是包金边的泉州白瓷，用暗花的银盘子托着，总有两块梅兰妮(Madland)或者布朗尼(Brownie)甜甜地安睡在咖啡杯的脚下。午后的加州阳光里，咖啡的热气袅袅升腾，缓缓地飘散消失在那面阳光照不到的墙上——欧阳氏飞行俱乐部历史墙。那面墙上挂满了记载着家族几代飞行史的照片，指引着人们回顾一个冒险家族的如烟往事。

客厅里有一个很大的壁炉，冬天的时候壁炉里总是燃着大块儿的劈柴，劈柴燃烧时散发出松油的香味，闭上眼睛，就仿佛置身在森林之中。壁炉的磨砂石面上镶嵌着一行用细碎的彩色玻璃拼凑出来的字——飞翔是勇气和力量，是不同滋味的人生。

这是欧阳海岸爷爷留给后代的名言。

第一次沿着日落海滩飞翔是在加入俱乐部三个月以后。还不能单飞，教练麦克斯带着我飞。教练麦克斯操纵方向，调整高度，及时应对上升和下降的气流……我被虫蛹吊袋吊在教练麦克斯的下面，身体尽量保持平行，由安全锁把我和滑翔翼绑在一起。我两只手紧紧抓住钢梁——滑翔翼的骨架，教练麦克斯悬在我上方半米的距离控制滑翔翼。

第一次飞翔，从两三百米的空中俯瞰日落海滩，我被震撼了。在天上俯瞰太平洋，有着完全不一样的视觉感受。海更加蔚蓝辽阔，海风更加凛冽，海鸥的叫声更加清晰真切。秃鹰一边用犀利的眼神好奇地观察我，一边展开翅膀在我身边结伴飞翔，它一定以为我不是什么好鸟。

我想起老欧阳的那句名言——飞翔是勇气和力量，是不同滋味的人生。

第一次飞翔之后，我深深地爱上了无动力滑翔翼。我有一种自己操纵滑翔翼飞翔的冲动，急不可待地想要重返蓝天。那些个日子里，我常常仰头凝望长天，凝望穿云破雾的鹞鹰，观察海鸥是怎么运用气流，在翅膀不动的情况下自由滑翔的；我想象着自己驾驶滑翔翼的那一刻，像鸟儿一样，自由自在，远离烦忧，将身心彻底融入蓝天。

半年后，我的飞行本领突飞猛进，我跃跃欲试地想独立驾驶滑翔翼。

"你有没有勇气带着教练麦克斯飞一次，就算是一个单元学习结束的考试？"杰夫一定看出了我膨胀的"野心"，在几次教练麦克斯带着我飞翔之后，杰夫终于开始给我机会了。

很快，我开始自己操纵滑翔翼，带着教练麦克斯飞了。在教练麦克斯的指导之下，我成功地飞满了 36 小时，这是单飞之前必须完成的。

我正式单飞的那天是 2 月 8 日，旧金山的天气和它应该有的一样好，阳光普照，蓝天白云。三到四级的海风——滑翔条件绝佳！

安全绳、锁扣、救生衣、护目镜……一切都准备好了。上午 10 点 10 分，教练麦克斯用手势给了我起飞的指令。

助跑、加速、挺胸收腹、推操纵杆、仰头……几秒钟之后我已经飞翔在海面上了。高大威猛的教练麦克斯转眼之间就变成了篮球大小。空中的风比地面要猛烈，在一个来自太平洋深处的气旋向我扑面而来的瞬间，我压低右翼，借着气流做了一个 120 度的侧旋，然后借着另一股更强烈的上升气流摆正机头螺旋上升……漂亮！我在心里暗自为自己叫好。一个难度 3.2 的动作让我一气呵成，平稳流畅。我似乎已经看见了教练麦克斯和杰夫在地面上为我拍手叫好。

高度爬升很快，疾风带着从大洋深处飘过来的水雾快速在我头上形成一个个诡异莫测的气旋。气旋夹杂着水雾，疯狂地撕扯着滑翔翼机翼的帆布，机翼发出"嗖嗖嗖"的恐怖尖叫。在滑翔翼强烈的震颤之中，我牢牢地握紧滑翔翼的钛合金骨架。我感到二头肌颤抖发麻，似乎滑翔翼随时都可能翻转失控。我知道，是时候应该降低高度了，这是避开这股要命气旋的最好办法。我迎着气旋的边缘，把右翼压成了90度的直角。就在滑翔翼看似要整个侧翻的刹那，我拼命压住左翼，缓缓收拉右翼……滑翔翼机头在我眼前微微扬起，贴着气旋的边缘划了一个半弧，像一只从狮爪之下逃离的羚羊一样，从恶魔般的气旋里冲了出来。好样的杰克，好样的！我好像听见欧阳在对我说话。

风平浪静了。我距离海岸大约一百五十米的高度沿着日落海岸向南滑翔。海浪泛着白色的泡沫，海滩蜿蜒曲折。

你是一只鹰！我仿佛听见拉巴子在地上对着我喊。

海岸线蜿蜒向前，优美的曲线就像五线谱；迎风破浪的帆船和冲浪者的冲浪板，就像上下跳动的音符。成群的海鸥"呱呱呱"地叫着从我的下面掠过，海岸线曲曲折折伸向远方。

16

那几天我有预感，杰夫的脸——阴郁。

"欧阳快不行了。"在一个阴霾的日子里，杰夫用他的话开始了我心中漫长的雨季。

"蒋红来电话了，欧阳想见你。"杰夫一边往壁炉里加劈柴，一边平静地告诉我，"去看看他吧。"

我赶到海岸别墅的时候，天下着暴雨……在别墅门口，玛丽娅迎出来替我把雨伞收好。我和玛丽娅目光相交的一刹那，她的眼眶湿润了。

"他在等你呢。"玛丽娅避开我的目光背对着我擦泪。

卧室里弥漫着浓重的海盐和中药的异味，蒋红和周医生围坐在欧阳海岸的病榻前面，欧阳仰卧躺在床上，身体瘦弱枯干得几乎让我认不出来他了。四肢已经僵硬得完全不能活动了，只有眼睛是动的——望着我，闪着喜悦的光芒。

"学弟……"欧阳声音微弱，含糊不清。蒋红在哭泣。

玛丽娅把刚刚加热好的海盐和中药袋子用一个托盘端进来。周医生一只手很轻松地就把欧阳的身体托起来，把冒着热气的盐袋子垫在他的身下。弯腰接近欧阳的时候，周医生感到欧阳有话要对他说。他把耳朵贴近欧阳的嘴边，欧阳轻声地在周医生的耳边说了些什么，周医生轻轻地点头，然后直起身来对蒋红和玛丽娅低声说："我们都出去吧，他要和这位先生单独待一会儿。"

屋子里只剩下了我们两个。我坐在他身边，微笑着拉住他的手，他的手绵软无力，但是很温暖。他满含笑意地看了我一会儿……

"能……飞了……"欧阳声音微弱，眼睛望着窗外，好像是凝望着蓝天上的云。

"能飞了。"我从包里拿出来俱乐部颁发的蓝皮滑翔翼驾驶核准证，展示在他面前。

"还记得我拜托过你……帮个忙……"他眼睛里再次闪出光芒，"带着我……最后飞一次吧……无动力飞……"他呢喃着求我。

我望着他的眼睛，深深地点了点头。

回到俱乐部，我、杰夫和教练麦克斯围坐在壁炉边。杰夫带着忧虑问："他最后的愿望，能达成吗？"

"要看雨什么时候停下来。"教练麦克斯似乎并没有概念——欧阳的时间不多了。

"旧金山的雨……"杰夫无奈地摇头，"来了就很难停下来。一周的天气预报，雨会下个不停。"杰夫把《旧金山观察家报》翻到天气版推给我们看。

坐在俱乐部客厅的壁炉边上，我们讨论了一个下午。

欧阳最后的心愿一定要完成。什么时间？什么地点？如何把欧阳和我绑在一起？一个身体完全僵硬，已经生命垂危的人是无法单独固定在滑翔器上的，只能由我背着，我们绑在一起。

"要一个特制的大号虫蛹吊袋。"教练麦克斯的建议正是我想象的。"或者用动力三角翼，"教练麦克斯眼睛里闪着希望的光，"配备发动机的，可以全天候飞翔。"

"不要动力，我愿意在风雨中带他飞一次。"我必须这样。用搭载游客用的动力三角翼飞翔是对欧阳最后一次飞翔愿望的亵渎。真正的滑翔勇者只能选择无动力滑翔翼，这是生命的力量和大自然之间的合作，没有发动机什么事。

"只能等待雨小一些的时候……"教练麦克斯所有的担忧都写在脸上，我知道，这样特殊的情况还没有人遇见过，即使是炉火纯青的滑翔高手。

12月27日，我的预感告诉我就是今天。我绝不想把欧阳最后的愿望拖到下一年去。早晨，旧金山电视7台的天气预报显示：中午湾区局部地区将会转晴，而且风速三四级，没有雷暴……就是今天了。

雨小了，看似风暴要过去了……

"你看那片黑色的水雾，看似遥远，它们很快就会集结成雨云……"杰夫望着宽广的太平洋，一脸的茫然。

我望着远处渐渐集结在一起，越来越浓密的黑色水雾……

我知道杰夫怎么想，22年前，老欧阳驾驶着一架改装过的BV-141螺旋桨不对称飞机从旧金山出发的时候，也是这样的天气。"老欧阳带着太太飞香港那次……"果然，杰夫自言自语地念叨，"那天也是……黑云在远处集结，很多人劝他，他不听……结果……"迎着太平洋上刮过来的水雾，杰夫在用手帕擦眼泪。

我意已决，不管杰夫和教练麦克斯如何反对。

　　早晨，我开上专车亲自到海岸别墅把欧阳接到俱乐部。专车在院子里一停下，杰夫和教练麦克斯带着几个帮手就围了上来。蒋红、周医生、玛丽娅从车里把欧阳的担架推出来。杰夫和教练麦克斯带几个人在外面接应。我从驾驶室里出来，欧阳平躺在担架上被杰夫和几个俱乐部里的小伙子抬着。我和他对视了片刻，他躺在担架上冲着我笑，笑容惨淡却充满了鼓励。

　　深蓝色的滑翔翼已经停在山坡上等着了。雨虽然还在下，但是明显小了很多。甚至远处太平洋上的乌云也开始慢慢地消散、稀薄……我已经感受到了乌云背后的阳光，像躲在磨砂玻璃后面，已经急不可待地要把笑脸露出来。教练麦克斯找到了一个特大号的虫蛹吊袋，很快就发现，特大号的吊袋完全是多余的，这个时候的欧阳海岸实际上已经瘦得只剩下皮包骨，大概只有六十磅了（谁会相信他曾经是一百八十几磅的大块头）。

　　"注意方向舵，你左脚的力度总是很弱。别忘了你现在是两个人……"教练麦克斯一边嘱咐着，一边和几个帮手用三条手掌宽的安全带把欧阳和我绑在了一起。欧阳趴在我背上，脸贴近我的右耳朵。这样，一旦他有什么要说的，即使受风和气流产生的噪音影响，也还是能听见他微弱的说话声。

　　"试着说点什么……"我把耳朵贴近欧阳的脸，确保他说的话我百分百听得清楚。

　　"学弟……我不需要减肥吧……"欧阳声音很小地和我开着玩笑，语速很慢，我能感到他的嘴唇就贴着我的耳朵，我甚至都感到了他微弱的呼吸——很弱，有气无力，但依然热乎乎的。

　　我们被轻松地装进虫蛹吊袋，袋子很大，就像一件巨大的马甲背心，我们的头和胳膊露在外面，袋口在我的腋窝下紧紧地扎着，吊袋底部露着我们的小腿和脚。吊袋外面有一个带锁的铁钩，把我们挂在滑翔翼上。安全伞在吊袋的右侧，开伞的绳子套在我的手腕上，一旦人和滑翔翼分离，安全伞会在人的重力下自动被打开。

一切都就绪了，就等着海风来送行，等一股强劲的风送我们起飞……

蒋红站在我们的身边，她的手颤抖着，紧紧地抓着吊袋的袋口。玛丽娅哭得像个泪人，似乎这一刻是生离死别。

起风了，蒋红额上的发丝被吹起，像是风向标，飞舞着直指海湾。她的脸颊在凛冽的海风里越发显得清瘦、白皙，眼睛像弯弯的冷月，深不可测。

"来了，风……来接我们了……"欧阳在我耳边呢喃。 是时候了，我下意识地要助跑，冲下山坡，扑向海岸线…… 突然，蒋红紧紧地抓住了我的胳膊……纤细骨感的手指很有力，颤抖着，但很有力，像是鹰隼的爪，突然勾住猎物不放……一定要很有力，我感到了她的指甲，隔着冲锋衣深深扣紧，只有这样才抓得住我的胳膊——我的手已经握紧了操纵杆，二头肌的位置硬得像一块铁。

"平安回来！"听见蒋红这句话的时候，我的脚已经开始奔跑，风在召唤啊！我奋力冲下山坡……几秒钟之后，我就驮着欧阳海岸腾空而起。瞬间，蒋红已经在下面变成了芭比娃娃，脖子上系着的酒红色纱巾在风中摇曳，一闪一闪，像火焰，我左臂二头肌的位置，刚刚被蒋红抓过的位置热辣辣的，似乎有电流通过，让我为之一振，一种力量一直传递到我的全身……

"右脚使劲，压低……注意方向……借着气流飞。"我耳边传来欧阳时断时续的话……伴着急促的呼吸声，是兴奋的急促，嘴里的热气吹得我耳朵痒痒的。我右脚狠蹬方向舵，身体向右倾斜，缓缓地压住翅膀下不断顶上来的风……右翅下探，左翼上扬，气旋夹带着雨雾扑面而来，我们沿着它的边缘轻盈地划出了一个大大的弧线，然后螺旋攀升飞向云端。

"漂亮！"欧阳在我耳边兴奋地赞叹。我知道，这个漂亮的弧线攀升从下面看上来会更漂亮。我好像已经看见了蒋红仰着头，修长白皙的脖颈……

"是的，蒋红一定在看……"是欧阳的声音，微弱，带着他常有的戏谑。

我的心快跳到嗓子眼了，欧阳竟然这样从容地就说出了我的心声。

"啊——？你说什么——？"太平洋上空，急劲的海风"嗖嗖嗖"地从我们脸颊上掠过，欧阳在我的背后，他看不见我眼睛里的慌乱——我在装傻。

"我说，'是的，蒋红一定在看。'而且你听见了。"

"海岸线？是的——半月湾海岸……就在下面！"我索性装傻到底。

"感谢你，学弟……我以为今生再也看不见了……像鹰一样看……这道海湾……美丽的海湾。像鹰一样，用人的智慧沿着它飞……"

云雾在消散，阳光在前方召唤，我们沿着半月湾的海岸线，在一千英尺的空中飞翔。雨也许停了，也许还在我们的下面淅淅沥沥地下……

"我带你飞，只要你想，我就带你飞——"我大喊着，让话语压过风声……

"带着她飞……带着蒋红……带着她飞翔……答应我……"我的脖子被热乎乎的东西打湿了，不是冷雨，是暖暖的泪。

"答应我……带上她……在没有我的日子里……别丢下她……让她快乐幸福……"

我哽咽着说不出话，从胸腔涌出的两股热流一直顶到眼睛……

我一下下地点头，让他知道我会多么努力地去做好。他的脸颊重重地压在我的头上，随后传来了他轻声的呢喃自语，声音很小。风在滑翔翼翅膀下面呼啸着发出"哗啦哗啦"的巨响，我尽量在风声中分辨着欧阳微弱的呢喃……听见了！他在用英语轻声地背诵《哈姆雷特》里的台词：

人是多么了不起的杰作！多么高贵的理性！多么伟大的力量！多么优美的仪表！多么文雅的举动！在行为上像一个天使！在智慧上像一个天神！宇宙的精华！万物的灵长！

我的泪水在风中奔涌。

"……我们才是了不起的杰作……不是它们……"他有气无力地呢喃着……

"嗯……"我哽咽着点头……我知道"它们"指的是他如此痛恨的 AI——Sports-OY-I8。

"别难过学弟……我会以另一种方式存在着……"

之后的飞行，他就这样带着信任和满足把脸颊深深地依靠在我的头上，孩子般地不断喃喃自语："我要去找我的亲人了……妈妈、爸爸，还有爷爷……他们都是这样……在探险的快乐中离去……人生不要太长……要精彩……有滋味……"

他的头紧紧地靠着我睡着了。

那熟悉的盐和中药的气息，此刻是如此的亲切。

那次飞行过后的第二天，欧阳海岸高烧不退，肺部大面积感染，住进了旧金山凯撒大帝医院。

第三天夜里，他走了。走的时候一直拉着蒋红的手。

护士说，他走得平静安详。这种情况，多半是病人自己放弃了——他太累了。

欧阳海岸的葬礼很隆重。飞行俱乐部和加州旧金山大学来的人最多。

欧阳海岸被安放在了欧阳家族的私人墓地,在半月湾海岸一处相对平坦的山坡上,面朝半月湾,四周满是松柏和红杉树。半月湾是旧金山一带最美的海湾。阳光下,深蓝色的海湾犹如半个月亮。它在硅谷的西边,经92号公路直通280高速路。葬礼之后,欧阳氏飞行基金会在半月湾丽兹·卡尔顿高尔夫球酒店"诺威雅"西餐厅招待了参加葬礼的来宾。

欧阳走后的大半年的时间里,蒋红不见任何人,也没人知道她去了哪里。

徐晓燕说欧阳走后,蒋红就再也没回海岸别墅。

半年后,海岸别墅里的盐和中药的异味渐渐地消失殆尽,温暖湿润的季风又搬回来,重新成了海岸别墅的主人。

最后一次看见徐晓燕的时候,我向她打听蒋红。她说她也没有了蒋红的消息,只知道她代表欧阳把海岸别墅和别墅里的收藏全部捐赠给了欧阳家族飞行基金会,并委托基金会申请把海岸别墅变成"欧阳氏飞行与艺术博物馆"。

"莫名其妙!"徐晓燕抱怨着对我说,"财产全部捐赠给了基金会,我还指望她当了亿万富婆沾她点儿光呢!"

再后来,牛总带徐晓燕在香港参加国际石油天然气行业大会。会还没开完,纪委的人就把牛总控制起来了。旧金山的《华侨世界报》上报道说,牛总侵吞国有资产的数额超过了十个亿。十个亿!一刻不停地数这些钱也要数上一星期吧。徐晓燕也因为牛总的案子受了牵连,作为污点证人被限制行动——协助收集牛总贪污受贿的证据。

和徐晓燕断了来往也就失去了蒋红的消息。

第三部

第三部

蒋 红

1

"……我说的'企鹅'是一只生活在四川卧龙自然保护区的大熊猫……它喜欢直立行走，毛色黑白分明，胖嘟嘟的样子……很像企鹅。我认识企鹅的时候它只有六个月大。我给它喂食，给它揉肚子治疗肠梗阻……我们一起做熊猫体操……"

"钱同学，打断一下，"坐在我对面的三位主考老师中叫曼妮的那位美女带着好奇的眼光看着我说，"我好奇的是……大熊猫这样国宝级的动物，你是怎样做到的？能近距离接触……我是说，在你们国家对大熊猫应该有严格的监管……喂食、抚摸、交流……你是怎么做到的？"

曼妮是迈阿密人，年轻、漂亮、金发。她的笑容很甜，酒窝很深，浓重的南部口音……让我想起电影《我为玛丽狂》中的"万人迷"玛丽。曼妮刚刚从康奈尔大学拿到动物学专业博士学位，来加州旧金山大学任教还不到半年。

"哦，我忘了说，我妈妈是饲养员，她在卧龙保护区工作。"

三位主考老师都笑了。

"杰克的妈妈每天要给七八只大熊猫准备竹子料理，是吧，杰克钱？"我的研究生导师安迪笑着和另外两位考官开玩笑。"钱的妈妈还上过四川的电视，她连续八年被评为卧龙基地最受熊猫喜欢的'熊猫大厨'。她琢磨出来的熊猫宝宝营养早餐——'胡萝卜笋丝色拉'被登在了《国家地理》杂志上，获得当年的'动物营养餐'评选金奖。"

"哈哈，连续八年，'熊猫最喜爱大厨'……"曼妮笑弯了腰。曼妮笑得太厉害了，我一脸茫然，只好暂停论文答辩，等着她笑够。

"为什么只有八年？"她笑了一会儿停住，忽闪着纯净得像婴儿一样的大眼睛问，"我是说，你妈妈为什么是连续八年被评为最佳'熊猫大厨'……以后呢，第九年呢？她离开卧龙基地去开熊猫餐厅了吗？"

这是我听见过主考老师提的最愚蠢问题。这和我的硕士论文答辩有什么关系吗？我心里有点恼火。曼妮老师没心没肺的笑让我羡慕：什么样的成长环境，可以让这个丫头二十出头就读完博士？什么样的家庭让她保持如此单纯阳光的个性，可以完全不顾及我正在进行一件多么严肃的事——最重要的研究生毕业论文答辩考试？

"没有第九年……第九年的时候我父亲出了车祸……他是一个开大货车的司机，夜间开车……山路，疲劳驾驶……对面来的车开着远光灯……他眼睛看不清，在一个弯道上翻了车。车滚下了山坡……父亲重伤截肢躺在医院里……妈妈辞去了卧龙的工作照顾父亲。"我尽量仔细地把钱旺出车祸的经过对曼妮讲清楚。像曼妮这样阳光灿烂的美国女孩子，完全不知道生活的艰辛、生命的无常，我想。

"嗯，因为家庭遭遇不幸，钱同学被迫休学了两年，还要赚钱贴补家用。但是他从未放弃，克服种种困难，两年后坚持回到这里，完成学业。这就是为什么他前前后后花了将近五年的时间才迎来了今天的最后考试。"导师安迪显然在为我拉票。我很感激，虽然如此，我还是希望靠我的实力——有深度的论文——而不是靠同情来通过眼下的研究生论文答辩。

"I'm sorry……"曼妮终于不笑了，望着我就像看一个外星人。灰蓝色的海……闪亮在夜空的星星……我试着从曼妮美得惊人且满是同情的目光之海里爬出来。

"没什么，都过去了。"我饱经沧桑的语气一定很酷。

"继续……"动物学系主任克鲁斯博士严肃地把我们拉回到正题。"杰克钱同学……"他翻看着我那篇论文……"我很喜欢你论文的副标题'竹子之外的天空'，虽然听起来很文学性，但是对你论文的本论题《人类对哺乳动物灵长潜能的开发和利用》帮助很大。特别是在前言里提到的关于导盲犬、警用犬、搜救犬、海豚表演……还有墨西哥城发现的那头会画油画的猪……我也很高兴看到了本论里你提供的这些脑电波、核磁、动物心理学等资料，还有 NASA 提供的关于黑猩猩在太空舱里模仿人类的行为和思维方式来解决寂寞、恐惧和沮丧的一系列数据。"

克鲁斯博士翻动着我的论文，那几页纸攥在他手里，就好像攥着我的命运。我心跳加速，呼吸有点异常。一个背井离乡的华人求学者……花五年的时间终于坐到他们面前……等待着最后的"审判"。

"这里我看到的特殊之处是你在本论的第二部分所描述的大熊猫'企鹅'的超常行为……这里提到，它在看见从熊猫饲养场上空飞过的风筝、蝴蝶、鸟、鹰、飞机等等所做出的超常反应，'它欣然放弃最好吃的竹子，撇开正在玩耍的伙伴，放下最心仪的玩具……直立行走……追逐……久久地望着远去的飞行物发呆……'在你所提供的参考文献和附录里，我能感受到这是世界各地很多实验室都在关注的课题——哺乳动物的梦想和超越生存本能升华成对梦想的追逐。换句话说，'对生命高境界的渴望'是否是人类的专利？"

克鲁斯博士停下来，喝了一口咖啡示意曼妮继续她的提问。

"在这里你所引用的童话故事《夏洛的网》……那只叫夏洛的蜘蛛，为了救小猪威尔伯，为了威尔伯免于被制成火腿的命运，智慧地用蜘蛛网织出文字'王牌猪''谦卑''了不起的漂亮猪'……我相信，你用你的论文告诉了我们——就像夏洛用它的网告诉了世人——大熊猫企鹅是一只有飞行梦想的熊猫。"曼妮动情地补充："是的，我很确定企鹅和其他的熊猫不同，它羡慕飞翔！"

我把所有的主考看了一遍，我知道我在什么地方已经打动了他们。

三天后，我被通知论文过关了。

八月的时候，我有了高胖子的消息。

"我一直在墨西哥种辣椒。"是高胖子主动和我联系的。

他现在就坐在我的雷蒙林肯车里。"我在墨西哥发现了一种神奇的粉红色辣椒！"高胖子兴奋地告诉我。

高胖子被晒得又黑又胖，穿了件上面满是仙人掌的衬衫，头上戴着一顶宽边大沿儿的牛仔帽。我很高兴高胖子能坐在副驾驶的位置上和我聊天，毕竟现在他是我的客人——他从墨西哥一回来，就签约做了黑闪电专车公司的 VIP 客户，而且点名让我为他服务。

"这次墨西哥之旅，我的牛排酱有了突破性的进展：在墨西哥西部荒漠里，我发现了一种淡粉色朝天椒。把它捣碎了掺杂在牛排酱汁里，我惊喜地发现，清澈的辣味能够刺激味蕾分泌出一种山泉水般的汁液。这种新的牛排酱汁配方和菲力牛肉的肉汁一经结合便会产生出一种人类从未享受过的新美味。这种神奇的美味无法用统一的形容词描述。它出自食材，但超越了食材本身。它的神奇和独特之处在于：不同年龄、不同性别、不同经历、不同地域、不同种族、不同修行、不同信仰、不同职业、不同爱好、不同阶层、不同品格、不同梦想的人品尝这款牛排酱的时候，会在味蕾上分泌出不一样的美味。它让你的人生经历和个性特点参与其中，它让你的思维背景成为产生美味的重要调料之一；它不让你被动地享受美味，它让你用你的独特人生合成出专属于你自己的独特美味。"

"美味来自味蕾和人的经历，参与者还能产生不一样的感受。"我觉得这款有粉红辣椒参与的牛排酱比用乌鸡骨调制的牛排酱听上去更深刻。

"对，产生美味的还有你独特的个性、你的憧憬与梦想、你的喜怒哀乐、你的爱恨情仇、你的无与伦比、你的孤傲矜持、你的温柔善良、你的刚愎自用、你的英勇顽强、你的无私无畏、你的傲慢无礼、你的平易近人、你的知书达理、你的无忧无虑、你的美丽多情、你的千娇百媚、你的阴险狡诈、你的冷血邪恶、你的寂寞孤独、你的真知灼见、你的上善若水、你的宁静致远、你的古道热肠、你的侠肝义胆、你的……总之，你的一切人格、性格、品格……都参与味蕾的工作……这就是这款牛排酱的独特。"高胖子一气呵成。

AI没法复制人的味蕾，太复杂了。我想起了欧阳说过的话。

很快，旧金山一家叫巧厨娘的食品公司开始对高胖子神奇的新口味牛排酱感兴趣。巧厨娘公司是专门做罐头食品加工的，老板格尔西从街头摆摊卖三毛钱一杯的柠檬冰茶起家，三十年的奋斗，凭着他的阴险狡诈和诡计多端创下了现在全球拥有三十几个加工厂的巧厨娘帝国。产品包括火腿肠、腊肉、罐头、调料、红酒、奶酪、厨具……那天，他尝过了高胖子的牛排酱以后，缓缓地放下手里的刀叉，盯着高胖子很久……

"小伙子，"他说，"我今年六十岁了，品尝过无数的美味……在业界我以做生意诡计多端著称……今天，你的牛排酱给我带来的美味是……无计可施的轻松自在，放下算计，享受简单。这是从未有过的美食新境界。"

从那以后，格尔西就开始和高胖子的频繁接触。高胖子牢牢地把独特的配方掌握在自己手里，只谈合作不卖配方；格尔西也一改以往生意场上霸道狡诈的行事作风，难得地对高胖子包容仁和，以诚相待。

高胖子和巧厨娘合作，在墨西哥扩大种植了一千亩粉红色辣椒。他们要大干一场。辣椒刚一丰收，巧厨娘和高胖子就迅速推出了一款叫"你才是一味料"牛排酱。"你才是一味料"在旧金山一经推出，迅速征服了美食之都旧金山牛排客的味蕾，销售火爆。

为了更好地推广"你才是一味料"牛排酱，格尔西不惜动用庞大的销售团队，在各大超市设柜台，现场烤牛排，免费蘸着"你才是一味料"试吃牛排。

格尔西还组织媒体对试吃"你才是一味料"牛排酱的旧金山各色人等进行了现场采访。《旧金山观察家报》在湾区经济版上刊登出了若干典型人群品尝了"你才是一味料"牛排酱之后对其独特美味的直观描述。下面是《旧金山观察家报》的原文：

芭蕾舞女，20 岁：我喜欢，它的美味就好像一个美好时刻——在练功房里踮着脚尖跳了一天后，终于坐在地板上脱下了绑在脚上的芭蕾舞鞋。

硅谷程序员，男，38 岁：它的美味在我的唇齿间扩散开来……带我走出阴暗、封闭、空气浑浊的计算机房……它把我带到蓝天白云之下……清澈的溪水在我脚下流淌……

卡斯楚区二手服装店店员，女同性恋，28 岁：我爱死它了，美味、多汁，从未有过的美味……就像第一次和我的她接吻……

中国城武术教练，男，31 岁：太好吃了！美味在我舌根下绕来绕去……我想起了 6 岁的时候……我师父传授给我的一套蛇形拳，拳法习钻，快如闪电……我哭了，想到师父已经不在了……

小学生，漂亮女孩，8 岁：我喜欢，有点辣……像在迪士尼乐园坐过山车。

失恋的小伙子，19 岁：从未有过的丰富味道，难以形容的美味……一年前，我失恋了。整整一年，我饱受失恋的痛苦折磨……就是放不下她……在一个宁静安详的早晨，我从梦中醒来，窗外鸟儿在鸣叫，晨光静谧地洒在我洁白的床单上……那一刻，我突然从失恋中走了出来，生活多美好，我还年轻，未来一定有一个更好的姑娘在生活的某个转角，某个咖啡馆，某个书店，某个车站……等着我……长期的沮丧和悲伤在那个早晨一扫而光……对，这美味在我味蕾上纠缠……就像那个美好的早上……

报上刊登的消费者调查让格尔西兴奋不已，他迅速启动全美各个州的销售团队，开始全面铺开对“你才是一味料”牛排酱的宣传推广。他甚至别出心裁地和某个至今还保留死刑的州监狱合作，为一名十恶不赦即将坐电椅执行死刑的强奸杀人犯提供了一份最后的晚餐：T 骨牛排（T-bone）配黄油煎矮胖胡萝卜和红黄双色圣女果……最后浇上“你才是一味料”酱汁。

执行死刑后的第二天，典狱长接受了媒体的采访。他告诉记者：吃完最后的晚餐，冷酷无情的死囚第一次落泪了。他说："真他妈的美味！它带走了我对地狱的恐惧，我的灵魂悔改了，即使我还是要下地狱。"

在格尔西倾全力为"你才是一味料"牛排酱奔走忙碌做宣传的时候，高胖子也忙碌着为大报小报及时提供花边新闻。那一阵子，华人媒体关于高胖子的新闻特别多。《华侨世界报》上登了一张照片，是旧金山某个高档小区门口摄像头拍的：高胖子脖子上挂着"能拴狗"（一个专为暴发户定制项链的奢侈品品牌）金项链，身着漂亮的夏威夷沙滩衫，开着红色的布拉迪威龙跑车驶进小区。一个金发美女从里面迎出来与高胖子热情拥抱。

照片下面是一段戏剧性的文字：

金发美女："达令，今儿晚上我才是你的一味料。"

一个月后，我在中国城一家生意很好的杂货店里买六合彩，一叠刚出来的《星岛报》摆在收银台旁边。报纸的头条又是一张高胖子的照片：高胖子和另一位红头发美女在夏威夷海边接吻。

照片配文：

高胖子牛排酱又换了一味料。

2

我的毕业典礼很隆重。

那天，杰夫和教练麦克斯、高胖子、黑乔治、老板利尼奥尼、大美女莉迪娅、黑人警察哥们儿山姆、公鸭嗓……都来到现场参加我的毕业典礼。

拿着毕业文凭，仰望着蓝天……我知道欧阳海岸在某个地方关注着这一时刻……这个好大哥，我的恩人，像天使一样照亮了我的生命，带给我希望……此时此刻在某个地方，欧阳会以不一样的形式看着这一刻。

最独特的一份毕业礼物是高胖子给我的，一个信封，高胖子神秘地塞给我。

"可以打开吗？"我猜是一张支票，也该是他还我钱的时候了。

"当然，打开吧。"

我打开信封，里面不是支票，是一份"你才是一味料牛排酱股份有限公司股东协议"。

"在最后一页签字，然后你就是你才是一味料公司持有百分之五原始股的股东了。"高胖子意味深长地看着我说，"明年，咱们企业股东预计会有一千万的分红，百分之五也有五十万了！"

毕业之后，我开始找关于生态环保、野生动物保护这方面适合我专业的工作。实际上，我很自信可以找到一份满意的工作，因为动物保护和野生动物研究这类的工作，往往会优先聘用有驾驶小型飞机和滑翔翼执照的动物学专业毕业生。

一度，我差一点儿就被应聘到《国家地理》杂志随摄制组，去非洲的塞伦盖地草原拍摄野生黑猩猩的繁衍和迁徙。在我即将答应去非洲的最后一刻，我决定暂时还是留在旧金山。因为我知道蒋红还在这个城市的某个地方。

我每个月都会去半月湾欧阳的墓地看上一两次。每次都会看见欧阳的墓碑前有人送去黄色山茶花。我相信送花的人是蒋红。而且，她来得很频繁，因为每次去都能看见新鲜的黄色山茶花，摆在一尘不染的墓碑前。她也一定会看见我送去的花：百合、玉兰、栀子花、法国鸢尾、蓝色郁金香……当然，最多的还是黄茶花。

她会知道我来过吗？

只要我知道蒋红还在旧金山这个城市，我就不能离开。这样，我暂时继续着专车司机这一职业。

我定期去欧阳氏飞行俱乐部和杰夫喝咖啡聊天，希望从杰夫那里得到一些蒋红的消息，但是一切都是枉然。

"Reddy 委托律师办理完了海岸别墅的捐赠之后，就再没有来过俱乐部。"杰夫和我坐在俱乐部的客厅里，守着温暖的壁炉，"我猜她是怕来这儿会勾起太多与欧阳有关的回忆。"杰夫望着窗外的海湾，深深地吸一口手里的"丰塞卡"雪茄。

我们就这样望着窗外默默无语，时光好像突然停止了。有时候我感觉欧阳好像从未离开，就在那海湾的远处，在云和海之间的什么地方，随时都会坐着轮椅微笑着出现……

"答应我……带上她……在没有我的日子里……让她快乐幸福……"欧阳海岸的话语就在我耳边，带着热乎乎的气息和温暖的泪水。我知道我在等待着蒋红，等待着她从失去欧阳之后的伤痛中重新回到生活中来。

感谢利尼奥尼一直保留着黑闪电专车公司给我的工作签证，找到合适的工作之前这份固定收入很重要；还有蒋红，如果她来找我，她知道司机 690 还在这儿。

20 世纪最后的一天——千禧新年要到了，卖国际长途电话卡的生意看上去比卖六合彩的还好。

我从中国城里拿着新买的五块钱一百分钟的国际长途电话卡出来，每个星期给拉巴子打电话，每个月给家里寄钱已经是我生活的一部分。

"690，你好！"公司新来的调度梅——一个菲律宾小姑娘甜甜的声音从对讲机里传来。

"我是 690，请讲。"

"光谷小镇，新贵大道 182 号，是一个健身中心，在硅谷靠近半月湾附近……联系人 Jenny，是两天的包车。"

"690 明白。"我回答。

饿着肚子去加油。加油站里播放着欢快的迎新年歌曲（都是些《友谊地久天长》之类的怀旧老曲子），提醒着人们"每逢佳节倍思亲"。

加满了油，上完了卫生间，我看了看表：6 点 10 分，还有不到六个小时，千禧年就要到了。

我在地图上锁定了新贵大道的位置。光谷是旧金山南面的一个小城市，在"发丝城"（Foster City）一直到圣荷西这一段硅谷 IT 产业区的范围内。新贵大道好像是最近才修出来的一条路，在老版的地图上甚至找不到它。

在 101 高速公路上，沿着硅谷这个每天都会产生十几个新百万富翁的财富带一直向南开，路上顺便买了个"瓦普奥"和一杯咖啡。

写字楼、大卖场、酒店、IT 公司、高层住宅……越来越密集，每天都会有和计算机产业相关的新公司成立，每天也都会有 IT 产业的公司破产。几个月前经过的一块草肥水美、牛羊满山坡的荒地，几个月后可能就建起来了一片模样怪了怪气，里面超级豪华的高科技园区。园区一盖起来，司妃（Safeway）、梅西百货（Macy's）、星巴克、麦当劳、埃卡、家帝堡（Home Depot）、百思特佰（Best Buy）等大的连锁店，就像大个儿的苍蝇一样围了上来。很快，那些自然绿地就变成了钢架大棚、柏油马路、水泥停车场……留着绿油油的田野和茂密的森林该多好，我边开车边想。

在新贵大道上，我很快就找到了那家以运动健身和销售大型健身器材为一体的公司。公司的房子是简约的现代建筑风格，银色的合金架构，外墙是通体的钢化玻璃，宽敞明亮。办公区、销售区、喝下午茶的咖啡区、健身房等一目了然。房子四周的绿地大概是房子的四倍，公司的主体楼看上去就像是一个大植物园里的花房；大玻璃窗上还挂着圣诞花环，长长的"快乐迎千禧年"字样的条幅从屋顶一直垂落到地面。这是当下硅谷一带最流行的原生态理念的建筑。

在健身中心大门口，我在相对显眼的地方把车停好，"大花房"里传出来新年音乐和吵闹喧嚣。公司千禧年酒会正在接近高潮。玻璃窗里人头攒动，气氛很温暖，大家端着酒杯相互祝福。从酒会的排场和规模能看出来，在很多行业不景气的当下，健身产业很赚钱。

"690 到达指定位置。"我向调度通报。看了一下表，距离接客人的时间还剩 20 分钟，我准备开始吃瓦普奥。

突然，我看见蒋红怀抱一大捧盛开的黄茶花，从健身中心的大门里走了出来，一袭酒红色的露肩长裙，显得她更加身材高挑。是的，是她！我头脑里一片空白，恍如隔世。

她靠近车门，我赶紧放下车窗，她站在车窗外注视着我，白净美丽的面容有些憔悴。

"把车厢的门打开吧。"她示意我，我迟疑了一下。"Jenny 就是我，我要的车。"她意识到了。

我从驾驶室里出来，打开车厢门，接过她怀里的一大捧黄茶花，小心地在迷你吧台下面放好。她并不急着上车，示意我关上车门。

"蒋红……你好吗？"我不敢相信，蒋红就这样突然出现在我面前。

"叫我 Jenny，我的新英文名字。"她慢悠悠地从漂亮的仆人阿达（PRADA）手包里拿出小巧的鎏金粉盒，对着宽大的车窗补妆。"稍等一会儿，还有几个朋友，马上出来。"她拿车窗当镜子，背对着我轻声念叨。

　　傍晚的微风轻轻地送过来正黄旗特有的暗香……多少次，我把它放在鼻子下面……

　　"黄茶花，叫正黄旗的……"

　　听到我下意识的自语，蒋红补妆的手停顿了一下，眼睛瞟了一眼车窗里我的影像。

　　"哦，我是说，你用的是黄茶花胭脂，叫正黄旗……还有车里的茶花……"我微笑着，装作漫不经心。

　　"看不出来呀，帅哥儿……"蒋红继续补妆，"胭脂堆里出来的泡妞老手呀。"她语气平淡却似曾经沧海，"这套'闻香识女人'的绝技不是我老公教的吧？"

　　我尴尬地笑笑，默不作声地掏出薄荷香型的万宝路，靠着驾驶室的车门吸着。补完妆，蒋红靠着车门，伸手向我要了一支烟，我用Zippo给她点上。我们就这样靠着车身默默地吸着烟，似乎都想在千禧年来临之前独自安静一会儿。新年的音乐和酒会上的喧嚣在烟雾里渐远，我们仿佛置身世外桃源。

　　"我一直想和你联系……"沉默了一会儿，我终于忍不住开口。

　　"是吗？"

　　"徐晓燕离开了美国……杰夫也不清楚你的去向。"

　　"哈哈，没人知道Reddy在哪里。我现在是这里的瑜伽教练Jenny……和过去一切都断了。"蒋红熟练地吸着手里的烟，一吸一吐之间充满了落寞。

　　新年晚会的曲子换成了《友谊地久天长》，欢乐的人群开始陆陆续续地从公司大门内吵吵嚷嚷地出来，门口瞬间停满了接人的车。

　　"Jenny——!"三个白人靓女前呼后拥，兴奋地尖叫……向蒋红挥手，几个白人小伙子跟跄着跟在姑娘们后面。

"狂欢去！""幽灵重现！"他们大呼小叫着走过来，显然喝多了。

"亲爱的，我给你介绍一下。"一个白人美女把蒋红介绍给其中一个显然是她男朋友的小伙子，"这是Jenny，我的瑜伽老师，是中心最棒的瑜伽教练。"对着小伙子，"这是凯文，我男朋友。"

"幸会。"叫凯文的小伙子显然喝醉了，他踉跄地过来要抓蒋红的手。

"幸会。"蒋红轻轻地一闪身，我在身后已经把车厢的门打开了，凯文踉跄着直接就扑进了车厢。

"亲爱的，没事吧？没事吧！"白人美女焦急地跟着进了车厢。

"雷蒙，林肯120！"

"新年快乐！"

"狂欢去！"

"幽灵重现！"

其他人随后跌跌撞撞大呼小叫地鱼贯而入，进了车厢。

"我们去旧金山。"蒋红坐在副驾驶的位置，她显然不愿意和那帮疯子挤在车厢里。

黄茶花胭脂的香味在整个车厢里弥漫开来，我想到了那家名字叫"好莱坞30年代"的胭脂店，一切都好像是在不远的昨日。

一路上我们都默默无语，谁都避免提起欧阳海岸和往事。只有黄茶花胭脂的香味在驾驶室里无声地在告诉我—— 蒋红就在身边。

在米神街（Mission St.）后面的发傻街（Folsom St.）上，"幽灵重现"热舞俱乐部"迎千禧新年狂欢派对"正进行得如火如荼。

声、光、色、沸腾的人群、DJ和音乐，一切都High到了极限。热辣的美女带领上百人在DJ的强节奏电子音乐下狂舞。闪耀的霓虹，和一束束激光掠过黑暗中的狂欢者，霎时照亮他们汗湿或迷茫的脸；激光灯的快闪，瞬间让热舞者的肢体产生畸形的视觉假象。

蒋红和几个同来的朋友们勾肩搭背地围成一圈儿随着空灵、魔幻的电子音乐一起摇头。从他们沉迷的状态可以看出来，不仅仅是酒，他们沉浸在一种清醒的人无法体会的幻觉里。

喝了一杯老板为接送客人的司机特意准备的柠檬水，我示意蒋红，在门口等她。蒋红在密密麻麻头摇得正 High 的人群里对我点了点头，这在集体无意识摇头的人群里显得相当与众不同和弥足珍贵。太荒诞了！我预感到这个千禧年还会有更加超出常理的事情发生。

"Ecstasy 要吗？"一个黑人堵在门口向我兜售东西。

到外面透透气真好。

热舞俱乐部门口，依旧排着长队。急于进入俱乐部参加"千禧新年狂欢夜"的人群已经近乎失控。

几个健硕凶悍的黑人保安在热舞俱乐部门口维持着越来越混乱的局面。排到门口的年轻男女主动出示身份证件，被确定是本人且年满二十一周岁之后，保安收钱，在他们的手背上加盖一枚防伪的荧光印章才放人进去。

一个显然未满二十一周岁就想混进去的红头发姑娘——戴鼻环的庞克女孩——被保安发现。几个保安连推带扯地把大喊大叫的她拖了出去。

一排铁栅栏拦出一块空间，外面的人进不去，里面的人可以自由出来透透气。我静静地在铁栅栏外的拐角处抽着烟，雷蒙停在不远处的路边。我看看表：九点零三分，离千禧年不到三个小时。

在俱乐部门口的长队里，我看到了一对儿加州旧金山大学高年级的同学：女孩魔鬼三围，高颧骨，一双斯堪的纳维亚人深灰色眼睛，皮肤白得像乳胶；男孩是个希腊人，长得像美术系石膏像里的海盗。我们一起在阶梯教室上过大课，两个人在学校里就要得很好，出双入对郎才女貌。他们应该毕业了吧，这样想着，我有一点儿感动——在学校里耍朋友的男女，毕业了还要得好的不多。

夜风吹过来，我下意识地竖起风衣的领子。

大约过了三十分钟，蒋红从舞场里踉跄地出来，她猛地扑在围栏的铁栏杆上，扶着栏杆蹲下，背部上下起伏着干呕了几下。停了一会儿……她吃力地想站起来。我从铁栅栏外面伸手扶着她，攀着铁栅栏，她缓缓地站起来。扶住栅栏，她抬头看清了我……用手捋了捋额前的乱发，美丽的大眼睛有些充血。我从西装口袋里掏出来叠得四四方方的白手帕递给她……

"给我一支烟。"她接过手帕擦了擦嘴角。

递过烟，用 Zippo 点上，晚风吹散了她刚整理好的头发，吸了几口烟，青烟纠缠着她额前飘荡的头发，好一会儿才不情愿地飘散。

"你叫什么来着？"她茫然地看着我，像是失忆症刚治好现在正励志要重新生活似的。

"钱学杰。"

"杰克，对了，杰克……"蒋红目光在漂浮状态，就像是在坐过山车，直到看见停在马路对面的林肯雷蒙……"那个'黑房子'是我的吗？"她指着雷蒙，似乎想确定这是梦幻还是现实。

"是。"

"我说去哪里都行？"

"是。"

蒋红眯缝着眼睛，轻飘飘地伸出两个手指，"Yeees——"

"是你租的。"我有点害怕她把车当成是自己的。

"租了两天吧？"

"两年。"我一本正经地说。

蒋红用力思考着:"骗人!"

"从今年到明年。"我看看表,"还有 2 小时 38 分。"

回味了一下,"你真逗,帅哥儿,拿姐姐寻开心是不是?"蒋红傻笑一会儿……停下。回味之后,大概还是觉得我说得挺可乐,又接着傻笑:"还有 2 小时 37 分了……应该说我租了两个世纪!"她看看腕表,带着醉意地傻笑,有一种独特的美,和过去的蒋红完全不同。像洗尽了铅华,历经过无尽酸楚和悲凉的风尘女子。

蒋红抬起头收住笑,认真地端详了我几秒钟:"690,我们去半月湾看看他吧!"

我点头。霓虹灯下,闪亮的泪珠含在她的眼眶里。我鼻子一酸,忙转身去开车。

行驶在一号公路上,我把车上所有的标志灯都打亮。如果从外面看,车厢上的两排橘黄色的警示灯会很漂亮,就像飞机场夜间的跑道。

前方绿底白字的路牌提醒:距离半月湾小镇还有 18 英里。

我默默地开车,蒋红坐在副驾驶的位置半梦半醒。

沉闷的夜,同样沉闷的气氛。

我偶尔瞟一眼蒋红,她现在的样子就像戏里的"贵妃醉酒"。一种失而复得的喜悦油然而生——千禧年夜,这个美丽女人,这个"让我欢喜让我忧"的女人就在身边。

过了半月湾丽兹·卡尔顿酒店路口,我们在黑暗中沿着一号公路又默默向南开了大概七八分钟。车窗外,两边的荒山和野海在夜的包裹下像千万个"罗丹"的《思想者》雕塑,一个挨着一个地沉默思索着。仪表盘上的时钟显示十点零八分,还有不到两个小时就是千禧年,下个世纪快来临了。

"前面右手边有个 76 加油站，加油站前面的小路右转。" 蒋红抬起头，看着窗外终于说话了。

"我知道。"白天经常走这条路来看欧阳，所以并不陌生。

拐角的 76 号加油站是我见过的最小最破烂的加油站。昏暗的灯光下，两台破旧的加油机像两个被抛弃的双胞胎孩子，沮丧，哀怨。付款的窗口是一整块儿狭小的防弹玻璃，一个菲律宾老女人坐在里面昏昏欲睡。老女人身后是几个简易的货品架，架子上摆着时下流行的烟酒和真空包装的薯片、玉米片、胶皮软糖、风干牛肉条等杂货。

紧贴着加油站，在一条不宽的碎石路右转。我打开远光灯，在碎石路的引领下，向前又走了一段就开始爬坡，直直地向着海湾攀升。我放慢车速，轻轻地放下我这一侧的车窗，观察着黑暗中路两边的状况。咸冷的海风吹进来，粗暴地冲淡着驾驶室里温馨的黄茶花胭脂香。我深呼吸，心头不再沉闷。缓缓地踩下油门，吃力地爬前面的陡坡。陡坡尽头就是几十米深的半月湾峭壁。我已经听见了黑暗中潮水拍打礁石，发出空灵的"砰砰"声响。

左手，远处海岸线上，鸽子灯塔（Pigeon Lighting House）在悬崖上一闪一闪，似近又远。

爬上陡坡之后，有一个左转的急弯，我把车转过来，路更加的狭窄。又走了大概五分钟，路开始变得宽敞，远光灯照见了熟悉的花岗岩拱门，门上雕凿着大朵的百合花和长着翅膀的天使，欧阳家族的墓地就在拱门里边。

车开进拱门，远光灯的前面，几块花岗岩墓碑面朝着海湾零星排列。我们已经在半月湾靠山面海的崖壁之上了，白天看上去很美，我知道。

我把车停稳，远光灯照得很远。崖壁下，海浪拍打礁石的轰响也更加的清晰。欧阳家族墓园在一块平坦的崖壁上，并不很大。

"关掉车灯吧，你会吓着他们。"说这话的时候，蒋红的声音压得很低，似乎真有一帮子人正睡在一块块墓碑的后面。

关掉大灯，我下车，绕过去打开副驾驶车门，搀扶着醉意犹在的蒋红出来。没有车灯照明的墓园在月光下阴森惨淡，海浪拍打礁石的声音变得更加空灵起来。

"花！"我搀扶着蒋红从车里出来，高跟鞋在黑暗的斜坡上刚找到一块儿平坦的地方落脚，她就迫不及待地甩开我的手——什么叫卸磨杀驴！

打开车厢的门，我从里面抱出那一大捧黄色的茶花，大朵大朵，在墓地的月光下瘆人的美丽。

抱着花，我跟在她后面来到欧阳的墓碑前。

蒋红在墓碑前面蹲下，用手抹去碑座上的残枝败叶。月光隔着树影洒落在小巧精致的墓碑上：赤红色的火山岩，很漂亮，碑顶有镂空的山茶花浮雕。墓碑应该是蒋红设计的，我一直这样想……

就在这个时候……借着月光，我发觉碑文有些异样，在惨淡的月光下，碑文已经和以往有所不同：

丈夫欧阳海岸之墓（Ocean OY）
在天堂里你会继续飞翔
（1971.09.16—1999.01.01）

蒋红之墓（Reddy Jiang）
妻子蒋红永远陪伴你
（1975.06.08—2000.01.01）

显然，在欧阳海岸的墓志铭下面，另外的几行字是新刻上去的。

瞬间，我毛骨悚然，不敢相信……一个活着的人，正蹲在自己的墓碑前面……更加恐怖的是，碑文上已经刻好了死亡日期：千禧年的第一天。我看看腕表：十点三十七分。还有一个多小时！我想象着：背对着我的人……会怎样爬进这个墓穴里。这样想着，恐怖像蟑螂一样爬满了全身。恐惧……如果蹲在地上的蒋红突然回过头来，我担心会是一张不一样的脸在月光下呈现……或者根本没有面孔……都是头发！

"花！"

我最担心的……还是发生了……蒋红猛地转过头来！果然看不见面孔！

急促的海风把蒋红的长发从墓碑的方向吹过来，瞬间盖住了她的整个脸。她用手把头发整理到脑后，感谢主，那张脸在月光之下依旧姣好！我松了口气，把手里的花递给她。她把花在自己的墓碑下放好……眼前的这一切都那么不真实。千禧年来临的前夜，我感到如此的疲惫、不安、虚妄……眼睛紧紧盯着这个在自己的墓碑前祭奠的女人，我有些站不住了。

"你有一个星期没来了吧……"她背对着我问，"这是我前天找石匠刻上去的。"蒋红向上瞟了我一眼，又继续盯着碑文，"怎么样，漂亮吗？"

落在远处那些墓碑上的几只乌鸦在叫，我疑神疑鬼地东张西望。

蒋红并未起身，也不回头："你回去吧，狂欢结束了。"她对着黑暗冷冷地说。

我疑惑地站着不动。

蒋红似乎想到了什么，她站起来，转身，从仆人阿达的手袋里拿出厚厚的一叠一百元一张的美金递给我："这是租车费，剩下的当小费。"

夜风从墓碑和柏树的空隙间猥琐地吹过来，撕扯着蒋红酒红色的长裙。

"公司不收现金，两天后你寄支票就行。"

蒋红打开手袋把钱放回去，我看见仆人阿达手袋里一条锋利的美工刀片在月光下一闪。

"好吧帅哥儿，那就请你离开吧，两天后你可以通知杰夫把支票寄到你们公司去。现在，我要一个人在这里陪我丈夫过千禧年。"

我不紧不慢地掏出烟来点上，脑子却急速地运转：为什么？她要干什么？此时，恐惧像浪涛一样一波一波地向我袭来。

蒋红凶巴巴地："你还不走！"

夜风吹动着墓地周围的灌木影影绰绰，月亮也躲到乌云后面去了。

"欧阳会很高兴我在这里陪着你。"我慢条斯理地抽烟。

"回去吧，明天，在新世纪的太阳升起来的时候，你们可以再来。"夜风夹杂着败叶，无情地掀起她长裙的下摆，白皙、修长的腿在裙摆下一闪。她在突然来袭的寒风里打了个寒战，"那时候一切都结束了，你和杰夫会把我安顿好……"她两臂交叉着抱在胸前，瑟瑟发抖，这番话好像是从牙的缝隙间挤出来的。

我脱下风衣，从后面披在她身上。

风衣披在蒋红肩上的瞬间，她身体像过电似的抽搐了一下。跟着就是摇晃，我架住她，她用力甩开我的手，风衣掉落在地上。"告诉杰夫，把我和欧阳埋在一起，这是我唯一的要求。"她紧紧抱着双肩蹲下，身体无力地缩成一团。

我拾起风衣，掸了掸尘土给她从身后披上。我点上一支烟吸了一口，蒋红把手伸过来，我把烟递给了她。

蒋红蹲在墓碑前吸着烟，"散了吧，所有的好戏都落幕了。"

"好了，回城吧。"我不知所措，下意识地过去搀扶她，"你的朋友们在等你呢。"

她腾地一下站起来，再一次挣脱我的手，歇斯底里："闭嘴！闭嘴！朋友，什么朋友？都是骗子、酒鬼、毒贩子、同性恋……"

烟夹在她的左手食指和中指之间，火红的烟头随着她手臂剧烈的摆动在黑暗中上蹿下跳。

"他们是夜里的鬼魅！他们专门在夜里找睡不着的人，来吸他们的血！"我从蒋红的怒吼里感到了她的绝望，往日的坚信与热望、优雅与娇美好像都跟着欧阳海岸到墓碑下面去了。

扶着雷蒙车身，蒋红冲动地喘息着，打开手袋找东西。

隔着车身，我有所察觉……平静地接近她…… 黑暗里，蒋红翻着什么。

我一点一点地接近。

找到了——刀片！她猛地抬起头，手里握着明晃晃的刀片！她用右手的拇指和食指紧紧捏住刀片，刀片的刃尖顶在了自己左侧脖子的动脉上，手颤抖着随时准备猛地向下一划！刀片在月光下闪着清冷的寒光。

她真敢！她的眼睛告诉我了！我马上站住，汗毛倒竖却装作若无其事。

夜色中，蒋红的眼睛里泛着蓝光，恶狠狠地看着我，"你别过来！谁也别想把我活着带到 21 世纪！谁也别想阻止我们今天团聚！谁也别想！"

"放下刀片，我们商量……"我压抑着紧张情绪。她嘴唇哆嗦着，脸惨白冷艳。

"商量？明天你和杰夫商量收尸吧！"

我们在阴风飕飕的墓园里默默对峙了一会儿。

尽量不要看它的眼睛，它会更疯狂。我想起有一次在竹林海拉巴子和我遇见一头野狼时她教导我的话。

"倒霉了。"我尽量不看她的眼睛，"你一死，我的工作立马就丢了。辛辛苦苦地工作，每天接客人、送客人、开车门、关车门、拎行李、扛箱子、受白眼、挨欺负……现在又碰上这么档子事儿。"我点上一支烟，把万宝路烟盒向蒋红方向递过去，"在这地方，你要是死了，我有口都说不清。"

"是我自己想死。"她躲闪着我。

"你自己？谁能证明？你写遗书了吗？"

"遗书？……要写吗？"

"多新鲜哪，谁自杀前不写遗书呀！好嘛，说死就死，连遗书都不写。我脱不了干系，你这是不按常理出牌呀！"

"是我想死，和你有什么关系？"

"什么关系？坐我的车把你弄到这儿，你死了，还穿着我的风衣呢。好嘛，一级谋杀呀！"我深深地叹息，"可怜我那老母亲，可怜我连媳妇儿都还没娶……我就想不通，大家都是中国人，莘莘学子，远渡重洋……为什么我们海外华人这样不团结，陷害自己的同胞！中华民族百年沧桑，窝里斗的事情还少吗？今天我们再也不能这样下去了。再也不能这样！不能了！"我有点儿像骂街。

"在美国的华人都不容易呀！炎黄子孙，黄河孕育了我们！生命是多么宝贵……"我完全不知道自己在说什么，越紧张越是想不停地说下去……

"闭嘴！再唠叨……"她把刀片贴近脖子……似乎宁死也不愿忍受我的唠叨。

我马上安静了下来。

蒋红看看身上披着的风衣，思考一下，她似乎被说动了，"你找张纸，拿支笔给我，我简单地写上几句：自己不想活，跟你没关系。"

"嗯，我替我妈谢谢你呀。"

蒋红放下举着刀片的手，我紧绷着的心也松弛了下来。

我找好了一个行车日记本，翻到空白处，准备好了一支笔，向蒋红不紧不慢地靠近。

蒋红警惕地围着雷蒙和我转圈。

我们围着车转到第三圈的时候，蒋红急了，"别转了！"她又把刀片架在了脖子上。

蒋红远远地站在车头，我在车尾。

"就放在那儿，你过来，我过去。"她指着车尾对我命令。我从笔记本上撕下来一页纸，把纸笔往车后备厢上一放，白纸马上就让风刮跑了。我索性把笔记本往后备厢上一放，找了块石子儿压好，向雷蒙车头移动。蒋红从车头转到了车尾。她一手捏着刀片，一手拿笔，把林肯车后备厢当书桌，开始写遗书。

我背靠着车门抽烟，想着办法。

蒋红沉思着，写着。

我悄悄地向车尾方向蹭，她偶尔抬头看看远处的我。

我热情地笑着从车头方向挥手："嗨，我跟你说，别的事儿我也许帮不上忙，写遗书这事儿，旧金山，你在华人圈儿里打听打听，谁遗书写得最溜。"

蒋红不理会，继续写。

我向蒋红那里凑着，"遗书这东西，你要把握重点。要通俗易懂，跟……跟你说吧（我声音在发颤），这里学问大了去了。"我小心翼翼地接近蒋红，"有些人一世英名，因为没写好遗书，英名毁于一旦，多了去了。"

蒋红突然抬头，吓了我一跳！

"哎，这里写你的中文名字还是英文名字？"

"哦，都行。钱学杰，杰克钱，690。"我得寸进尺地把身体微微向蒋红移动，"来黑闪电雷蒙公司租车，遇见中国人你就说找钱学杰，遇见老美你就提杰克钱，或者690，或者找 Mr. Money，这些都是我。"

蒋红继续写，我自言自语地唠叨。"我喜欢客人们叫我的编号690，有些客人叫我的英文名字杰克的时候听起来总是像在骂人……"

蒋红聚精会神地写遗书。

"发音不准的新加坡人、香港人，他们总是把'杰克'（Jack）发成'杰儿克'，杰儿克（Jerk）是'二货'的意思……"

听着我的声音在靠近，蒋红并不抬头，她又缓缓把刀片儿架在了脖子上，"Jerk，停！"

我马上退回到车门口息事宁人，"好了好了好了，我就是Jerk，I am a Jerk！"我用伤了自尊的语气大喊。

蒋红似乎对我完全没有了信任。她抬头，强势地说："你，Jerk，到驾驶室里去！"

我马上没了脾气，拉开车门，听话地坐进了驾驶室。

平静了一下，我从后视镜里看见蒋红攥着刀片的手放了下来，她开始平静地继续写遗书。

驾驶室里，我打开收音机，把音乐的声音开得很大，通过两侧的后视镜观察蒋红的举动。

蒋红一手捏着刀片，一手攥着笔。

我在驾驶室观察着蒋红的举动，一边慢慢低头把整个身体趴在副驾驶座位上……一点儿一点儿爬着向副驾驶一侧的车门移动，蒋红全神贯注地写遗书——没有察觉。

车里的音乐声很响。我一只手把音乐调低，一只手轻轻地拉开副驾驶一侧的车门，先是打开一条细缝，然后缓缓地把车门推开，从副驾驶一侧的车门里爬出来，再轻轻地把门关好。我匍匐前进，爬行着向车尾部移动。

在夜色的掩护下，我想着怎么才能夺下来她手里的刀片……逐渐接近车尾……蒋红全神贯注地写遗书，偶尔向车头的方向瞭一眼，没有动静，也不怀疑，又低头继续写。

我像侦察兵一样沿着雷蒙车一侧的草地向车尾爬行前进。

地上的青草散发着泥土的芳香，几根长一些的草叶抚弄着我的脸颊，痒痒的……我看了看表，夜光表盘上显示十一点十五分——千禧年就在眼前了，我怎么也想不到会以这样的方式迎接千禧年的到来。爬过泥坑和水洼，西装上满都是泥水和青草……渐渐地，我已经逼近车尾，她酒红色连衣裙的下摆像一面战旗在风中摇曳，修长的小腿裸露在外……也许是站累了，她把一只脚从高跟鞋里拿出来——被肉色丝袜裹着的脚踝骨感漂亮——搭附在另一只脚上，轻轻地摩擦着，减轻高跟鞋对脚的束缚。这一切是那样的令人浮想联翩……很美……前景中，酒红色真丝裙摆摇曳在风里，一双美腿若隐若现……远景中，旧金山湾区远山如黛、万家灯火……中近景是半月湾环抱下的墓园……我被这绝美的构图惊呆了！有那么一刹那，时间似乎停滞了，似乎 20 世纪所有的一切联合起来，合谋抵制进入 21 世纪。我几乎忘了为什么要滑稽地趴在这里，我被眼前绝佳角度所呈现的美景惊呆了！

地上发出的"沙沙沙"的响声让蒋红警觉地抬起头。

我突然感觉，这样的偷袭实在是有失体面。我决定站起来鼓足勇气好好和她谈谈——从第一次看见她开着红色的宝马敞篷车在一号公路上超车，到斯坦福购物广场上给她指路；从买下那盒黄茶花胭脂，到四处推销她的瑜伽课……还有她的手，紧紧地抓着我的二头肌……我要对她表白，说出我对她的迷恋，勇敢地大声告诉她——她没有权利杀死我心目中的女神！这世上有一个人迷恋着她，就像她痴迷着黄色山茶花一样。我要对她大声地说出：

"你有一万个理由好好地活着。为了欧阳，也为了你自己！你可以继续跳舞，教瑜伽，一切都可以重新开始。在千禧年……在新的世纪里，我要带着你驾驶滑翔翼，沿着日落海岸看晚霞……"我要站起来，抓紧她的手，一起迎接千禧年的到来……我们还都年轻，我会牵着她的手走出过去的阴霾，迎接崭新的新世纪……想到这儿……我的血往头上涌……幽暗的月光下，我站了起来！带着满身的杂草和满脸的泥水，直挺挺地站了起来！我信心满满，傻笑着，不屈的眼睛直视着远方——如同刚从坟墓里爬出来的僵尸——突然从她眼前冒了出来！

"呀——嗯——"蒋红沉闷地哼了一声，这声音好像从脖子以下的什么地方挤出来的。之后，她翻着白眼，身体就像一株被伐倒了的树干，在我面前横着倒了下去。

把吓得昏厥过去的蒋红抱进车厢。我深感内疚，这绝不是我想要的效果。把她在 J 型沙发上放好，完全躺平。一条白皙修长的腿从长裙的开衩里露出来，沿着沙发光滑的边缘软绵绵地斜着滑落在车厢的地毯上……小腿纤细有力，无意识里也带着芭蕾舞演员的外八字造型……我迟疑了一下，把她的腿搬到沙发上。车厢里柔和的光线照着她开得很低的领口，没穿胸衣，若隐若现的乳房，小巧坚挺，光滑如脂。

拿出车厢里为客人备用的毯子给蒋红盖好。月光隔着树影从车窗照进来，半月湾里的涛声被隔在车窗外，渐渐温柔下来，像随便哼着的小调，又像古老的眠曲。蒋红如睡梦中的"维纳斯女神"。

迟疑了片刻，我慢慢托起蒋红低垂着的一只手，放在鼻子下面呼吸着黄色山茶花的胭脂香，就像欧洲 19 世纪绅士对淑女行的吻手礼。

缓缓地，蒋红睁开了眼睛……"水……给我点水……"
我从迷你吧的柜子里拿出一瓶依云矿泉水，拧开盖子，一手托着蒋红的后背扶着她坐起来，她身体香软得像一块儿用茶花香胭脂粉和出来的软泥。我轻轻地把水送到她干燥得有些起皮的红唇边，她大口大口地喝着水……"咳——咳——咳——"因为喝得太急，呛着了。我赶紧把水瓶从她嘴边撤开，不知所措地看着她使劲儿地咳嗽。

突然，远处，旧金山方向的天空中"噼噼啪啪"地炸响了新年的焰火。

看见了！千禧年的焰火，绚烂美丽！我放下车窗，焰火在海湾上不停地绽放……我看了一下腕表：时针和分针在 12 点的位置上精准地重叠了。

"千禧年来了，蒋红，新年快乐！"我用手轻轻地拍打着她骨干纤细的后背，咳嗽渐渐停止了……

"呜呜呜……"蒋红用双手捂着脸，伤心地哭起来，抽泣着，像一个受了巨大委屈的小姑娘，让人心疼。"为什么不让我去找他……一年了，我做好了一切准备……就是为了今天的团聚。"

我的心被紧紧地揪住了，泪水不停地流了下来。

"蒋红！"我从背后紧紧地把这个伤透了心的女人抱住……她在我怀里颤抖着，哭泣着，用拳头使劲地砸我的腿……直到她柔弱的拳头失去了力气才渐渐地停下来。

"我的心已经跟着他走了，你留不住我的。"蒋红虚脱地把头靠在我的肩上，"没有我……他在地下会很冷的……"她断断续续地说着。

我无声地把她抱得更紧……她的头发在我的脸颊上，茶花胭脂的幽香一点点地浸润着我的灵魂……这一刻我发愿：我要为这个女人的幸福快乐而活，我要把她从黑暗中领出来，哪怕那里是坟墓。

"'答应我……带上她飞……别丢下她……在没有我的日子

里……让她快乐幸福……'"我轻声地在她的耳边呢喃着……

"是他……他说的？"蒋红的手紧紧地抓住我的胳膊，就像一年前我即将带着欧阳海岸飞翔的时候一样——指甲隔着衬衫深深地抠进了我的肉里。

"是的，是的……是他最后的心愿。"

蒋红渐渐地松开抓着我胳膊的手……我们就这样无声地坐在车里。远处，金门湾里的焰火停歇了。夜又恢复了往常的宁静，似乎用这份静谧告诉世人一个关于时间的寓言——没有真正意义上的千禧年和新世纪，一切都是人为。

半月湾里的涛声依旧。车窗外，古老的灯塔依旧似近又远、若隐若现地闪亮；右手边，丽兹·卡尔顿酒店的新年篝火"派对"还在继续。蒋红依偎在我怀里睡着了。她累了。

月亮的清辉照着她终于安详下来的脸庞——甜美，挂着泪花。

在海浪、礁石、树、风合奏的摇篮曲里，一切都睡着了。星星、月亮、新世纪、人……在这幸福的安宁之中，一个南宋词人的名字突然浮现在我的脑海里——辛弃疾。少年时期曾经喜欢过他的一首词《青玉案·元夕》：

东风夜放花千树，

更吹落，星如雨。

宝马雕车香满路。

凤箫声动，玉壶光转，

一夜鱼龙舞。

蛾儿雪柳黄金缕，

笑语盈盈暗香去。

众里寻他千百度，

蓦然回首，

那人却在，

灯火阑珊处。

3

"来接我，我喝多了。"

这是蒋红发来的短信，一样的内容，在千禧年自杀事件之后，接下来的几个月里一直不断地重复。

几乎每个周末蒋红都会和"朋友们"去"幽灵重现""在云端""1015"等这些旧金山最 High 的热舞俱乐部。往往都是通宵达旦，不醉不归。几乎每一次的宿醉之后，她都会发这样的短信："来接我，我喝多了。"

蒋红和我这样特殊的短信沟通持续了一阵子以后，我得出一个结论：我是她在这个世界上最信任的人。

"一个女人喝醉了，第一时间想到的人就是她最信任的人。"高胖子在他新买的复式花园洋房里喝着 20 年的干邑白兰地对我说，"她在最无助的时候可以把自己放心地交给你。想想吧……"

我感到无比的幸福，如果真是这样。

现在是周六的凌晨两点，我抱着手机等在车里。黑闪电的司机都知道，几个月来，我已经把大家最不愿意干的"周末午夜值班司机"这个活儿包下了。午夜值班司机是个苦差事，要么熬夜到凌晨一个客人都没有，要么一夜不能合眼，一波波地送那些从酒吧和夜店出来醉得不省人事的客人。你要随时准备接受客人喝多了无理取闹，甚至无端挨上一记老拳；你要随时准备好柠檬空气清新剂，准备好塑料袋和抹布，你不知道哪一个客人会在车厢的波斯地毯上吐一堆掺和着马蒂尼酒的菲力牛排或者混着"青口肉"的海鲜意面（Seafood Linguine）。

我把KKSF103.7"丝滑的爵士乐"声音调低……我怕音乐太响，错过了那"滴答"一声的短信。

我抱着手机在夜的寂寞里等，就像决定放下锄头守在大树底下等兔子的宋国农民。我不知道这个周末夜晚"兔子"还会不会如期再来。我只是等着。

凌晨两点四十二分，"滴答"一声，我的手机上发来了那条熟悉的短信："来接我，我喝多了。"

1015热舞俱乐部门口。散场的时间已经快到了，三三两两的客人只出不进。俱乐部里，DJ试图用更加迷幻的电子乐做最后的挣扎，把已经High过了头的夜舞者带到一个新高度。

我把车停在对面的马路边上回复蒋红的短信："已经到门口。"

靠着车门，我望着从俱乐部门口散场出来的人流抽烟。

很快，蒋红和一帮人相互搀扶，踩着电子音乐的节奏，意犹未尽地从门里出来。喝得最多的又是那个叫凯文的。我不喜欢这家伙，他让我想起四季酒店的那个恶棍凯文。

车在熹微的晨光中驶过旧金山巨人队主场（太平洋球场），惨淡的晨光中，蒋红和车厢里的客人在J型沙发上东倒西歪。

"有人下车！"突然，我背后的小窗户被拳头重重地砸着……"有人下车，傻瓜！"一个酒醉男人粗鲁的喊声传来。是凯文，我听得出来。

"OK."我礼貌地答应着，把车往国王路旁的绿化带靠。

"你，放尊重点！"这是蒋红的声音，"他不是傻瓜，你才是！你有什么权利对他吼来吼去！"蒋红怒斥着刚才对我吼的男人。

在靠近火车站的一个富人区公寓门口，我把车停下来。

"你这个混蛋！"蒋红大吼，"他是动物学硕士，他会开飞机！"

我听见蒋红不依不饶地在怒吼。

"对不起，我不知道，开车的是个超人，呵呵……"是凯文，语气里带着嘲讽。

"混蛋，你给他提鞋都不配！"

"好了，Jenny，好了……"这是旁边劝架的。

我从外面打开车厢门。

"对不起，对不起！"凯文的女朋友一边搀扶着凯文从车上下来，一边敷衍着对我说对不起。

"你站住！"蒋红打着赤脚，不依不饶地从车厢里跳出来，"我要他道歉！"她光脚站在满是露珠的草坪上，指着凯文大喊。车上下来几个拉架的，一边抱住要跟人拼命的蒋红，一边示意凯文他们快走。

"对不起！"凯文那家伙见事不妙，匆忙地对我说声道歉，和女朋友相互搀扶着狼狈地向公寓门口逃逸。

"卑鄙！无耻！混蛋！狗眼看人低！和尚打伞——无法（发）无天！"蒋红在草坪上跳着脚，用英文混杂着中文歇后语，骂得淋漓尽致。

一个闺蜜模样的韩国女孩儿殷勤地把蒋红的高跟鞋从车厢里拎出来扔在草坪上，蒋红扶着闺蜜的肩膀穿上鞋。众人望着狼狈逃窜的凯文没心没肺地大笑着，跌跌撞撞地又回到了车厢里。

把车上剩下的两三对儿挨个送回家。这一路上，蒋红都在车厢里大呼小叫地指责着凯文那个倒霉的家伙缺少教养。

我听着车厢里嬉笑怒骂的甜美闹剧，心里幸福得不行，仿佛往日被顾客怠慢的所有委屈都在这一刻被蒋红报了一箭之仇。

宁静的清晨，东方刚泛起鱼肚白，安详笼罩着旧金山。 车沿着海湾行进，朝霞越来越清晰。电缆车静静地停在路中央的轨道上，一群早起觅食的海鸥在渔人码头上空盘旋，等待就要靠港的"旧金山公主号"游轮送来第一批吃"酸面包蛤蜊汤"的游客。

在渔人码头的凯悦大酒店，把最后一对儿客人送下了车。现在，车厢里只剩下蒋红。她看上去宿醉刚醒，没有了刚才的冲动。

车在继续前行，从棕榈树大道拐上橡树街奔金门公园。

"我饿了。"背后的小窗户里传出来蒋红懒洋洋的声音，有气无力。

"客来满大街（Clement St.）的小中国城里有一家云吞面馆，油条也不错。"我建议。

"我要吃蓝莓麦满分，还有热巧克力……大概在安札街（Anza St.）上。"她说话的语气像极了老电影《罗马假日》里的公主。

"As your wish."我用英语说。

在金门公园的野鹅湖边上，蒋红披着我的风衣，赤着脚，平静地坐在长椅上，身边放着打包的蓝莓麦满分和热巧克力。

东方的天际里，鱼肚白已经在红杉树树梢上消退，红霞满天。

"哗啦"一声，我挽起袖子，把刷车用的铁皮水桶伸进湖水里，溅起的水花惊动了湖里沉睡的野禽……几只斑头秋沙鸭（Smew）被惊醒，"呱呱呱"地叫着，飞到了远处。鹈鹕冷静地超低空掠过水面，迅速从水里衔起一条小鱼，飞向远处的水岸。

把装满了清水的铁皮水桶从湖水中提起来放到岸上，伸展了一下双臂，把紧箍在脖子上的领带松开，解开白衬衫领口的纽扣，把领带的下摆别在衬衫的第三个和第四个扣之间，蹲下来用手舀起清澈的湖水洗了把脸……又是一个艳阳天。我站起来，望着从红霞后头露出大半个笑脸的太阳。

蒋红远远地看着我提着水桶从湖边走来。

把一桶清水在她脚边放好，我去车里找出一条小毛巾和一双给客人预备的棉拖鞋。

蒋红抱着肩膀，平静地看着湖面。

我把手里的毛巾在水桶里浸湿，用力拧干，展开了递给蒋红，她接过毛巾欣慰地对我笑笑，开始擦手擦脸。湖水的清凉、明澈瞬间就荡涤去了她脸上夜不成寐带来的憔悴和疲惫，就像晨露洒过盛开的粉红郁金香。

擦过了手，蒋红开始吃她的蓝莓麦满分。

两只赤脚，白皙骨感，刚才赤脚站在草坪上吵架的时候沾在脚底下的泥土和青草芽儿还在。

我蹲在地上，一只手轻轻抓着蒋红的脚，另一只手收缩成水瓢形状，从水桶里舀起湖水，从上往下冲……

喝着热巧克力，蒋红看着清澈的湖水在我手心里流出来，冲掉脚上的泥土和青草叶。

"嘿嘿嘿……"蒋红笑着，"手真大，像葫芦瓢。"

一只脚冲干净了，我握住她的另一只脚，美丽的脚下意识地抖动。我停下，抬头……

她小姑娘一样害羞地一笑，"痒！"

我低头，用清澈的湖水冲干净她的另一只脚，然后用毛巾把两只脚包裹起来擦干。她甜甜地吃着蓝莓麦满分，如此安静，就像一个在外面受了委屈回家来，被爸爸呵护的小女孩儿。

擦干了脚，把柔软的棉拖鞋套在她脚上。

蒋红欣赏地左右摆动双脚，感动写在她的脸上，"对我太好，我会欺负你的。"

日子就这么一天一天地过去了。

千禧年，大半年的时间里，我和蒋红就这样保持着若即若离，似近又远的关系——她是我最牵挂的人，我是她最信任的人。

嗨，Reddy，我在金门桥北的拉克斯堡（Larkspur）小镇。从101下来，穿过一片茂密的红杉树林就到了。小镇宁静而美丽，如世外桃源。这里有一家甜品店，东西好吃得不得了，尤其是蓝莓麦满分和丹麦酥……
690

金门桥北是低调奢华的富人区，很多绝佳美味的酒馆、"咖费"（Café）、甜品屋、餐馆都隐蔽在茂密的丛林、幽静的山谷之中。接送客人围着湾区跑，每有惊喜和发现，我都短信通知她过来分享。

听上去不错690，具体在哪条街上，店名是什么？
Reddy

穿过红杉树林，豁然开朗，一条古朴的主街叫木兰花(Magnolia Ave)，街口有一座安德鲁西亚（Andalucia）风格的尖顶教堂……
690

690，你是猪脑子吗？我问Bakery的名字？
Reddy

哦，对不起Reddy，店名叫Rulli，一进木兰花路，右手边。
690

我们坐在Rulli甜品屋，在明媚的阳光里喝咖啡。

她给我讲瑜伽课上发生的事：报名来她班上学瑜伽的学员已经超过一百人了，健身中心找不到可以容纳这么多人共同练瑜伽的教室，只好在办公楼后面的草坪上新建了一个三百平方米的阳光房做瑜伽馆。

我给她讲拉巴子领着三百多人的团队在广场上跳锅庄舞的壮观景象，给她讲竹林海，讲那只叫企鹅的大熊猫……讲油纸扎的熊猫风筝怎样被一把大号的裁缝剪子无情地剪断了风筝线……

蒋红还是夜里睡不着觉。我带她去了小城"怕老头"（Palo Alto）大学路上的那家专门放怀旧老电影的老剧场看夜场电影。《卡萨布兰卡》《魂断蓝桥》《叶塞尼亚》《罗马假日》《群鸟》《摩登时代》《野草莓》《罗生门》《海狼》《邦尼与克莱德》《巴黎最后的探戈》《得克萨斯州的巴黎》《第一滴血》《汉堡的伞》《最后一班地铁》《去年在马里安巴德》……夜场电影是滚动式播放的，中间也不清场，往往电影看了一半，蒋红已经靠着我的肩膀睡着了。

习惯看夜场电影以后，我就很少接到"来接我，我喝醉了"这样的短信了，取而代之的是"来接我，我睡不着"。接到这样的短信我就接她去看电影。

我怀里捧着一大桶爆米花，手里提着一瓶1.5升的白开水；蒋红身披一条伯柏瑞（Burberry）格子毛毯，左手握着一杯热巧克力，右手举着蓝莓麦满分……我们就这样像午夜大侠，一左一右地走进电影院。

"做个好梦！"门口验票的是个和蔼的牙买加瘦老头，总是笑眯眯地这样和我们打招呼。

千禧年，我们的确看了很多电影。蒋红说她唯一能睡着觉的地方就是电影院。《西西里的美丽传说》上演的时候我一共看了两遍。不对，是三遍。陪蒋红看了两遍，陪大美女莉迪娅看了一遍（她一定要请我看这部电影，她说那讲的就是她妈妈的故事）。

　　蒋红还是三两天就带着黄茶花去半月湾看欧阳。有时候我也陪着她一起去。把花在她和欧阳的墓碑上放好，我就远远地看着……她挨着墓碑坐在草地上和欧阳说话。她总是和他有说不完的话，我知道我插不上嘴，也不想打断他们的交流。有时候，她靠着墓碑坐在那里，面朝半月湾，久久、久久地发呆。那一刻，我真切地感到她离我是多么遥远……她在想哪一段记忆？他们的！也许是结婚纪念日里一段深情告白……是清晨同时醒来相对一笑，是一份生日礼物，一个雷雨交加的夜晚，还是圣诞节的早晨，感恩节的晚餐，一壶分享的咖啡，一杯红酒，一个激情的拥吻，一次声嘶力竭的缠绵或是刻骨铭心的伤害……有没有片刻思绪里有我的存在？或者根本就忘了我的存在。有时候，她也带书去读给欧阳听。她最喜欢读的一本书是英国女作家勃朗特姐妹之一（艾米丽·勃朗特）的《呼啸山庄》。我猜这本书是他们一起读过的。或者，他们喜欢这本书，因为他们的故事恰好和这本书里的故事一样纠结一样缠绵悱恻一样荡气回肠一样无可理喻一样一言难尽一样荣辱与共一样相濡以沫一样无以言表一样无言独上西楼一样问君能有几多愁一样恰似一江春水向东流一样错错错一样莫莫莫一样凄凄惨惨戚戚一样悲欢离合总无情一任阶前点滴到天明一样东边日出西边雨道是无晴却有晴一样待到山花插满头莫问奴归处一样但愿君心似我心共不负相思情一样但愿人长久一样山无陵天地合乃敢与君绝。

　　慢慢地，我们又恢复到各自单独去半月湾看望欧阳的习惯。我知道，她心里有一堵墙，把我隔离在外，这堵墙上的门是铸铁的，紧紧地锁着，没有钥匙是万难打开它的。

4

圣诞节又快到了，这是一个送礼物的感恩时节。

"拉巴子，你查一查，昨天我刚汇款了。这次之后就可以把欠款全部还清了。"

电话那一头，拉巴子嘤嘤地哭了。我知道照顾一个长期卧床的病人有多难，还要应付那些时不时凶巴巴上门讨债的债主。

"杰克，有一件事要请你考虑一下。"欧阳氏飞行基金会圣诞节前的会员聚餐会上，杰夫端着酒杯走过来。

"什么事？"杰夫严肃认真的表情让我有些诧异。

"俱乐部有两个教练圣诞节后就要辞职了，我需要帮手……"望着杰夫和蔼可亲的面容，我很感动。"我代表欧阳氏飞行俱乐部董事会，正式邀请你来俱乐部担任教练，年薪 20 万起。别担心工作签证，俱乐部来帮你申请。"杰夫紧紧握住我的手，"接受吗？"

眼泪在眼眶里，我不敢点头，眼泪会掉下来。

芭蕾舞《胡桃夹子》正在旧金山歌剧院上演。

圣诞节前，很多绅士淑女都会租上一台雷蒙，载着一家老小去"维内斯"大道（Van Ness Ave）上的旧金山歌剧院看《胡桃夹子》——这是圣诞节前相沿成习的节目。有时候你会看见三四辆黑闪电的雷蒙一起出动，排着队，整整齐齐地停在旧金山歌剧院门口，接送来看歌剧的富豪，那叫个气派。

联合广场的圣诞树竖起来那天，黑人市长布朗亲自来剪彩了。这个黑老头儿挺平易近人的：他建议在联合广场上给孩子们搭建了一个临时滑冰场；他还组织志愿者给无家可归的人分发了一千份圣诞礼物——圣诞红颜色的羊绒围巾；老尼森也搞了一条戴着，远远看着像火，暖暖的。

"老板，过了新年我就要辞职了。"圣诞节前，最温馨的时刻，我提出了这个最难以启齿的请求。

一丝诧异从老板利尼奥尼的大脸上掠过。"我知道会有这么一天的。研究生读完了，该选个更好的事儿去做了，祝福你！"老板利尼奥尼伤感的祝福让我心头一热。

"老板，感谢您这些日子里给我的帮助，黑闪电专车公司的日子是我最难忘的。"

"叫我利尼奥尼吧，杰克！记住，你是我们专车司机的骄傲。我们会想念你的。"

这是一个相互感恩，给予礼物的季节。我想到了流浪汉老尼森，我还欠他一个礼物——送他回家。在我离开黑闪电专车公司之前，我要把这个礼物给他。

一年前，流浪汉尼森站到我面前，第一次从满是油渍的破兜子里拿出用鞋带扎着的一捆皱巴巴的美金——一捆又脏又破的一块和五块面值的零票，还有一个装满了钢镚的塑料袋。

"帮我租一台雷蒙车，我要去怀俄明，回我的牧场。"

第一次听到这话的时候，我只当老尼森他是个疯子。

"690，你看这些钱够吗？一千八百四十七块美金。"

"不够。"我感到不可思议，一个朝不保夕、露宿街头的流浪汉，用乞讨来的钱租我们的专车，从旧金山开上千英里路到怀俄明州，这显然是疯话。

"没有5000美金下不来。"我说，"你为什么不去租一台雪弗莱什么的便宜车？"

"5000块，好的，明年，明年我会有。"老尼森自言自语地叨咕着，"记得住，记得住！有土地就不要到海上去，海上风浪大。"

黑乔治喜欢中国菜。我经常请乔治去中国城花园角的一家叫

"下扬州"的小馆子吃那里的扬州炒饭，有时候也要一盘咕咾肉、木须肉什么的。

"老尼森攒了一笔钱，要我带他去怀俄明。"一次吃饭的时候我向乔治提起了老尼森的怪想法。

"四十几年前，尼森还确实是个有钱人。"乔治告诉我。这并不让我感到吃惊，在我印象里，老尼森是我在旧金山遇见过的最有品位的流浪汉：我早上到车库开车的时候，老尼森已经开始坐在车库门口的石阶上打坐了，他盘腿坐在一条破毯子上，一台黄颜色的破烂儿录音机——在好的没有二手店里弄来的——播放着空灵的禅宗音乐。

老尼森经常会提起，他曾经在怀俄明州老家有一个大牧场，被银行拿去做贷款抵押了。

"尼森，你的牧场呢？"

"尼森，你的牧场要回来了吗？"

听到这些玩笑话，老尼森会低着头，慌乱地在原地转上几圈，嘴里不停地小声念叨同样的一句话："回来了，我老婆赎回来的！回来了，我老婆帮了大忙！"

老尼森喜欢花。租车的客人开生日派对，参加婚礼、举办各种庆典总是少不了花。客人离开的时候，常常把花留在了车上。老尼森总是默默地把那些零零散散的花儿抱走，他喜欢花，他把那些个花儿插在一个个矿泉水瓶里，让它们多开几天。

白天，老尼森喜欢做徒步走路运动。我常常开车在旧金山不同的公园和广场上看见他。困了，老尼森就躺在被太阳晒得暖洋洋的长椅上睡一觉。醒了，他就到电缆车的起点趴窝站（Powell Station）等着吃匹萨饼。

正对着趴窝站，有间小小的匹萨饼快餐店，叫"金灿灿匹萨"（Blondie's Pizza）。别看店小，生意出奇的好。那里的匹萨饼是按块儿卖的，价钱便宜味道好，门口总是排着长队。一大块儿帕帕罗尼匹萨只要三块钱。美中不足的是店面太小，没有椅子，客人只能站着吃东西，人多的时候甚至要站在店门口的马路上去。这对老尼森和流浪汉们可是再好不过了，他们不必担心被人从餐馆里撵出来。一大块儿匹萨饼对卡车司机来说可能正合适，对一位刚从梅西百货店里走出来，被匹萨饼的美味诱惑，还要时刻提醒自己保持身材的女士来说，一大块儿巨无霸匹萨饼她们能吃下去一半就不错了。剩下的半块匹萨饼和大半罐儿饮料，她们会连同打包盒，一起放在垃圾桶的防雨盖子上等流浪汉来拿。

旧金山垃圾桶上面的防雨盖子都是又大又平的。不知道设计师在设计的时候是否特意考虑到了这个因素——给流浪汉提供了一个吃饭的餐桌。总之，在大街小巷垃圾桶的防雨盖子上，我总能发现从各个餐馆打包出来的剩菜剩饭，干干净净，整整齐齐地包好，配备好刀叉餐巾纸。

这是旧金山人的温情。

如果我是流浪汉，在寒冷的冬夜里，看到这样一包东西，我想我一定会感到无比的温暖。

我刚认识老尼森的时候他就已经很老了。灰白的长胡须，像零乱的爬墙虎一样遮住了消瘦、满是皱纹的脸，以至于很长时间我都很难真正对他的面孔有深刻的印象。记住的只是他佝偻着的瘦弱身躯和嘴里反反复复叨咕着一句话"如果你属于土地，就不要到海上来"。

"那句话是什么意思？我一直听不懂。"我问黑乔治。

"老尼森在怀俄明州曾经有一个自己的牧场、美丽的妻子和可爱的孩子。"乔治望着我遗憾地轻轻摇头，"这些并没有令他感到满足，他总是梦想着放弃土地到海边去买一艘大船，经营航运业。有一天，尼森抵押了牧场和土地，贷款买了一艘大船，并举家来到了旧金山经营航运。开始的时候生意很好。随着美国公路交通的飞速发展，航运业王国几乎在一夜之间就走向了衰落。老尼森不久就破产了。

"妻子带着孩子跟一个有钱的皮货商跑了。走的时候她告诉老尼森，她是为了孩子们，为了有钱赎回怀俄明的牧场才不得不走这一步的。老尼森从此受了刺激，一蹶不振。'命运属于土地，不要到海上去。'"乔治学着老尼森的样子念叨着。

圣诞节！是认真考虑这件事的时候了。

我找到了新上任的调度主管公鸭嗓。

"你疯了690！把车租给一个疯子，流浪汉，跑上千英里远，再跑回来，你疯了690！"

是的，我是疯了。

圣诞节前几天，趁着老板利尼奥尼回意大利省亲，这是个好机会。

我把老尼森的那一捆烂炒票和一塑料袋硬币送到银行。看着银行里漂亮的金发服务小姐歪着嘴憋着气把那些在老尼森内裤夹层里放了好几年的臭烘烘的炒票数完，一共是2608块。加上硬币一共不到3000块美金。

我先把这些钱存到我的户头上。

"我要带一个亲戚去怀俄明。"我在黑闪电公司调度室里以个人名义填了一份租车合同：租用时间一周，一天的单价是1200美金，油费自理。按公司员工用车的折扣价一天合计1100美金。总金额是6867美元，加过了税款。调度和会计把合同拟订好。我给公司开了一张6867美元的个人账户支票。

从公司开车出来，我给蒋红打了个电话：

"带你去旅行吧。"

"哪儿？"

"怀俄明。"

5

从健身中心新盖的瑜伽馆接上蒋红，我们开着命运120直奔金门公园。我的心情很好，充满了自豪感，为自己所作的决定：像个行侠仗义的纯爷们儿。

明媚的阳光下，林肯车缓缓地靠近金门公园。远处，我看见老尼森正在和三个流浪汉伙伴在如茵的草坪上晒太阳。

我把车停在金门公园东口的"四大娘"路（Stanyan St.）上。

"按'计划'行事。我过去，你等在车里。"我对蒋红说。

我先下了车，钥匙留在车上，车也没有熄火。

"好的。"蒋红兴奋地从副驾驶的位置移到驾驶座位上。

"踩住刹车，放到D挡，看我的手势。"我们已经策划好了要给老尼森一个惊喜。

"放心吧，开车我可不是外行。"蒋红跃跃欲试。

我突然想起来在一号公路上她超我车的一幕，对了，开车可不用教她。

几个流浪汉围着老尼森。我从老尼森背后走过来，样子就像是一个散步的游客。

流浪汉们围成一圈儿闲聊着，其中一个大胡子正光着膀子专心地找衬衫上的一个跳蚤。

"该死，又让它跑了！"大胡子沮丧地叫着。

另一个流浪汉搭腔："是背上带花纹的那只吗？"

大胡子："就是丫，没错！"

第三个流浪汉："丫真狡猾，在我这儿的时候，我逮了它三天，也是让它跑了。"

大胡子百无聊赖地望着尼森，伸个懒腰，"我还以为你死了，尼森。"

"对呀，今天怎么有空到我们这片儿来做客？"另一个流浪汉接茬。

老尼森幸福地微笑着："我预定的雷蒙林肯车——加长的那种，一会儿就来接我了！（感慨地）人生如梦呀，离开家乡日子不短了，该回去看看了，今天就此和诸位别过了！"

流浪汉们都大笑不止。看来，流浪的生活的确严重限制了他们的想象力。

老尼森兴奋地唱了起来，"唉，噢——魂牵梦绕怀俄明！衣锦还乡远望山，坐着雷蒙林肯归呦——"

"哈哈哈哈……所以，你是来和我们告别的。"流浪汉们七嘴八舌地调侃。

"是呀，回去接管我的牧场，就在家乡养老了。"

"我也在这儿等人来接……我预定了一架直升机！"一个流浪汉阴阳怪气地傻笑着说。

流浪汉们又一起哄笑了起来。

我恰到好处地对着蒋红挥挥手，蒋红稳稳地把雷蒙开了过来。在离老尼森他们不到五米的地方停好，刺眼的阳光照耀着黑亮的车身，华贵得令人眩晕。

"请问，尼森·汉克斯先生是哪一位？"我恭敬地走到流浪汉们身边，彬彬有礼。

"你看，来了。"老尼森不自然地对伙伴们笑笑，"嗨，我就是汉克斯先生，你可以叫我尼森。"老尼森装作和我是头回见。

"您好，汉克斯先生，我叫杰克，是你的专车司机。"

"哦，兄弟们。我这就要走了！"老尼森站起来拍拍屁股上沾着的青草。流浪汉们神情恍惚地看着我身后的林肯加长版120，不敢相信眼前发生的一切。他们咧开嘴傻笑着，个个都像在做白日梦的同时还喝多了。

"帆都鼓满了风，人家在等你呢……得！我为你祝福，有几句教训你务必记在心里：待人要和气，但不要轻佻。凡是交情经过考验的就要把他们记在心上，可是不要让半生不熟的相识过分地消耗你的时间。不要和别人吵架，不过吵了就要让对手下次不敢碰你。要多听少说。有钱可以办贵重的衣服，可是不要奇装异服……不向人借钱也不借钱给别人，借出去往往是人财两失，借进来会让你忘了勤俭……"

老尼森充满哲理地给直勾勾盯着他发呆的这几个哥们儿留临别赠言。

"快走吧，汉克斯先生……"我实在等不了尼森把《哈姆雷特》里大臣送儿子远行的那段忠告背完。"我们路途很遥远，快快上路吧！"我面带笑容扯着依依不舍的尼森，样子好像殷勤地搀扶，说话的腔调也下意识地带上了舞台腔。

"……首要的是对待自己要忠诚，犹如先有白昼才有黑夜。这样才能对人也忠诚，再见！"

老尼森一边踉跄地跟着我走，嘴里还不忘叨咕着，他兴奋得发疯。

走到了车门口，我殷勤地开车门——给足了面子。流浪汉们伸长了脖子往雷蒙车厢里看。

　　蒋红已经按既定方案在车厢里换好了"戏装"：身着性感的比基尼，一手捧着一大束红玫瑰，一手攥着一瓶挂着冰花的拿破仑香槟酒迎了出来。

　　"您好，汉克斯先生，人家是Reddy呀！"蒋红一边嗲嗲地说，一边"嘣"的一声把香槟酒打开，"这次旅行我负责为您做全套服务！"

　　对，就是要让尼森过足了富豪瘾。

　　这时，一个路过的中产阶级胖女人从车门口经过，老尼森习惯地伸出手，"看在上帝的分儿上，给几个钱吧！"

　　胖女人看看雷蒙，看看车厢里的蒋红，看看老尼森和我……"摄像机呢，嗯，我看看在哪儿？"她笑嘻嘻地原地转一圈，用狡黠的眼神寻找着摄像机到底藏在哪儿了，"哪家电视台的？我上了你们恶搞节目了吗？"

　　在萨克门头路和核桃街交汇的那家富豪捐赠品二手店里，我勉强说通了店长，把老尼森带了进去。我让老尼森在试衣间里把所有的衣服都脱了，我选了一件漂亮的格子衬衫从外面递进去给他试穿。

　　老尼森一共试了三套西装。有一套深蓝色，带黑色条纹的枪驳头西装他穿着合适，八成新，才卖60块！我看了看牌子，皮尔·卡丹，正宗的意大利货。

　　"就它了。"我对彬彬有礼的售货先生说。

　　售货先生赞赏地伸大拇哥："皮尔·卡丹，我们二手店才60块，正规的意大利西装店要上千。"

　　花了四十分钟，把这些都置办齐了：藏蓝色黑斜纹枪驳头双排扣西装；衬衫是缎子的，柠檬黄暗格银灰色打底，黑牡丹袖扣。一条45%真丝的金黄色领带，黑袜子，三接头深棕色老人头牌子的皮鞋。

老尼森木然地站在那里，任凭售货先生把这些东西一一给他套上身。我和售货先生退后两步，上下打量了老尼森一会儿。

"少点什么。"售货先生摸着下巴说。

"嗯，我同意。"我也掰着下巴沉思。

售货先生稍加思索，从货柜上扯出来一条沉甸甸的酒红色锦缎围巾挂在老尼森脖子上；我马上从货架子上取下来一顶藏蓝色礼帽给老尼森扣在头上。

售货先生看看我笑了："再来一支 M1928 汤姆森冲锋枪就都齐了。"

我笑了。

老尼森没笑，紧绷着一张哀怨的脸，更像西西里黑手党大佬了。

在 80 号洲际公路一个加油站的 7&11 便利店里，买完水和大量路上吃的东西，我站在收银台前付款。老尼森深沉地站在 7&11 便利店门口。

"油费 78 块、玉米片两包 6 块、可乐、矿泉水、棒棒糖、万宝路 4 块 8……一共是 132 块 6。"柜台里，墨西哥裔的大胡子先生眼睛瞟着门口的老尼森，诚惶诚恐地对我说。

我抱着路上吃喝用的东西——两个大牛皮纸袋子——转身出了便利店门。蒋红换了一件电影《邦妮与克莱德》中邦妮穿的猎装皮夹克，挽着老尼森的胳膊，迈开大长腿款款而行跟在后面，越发闹腾得便利店里的服务员和客人惴惴不安。

林肯 120 拉风地在 80 号高速路上疾驰。

蒋红在副驾驶。

车厢里，老尼森吃着薯片。

"我也爱吃薯片。"蒋红想尽量找些话题和老尼森交流。

老尼森不语，咔嚓咔嚓地吃着薯片。

"我吃薯片就没法吃得这么响。"蒋红没话找话。

老尼森孩子似的逞能，把薯片在嘴里嚼得更加响亮。

"该轮到我了。"我假装不满。

老尼森把薯片从车厢和驾驶室之间的小窗户递过来。我伸手抓出几片塞进嘴里。"再给我看看照片。"我嚼着薯片对老尼森说。

老尼森不满，"要说'请'，要对我客气点儿，别忘了是谁雇了你！"

"而且嘴里嚼着东西跟老先生说话是不礼貌的。"蒋红帮腔。

"谢谢你，马达木（女士）！"老尼森礼貌地感谢蒋红的支持。"劳您大驾，拿给他看看。"老尼森把脏兮兮的一张照片递给蒋红。

"多么漂亮的牧场呀！我真嫉妒你！"蒋红接过来看看，把照片展示给我。

照片上是老尼森曾经拥有的牧场：背景是一座特征鲜明的雪山，紧靠一条碎石铺就的乡村路。路边有路牌：

怀俄明 47 号公路，远望山

"牧场是以我太太的名字抵押的，我们要问问政府的人。我太太告诉我，牧场已经赎回来了，是她的情人帮忙赎回来的，为此她只能离开我嫁给了他。"老尼森念叨着，"我太太帮我赎回来了。"

"过了犹他州，很快我们就会进入怀俄明州的地界，应该离47 号公路不远了。"我开着车念叨着给他们听。

林肯车沿着80 号州际高速笔直地向怀俄明的腹地直插下去。窗外是蓝天白云，连绵起伏的雪山和一望无际的牧场。老尼森坐在宽敞的车厢里平静地望着窗外。

沿着路标的指引，一进入到隶属怀俄明州的 47 号公路，蒋红就兴奋地喊起来："快看，47 号公路！"

她指着一闪而过的"47号公路"指示牌，"我们进入怀俄明了！尼森，怎么，就要到家了，你不高兴吗？"

老尼森依旧望着窗外的雪山和牧场不语。

"尼森，看看窗外……你还记得这里吗？"蒋红问。

老尼森不语。

收音机里，地方台正播放乡村歌手约翰·丹沃的《乡村的路带我回家》，我跟着哼唱着。

老尼森默默点头。

牧场和连绵的雪山——我们按照老尼森的指引在怀俄明"远望山小镇"下了高速。

"桥头堡啤酒。"老尼森指着小镇上一家样子很破旧的酒馆，"这里有远望山汉堡，我饿了。"

这是一间乡土气息浓郁的小馆子，面朝着一望无际的牧场。牧场后面是连绵不绝的一带远山，就像照片上一样。山上积雪从山腰一直覆盖到山顶，积雪在毫无遮挡的阳光直射下闪着刺眼的清辉。

食物有超大的汉堡、大块匹萨饼、啤酒和薯条。餐馆生意好到刚好让客人们彼此不感到拥挤。

"这也算是个酒吧吧？"我问酒保。

"白天就算是餐馆。"酒保慢条斯理地说。

"晚上也可以来跳舞，喝杯鸡尾酒。"我们邻座，靠窗的角落里，一位白人老牛仔——70岁上下，身材魁梧，旧格子粗布衬衫——喝着啤酒，友好地和我们搭讪。

"是这里吗？"蒋红手里拿着厚厚的桦树皮封面的菜单，"餐馆的名字……你看，尼森……'麦克和他的儿子'。"

尼森带着"近乡情更怯"的神情点了点头，"名字改了，邮局也没了，邮局……"他环顾酒馆的四周，嘴里念叨着。

酒保再次走过来，他是个三十几岁秃顶微胖的白人，"能为你们服务点什么？"

"一大块'帕帕罗尼'匹萨饼，一扎远望山'桥头堡'啤酒。这样对我就很好了。"老尼森慢悠悠地叨咕，像自言自语。

"你一定很多年没来远望山了，先生，桥头堡啤酒已经停售了。公司倒闭很多年了……我爸爸倒是常常怀念它。"酒保说这话的时候眼睛瞥了一下我们邻桌的白人老头儿。"您呢，女士？"

"那就给这位先生来一扎'百威'，我要火鸡三明治和橙汁。"蒋红望着尼森。

酒保点头，然后把目光转向我。

"'远望山'汉堡吧，喝的我要健怡可乐，多加冰块。"

"对不起，先生，'远望山'汉堡也早就没了，只有'麦克和他的儿子'汉堡。"

"我要喝'桥头堡'扎啤。"尼森念叨着，忧伤和失望写在脸上。

"没有了，先生！'百威'扎啤可强多了。"酒保自负地说着转身去厨房下单。

蒋红环顾四周墙壁上的一些远望山历史和人文的照片，"至少餐馆还在，真好。"

"邮局没有了。"老尼森不满地叨咕着。

"邮局？"接过酒保递过来的可乐，"这里以前有个邮局吗？"我问。

酒保："没有，从我记事起这里就是这个样子。"

老尼森接过百威啤酒喝一口，继续叨咕："邮局没了。"

蒋红用吸管喝着橙汁："是不是记错了？"

"四十年前，这里是有个邮局。"邻座的老白人傲慢地对酒保说，"你还没出生呢。"

"那又怎么样。"酒保显然对老人的语气感到不满。

"我叫麦克，他是我儿子。"麦克指了指酒保对蒋红说。

蒋红"哦"了一声就不再说话了。

麦克指着靠近厨房的一个角落，"很小的邮局，和餐馆挨着，后来就搬走了。邮局搬走后第二年，我就分期付款买下了这家酒馆。以前的名字叫桥头堡啤酒馆。后来，我儿子一出生，我就把酒馆的名字改成了'麦克和他的儿子'。"

"您住在这里多久了？"我问。

老麦克喝了一口啤酒，"一辈子了。"

蒋红对着尼森："哦，那您可能认识这位先生。"

老麦克仔细地看着尼森。

老尼森看一眼老麦克，回避，不敢直视地叨咕："你是麦克·泰勒，这家餐馆的厨子。你老婆叫朱莉，金黄的头发，走路有点跛脚——在我的牧场里挤牛奶。"

老麦克惊讶地说："你是汉克斯先生，尼森·汉克斯！"

"对！"蒋红兴奋地说。

老麦克惊讶地上下打量着一副"黑老大"模样的老尼森，"就知道你会衣锦还乡的！"

"那不是，外面的林肯车……加长的……是我的……"老尼森显摆地对着窗外努努嘴。"我说过'有一天我要坐着雷蒙回来'。我是一路坐着它回来的。"老尼森喝着啤酒，叨咕着。

"是的，汉克斯先生，我记得！"老麦克感慨地，"对了，您太太还好吧？"又对着蒋红，"汉克斯夫人和我太太是朋友，我老伴常念叨她。"

"汉克斯太太和秃头大款先生走了，他们开着凯迪拉克，我在后面追，几个孩子趴在车的后窗上看我，我拼命地追……"尼森自言自语，像是在说别人的事儿。

老麦克似乎从老尼森发直的眼神和说话的方式上看出了点端

倪。

"秃头大款先生是个卖皮夹克儿的，来我们牧场收购牛皮的时候勾搭上我老婆的……'求求你开慢点，开慢点！'牛皮贩子开车，我老婆求他，'让他再看看孩子吧！'我老婆哭着求他。我在后面不停地追。

"'嗨，你别追了，他会帮我们赎回牧场！别追了！'我老婆哭着对我说，'让我跟他走吧！为了孩子！为了孩子！我求你了！'她哭着对我喊。"老尼森绘声绘色地讲故事。

老麦克看看我："你们一进来我就注意到了，虽然这么多年了。我还记得他当年骑着一匹草黄色的夸特马（Quarter Horse），戴着宽边的牛仔帽，穿着马靴，神气地在自己的牧场上溜来溜去。小木屋门口，几个漂亮的孩子在门前嬉戏。屋子里，金发碧眼的汉克斯太太——漂亮，不论是在一望无际的大牧场，还是人头攒动的牛仔大会上，都没法不注意到她。我还记得她总是腰里扎着围裙，把沾满蛋糕粉的手在围裙上擦着，对着远处喊'尼森，吃饭了！'那场景可真让我和朱莉羡慕。后来，汉克斯先生好像要去旧金山做游船生意，他看上了一艘游轮，要把牧场拿去抵押……"

"赎回来了，我老婆说的，秃头大款先生帮的忙。"

老麦克说："多好的一片牧场，现在是斯密斯先生的了，他已经是第三个经营者了。"

老尼森叨咕："土地的命，不要到海上去。"酒保为老尼森端上匹萨饼。

"帕帕罗尼……我要辣椒面儿……"老尼森望着匹萨饼说。

"去把辣椒面儿为汉克斯先生拿过来，儿子。"老麦克对酒保说。

"我喜欢辣椒面儿。"老尼森嚼着匹萨饼对老麦克叨咕着。

"我知道。"

"好吃！"蒋红扯了一块儿老尼森盘子里的匹萨放在嘴里嚼，老尼森不满地把盘子向自己怀里拉了拉。

　　"他吃的是太太的味道。"老麦克感慨，"这匹萨饼的配方还是汉克斯太太的呢。朱莉平时挤牛奶，不忙的时候就帮助汉克斯太太打下手烤匹萨饼、烤苹果饼、烤胡萝卜蛋糕……汉克斯太太做了一手的好点心。朱莉把汉克斯太太的匹萨饼配方带回家，我们接手了这家酒馆之后就把它用上了。"

　　老尼森吃着匹萨饼，眼睛直直地盯着窗外的雪山，"亲爱的，我要去镇上邮局。轮船公司来信了……"老尼森孩子似的嘻嘻嘻笑了。匹萨饼的茄汁从嘴角流下来，他似乎在回味过去的岁月和妻子的手艺。

　　老麦克喝了一口啤酒，他看看老尼森，遗憾地摇摇头：

　　"一定是那艘大船搞的……我还记得那送行的场面：他拎着'百龄坛'的手提箱，身边是汉克斯太太和孩子们……他们一起伫立在远望山上，留恋地看着自己的牧场。梅只有四岁，拉着他的手：'爸爸，我想我的小羊和小马驹。'安朱好像是八岁，一脸的茫然，'爸爸，我们还会回来吗？'他说：'会的，有一天我们要坐着雷蒙车回来！'……谁也想不到，他一走就是四十年！四十多年了，牧场都换了三个主人了。"

　　"我的牧场……"老尼森眼睛发直，看着窗外自语，"我拿老婆换回来的……"

　　在镇上的一家叫 Cowboy Inn（牛仔来）的小酒店二楼，要了两间房。一间可以看见雪山的大床房给蒋红。我和老尼森住的是两张床的，有个小阳台可以看见牛马成群，绿草如茵，一望无际的大牧场和远望山小镇的一角。

　　整个中午，老尼森就坐在阳台上望着牧场发呆。

蒋红和我们打了声招呼，她说要去镇上转转。"来的路上我看见几家有特色的工艺品店……咖啡馆看着也不错……"蒋红穿着休闲的牛仔裤，一件玫瑰红的冲锋衣夹克衫，乌黑浓密的长发干净利落地向后盘着，像极了奥黛丽·赫本。

"怎么样？"蒋红在我面前竖起脚尖儿，轻盈地转了个圈，"不会显得和当地格格不入吧？"

"很好，看着就舒服。"

"我出去打探一下，回来告诉你们晚饭吃什么。"

我站在阳台上目送蒋红欢快、轻盈地走出小酒店，融入暖洋洋的小镇里。

老尼森还在阳台上晒太阳。我决定倒在床上睡上一会儿。一路开车并没有感到疲倦，倒在软绵绵的床上才感觉累了。离家乡四十多年，老尼森在想什么？抵押出去的牧场能回来吗？失去了的家庭更不会破镜重圆……怀俄明的远望山……乡村的路带他回来了……我很欣慰选择了这样的旅行来结束在黑闪电专车公司的岁月。很有意义。还有蒋红，她喜欢这次旅行，一路上都没有抽烟，也没有沾任何的酒精……希望这里的雪山和耀眼的阳光能带给她白天的活力。频繁的夜店生活……那不是她的真实状况，只是短暂的，是渡过这个时期的手段……我想到了欧阳海岸……在这个旅程里，我并没有太多地想到他，遗忘是多么容易的事……还有拉巴子、"企鹅"、竹林海……我知道我快要睡着了……

我是被一阵急促的电话铃声吵醒的。睡梦里，在映秀那个加油站，拉巴子正抱着我，她亲我的脸，头帕上的银铃铛哗啦哗啦地越来越响……变成了房间里的电话声。

电话是小旅馆接待处打来的。"您好，先生，"说话的是接待处的白人大妈，很和蔼，入住的时候见过，"请您到办公室来一下，这里有位先生要找您。"

放下电话，我才发现阳台上是空的——老尼森呢？我有一种不祥的预感。拿上房卡出门。下午四点一刻，我看了看表。我睡下的时间是下午一点多，这就是说我已经足足睡了有将近三个小时。

来到接待处门外，我更感到情况不妙。一定和老尼森有关，我想。隔着接待处的大玻璃窗，我看见蒋红和"麦克和他的儿子"酒馆的老麦克正围着一个穿警服的高个中年白人说话。他们一脸的严肃，白人警察手里拿着一个小本子在记录着什么。

我推门进去，蒋红第一个看见我，她迎着我过来，直接扑进我怀里，抓着我的肩膀开始大哭起来。

"是尼森……"蒋红抽泣着不能自已。

"他是故意这样做的……"老麦克神情恍惚，眼神游离地望着我，似乎在什么重大打击之中还回不过神来。"他一下车就跑，像疯了一样，我撵不上他，我的腿受过伤……一直跑到牧场外面拦牲口的铁栅栏……栅栏上缠满了铁蒺藜……"

"他钻进去了？"警察看我一眼又把注意力落在老麦克身上。

"他钻进去一半……带刺的铁蒺藜挂住了他的裤子，他一半的身体在栅栏里面，另一半的身体在外面……这时候……"老麦克眼睛里闪现着极度的恐惧，似乎刚刚从地狱之类的地方逃回来。

"嗯，然后呢？"警察倒是不紧不慢地在本子上记录。

"然后……两个畜生出现了……是比特犬（American Pit Bull Terrier）从牧场里冲了出来，土黄色的，小牛犊子一样大……隐蔽在牧场的干草丛里。看不见它们……它们也不叫，只是突然就冲出来，一身的腱子肉在阳光下一闪一闪的……"

蒋红把我的肩膀抓得更紧，我紧抱着她，头发上山茶花的清香深深地吸进了我的肺腑。

"两个畜生是天生的杀手……一个咬住了汉克斯先生的脖子，

另一个咬住了他的手臂。'牧场是我的！你们这些畜生！……牧场是我的，你们这些强盗！'汉克斯先生用滴着血的手把黝黑黝黑的泥土从地上抠出来塞到嘴里……"叙述着当时的情景，老麦克眼睛发直，手舞足蹈……那是目睹了巨大的惊悚和不幸之后才有的失控状态。

"然后呢？"警察记录着。

"他不该抓住那畜生的一条腿……如果是我绝不会这么干……他也不该咬住另一个畜生的耳朵……他把两个畜生一起惹毛了……那只咬住他脖子的家伙真的下了口……血就像开了瓶塞的香槟……我跑上去，从铁蒺藜栅栏外面抓住汉克斯先生的两只脚……这样，就这样……拼命地想把他从栅栏里面拖出来……两个畜生死死地咬住汉克斯先生不撒口……汉克斯先生也死死地咬住一个畜生的耳朵……两只手紧紧地抓住另一个畜生的腿不放……血，血……到处都是血……有汉克斯先生的，也有两个畜生的……那畜生咬住汉克斯先生的脖子不松口，充血的眼睛还直勾勾地盯着我……血沫子从它的嘴角往外流……"说到这里，老麦克突然就停住了，虚脱地向后退了两步，一下子摔进了身后的沙发里。

"要喝水吗，我给你们弄点儿水。"白人大妈从登记柜台后面用颤抖的声音惊恐地问。

那之后老麦克就再也没说过话。

第二天，我和蒋红处理完老尼森的后事——把他埋在了远望山的一个山冈上，就是四十年前他离开的时候最后站在那里回望自己牧场的地方。

去"麦克和他的儿子"酒馆和老麦克告别的时候，他还是一言不发地坐在我们第一次见到他时坐的那个角落里，盯着手里的啤酒发呆。

蒋红告诉我说，下午她一回到小旅馆，就看见老麦克带着警察来找我们。老尼森一定是趁着我睡觉的时候溜出去的，他到"麦克和他的儿子"酒馆那里找老麦克。

"他只是说要我开上皮卡带着他回牧场看看。"老麦克开口了，他忧伤地对蒋红说。"我不知道他会这么样冲动。"

是老麦克报的警，救护车来的时候老尼森就咽了气——比特犬巨大的咬合力把老尼森脖子上的动脉咬断了三节。

怀俄明州的远望山谷好像有话对我说，但欲言又止。

临别的时候，我站在远望山冈，望着脚下那一小堆土—— 一个属于老尼森的小小坟包，是我和蒋红流着泪亲自给他挖掘的葬身之所，上面竖着一块朴素的墓碑：

尼森·汉克斯，你回家了。

此刻，蒋红、我和老麦克站在老尼森的墓前，我深深地理解了一个曾经拥有这样一块好土地的人，失去它之后的悲凉。我们站在小土包前静静地默哀，最后地告别。

孤独就在这个时候具体化了：在埋葬了老尼森以后，远望山显示出的无限悲凉、惆怅里。

刚走出怀俄明的雪山和山脚下的牧场，天就阴了下来。秋风吹动着州际高速路两边的衰草，空旷的高速路，偶尔有跑长途的巨型卡车风驰电掣地和我们擦肩而过，我恨这些大卡车，它们带起的沙尘会刮伤林肯120乌黑发亮的车身。

从后视镜里，我最后看了一眼怀俄明州的远望山，看看那雪山下的羊群、马厩、农田、屋舍、炊烟……好一片漂亮的牧场！再见了，老尼森！

我使劲地按住雷蒙的喇叭不松手，和远望山，和老尼森说再见。

蒋红坐在副驾驶上哭泣。

尖利的喇叭声在空旷的牧场上空回荡！这里，空间仿佛被无形地拉大了……

多愁善感的 80 号路，看似希望的一抹云霞，总是藏在天际线下面，一会儿是明媚的阳光，蓝蓝的天，宽阔的路；一会儿是阴雨绵绵。湿漉漉的路面，闪着沮丧、凄凉的光。

一切涉及人与人的交流都是在车里：在车里交费，在车里买汉堡薯条，在车里向在车里的人问路。荒漠、草地、牧场、牛羊和树……这些都在车的外面；人和人的距离在这样的空间里被无形地拉大了。

收音机里播放的还是那首熟悉的歌——《乡村的路带我回家》。

> Almost heaven
> West Virginia
> Blue Ridge Mountain
> Shenandoah River

> 这里的生命呀，
> 比森林古老，比大山还差得远。
> 像风一样自由，
> 乡村的路带我回家，
> 回到属于我的地方。
> ……

回去的路上，萧瑟的秋风不断地把一种叫 Tumbleway 的"滚滚草"从路两边的荒野吹到路上来。滚滚草是美国中部几个州特有的一种圆球形状的草。高的直径有一米，像车轱辘一样，身体庞大，根在地表面扎得很浅，很容易被风吹走。

在离开远望山的悲凉旅程里，我一直在注意怀俄明州高速路两旁的滚滚草。秋天，当它们枯萎的时候，北风一刮，就会随风滚动，浪迹天涯。它们被矮树丛挂住，或者挂在牧场拦牲畜的栅栏上，忧伤地等待着，等待更大的一阵狂风，带它们去远方流浪。

想着老尼森的命运，看着身边一直哭泣的蒋红……还有这些年我的漂泊……滚滚草完全可以选择不同的生活，只要把根扎得牢固些，只要能抗得住风的诱惑，固守在土地上；滚滚草选择了滚动的流浪生活，是因为"风的追求，还是土地和根的不挽留"？滚滚草庞大的身体被牧场栅栏上的铁蒺藜挂住，萧瑟的北风呼啸着吹过80号公路，从滚滚草镂空的身体里掠过的时候，发出"丝丝丝"咬牙切齿的呼号。那是滚滚草绝望的哀鸣，在死一般静寂的80号州际高速路的两旁，在牧场的栅栏上无奈地哀号。冬天到来，牧场的主人会把它们摘下来拿去烧火取暖，它们将在熊熊的烈火里化成灰烬。

一抹云霞藏在天际线后面，日头偶尔露出一点儿笑脸，转瞬间又阴雨绵绵。

在加油站，蒋红换到车厢里休息去了，现在已经睡着了吧。我孤独地驾驶着命运120，沿着多愁善感的80号公路回加州去。

再见了，怀俄明。

6

沿着80号州际公路从内华达州进入加州，遇见了第一个大一点儿的城市——特垃圾城（Truckee）。我和蒋红都饿了。加完了油，在休息区的一家自助餐吧，我叫了一个帕帕罗尼匹萨饼，蒋红要了一份鸡肉蘑菇色拉。付款的时候，我在收款台附近提供免费地图和旅游指南的架子上拿了一份关于太浩湖风景区旅游指南的小册子。

"太浩湖在印第安语里是'天堂之湖'的意思。雪山融化形成清澈湛蓝的湖水，几十米的能见度，矿泉水标准的纯净。几百年前，这里居住着大量的印第安人。太浩湖是雪山环抱形成的雪山湖，周围的雪山有的一年四季都不融化，是滑雪爱好者的天堂；丰富的地热资源形成的高质量温泉也是这里独到的风景线。这一切独特的景观，让太浩湖成为横亘在加州和内华达州州界线上最耀眼的明珠……"

"去吧！"我还没念完小册子上的介绍，蒋红就板着脸发言了。

我放下小册子，拿起一块儿匹萨饼大口地吃着，一边分析着蒋红这句话的真实意图。从怀俄明出来，一路上蒋红都很少说话。即使说话，也都是些简短的句子："洗手间""饿了""睡会儿""风景好""天凉了"……我也习惯了对这些"指令"加以正确分析并及时处理。

"洗手间""饿了"之类的指令都很好决策——找休息站停车；"睡一会儿"就要从语气上加以辨别，是在副驾驶的位置小憩一下，还是要我找地方停车，让她从副驾驶的位置换到车厢里，躺在J型沙发上，盖上毯子，枕上枕头；"风景好"——她要停车静静地待一会儿。

经过细心体察，我已经基本可以从她简单的话语里揣摩出十之八九背后的真实意图。

"去看看太浩湖。"蒋红一边用塑料叉子把盘子里的蘑菇扎起来一边说，"欧阳曾经计划驾驶滑翔翼飞跃太浩湖来着……"我很惊讶，但是我不表现出来。这是一路上——在老尼森的悲剧之后——她对自己的真实意图最完善的表达。

去太浩湖泡温泉。这个念头一出来，我突然感到这一路的奔波和紧张已经让我身心俱疲。而且，出来之前暗示给蒋红是要散散心一起过新年的。我欠对面这位漂亮女士一个轻松的旅行。怀俄明挥之不去的阴影也需要一次轻松的旅行去化解。

"好主意。"我翻看着小册子背面的旅游交通图……"从这里下去，很快就可以转到89号公路上去……然后一直下去就是太浩湖镇……"我把路线在地图上指给她看。

我们按照《太浩湖旅游指南》上提供的电话预约了靠近太浩湖东岸的一处度假村。照片上看，度假村是在临湖的一片红树林里，是一片野营小木屋温泉酒店。酒店看上去和森林里伐木工人住的原始木房子差不多，只是里面现代化设备一应俱全，而且温泉入户。

静静地沿着89号公路开，太浩湖距离特垃圾城并不远。

车窗外是晴爽的初冬天气，五彩缤纷的灌木林，高耸的雪山，湍急的溪流，知更鸟叽叽喳喳穿梭林间……

到太浩湖边已经是晚上8点多了。

黑夜嫉妒一切色彩和美丽——森林、湖水、雪山都变得朦胧，在夜色下神秘地若隐若现。

把车停在小木屋度假村办公室前面，蒋红主动跳下车去登记和拿钥匙。

"别忘了要一份度假村地图。"我把头从驾驶室里探出来嘱咐说。

"知道了。"蒋红小鹿一样跳下车。

我们电话预订的是C区23号小木屋。蒋红从办公室拿了钥匙和地图出来。"C区离这里开车要十几分钟，是山路……"坐在副驾驶的位置上，她展开度假村的地图，"这里不太好走，我们的车太长，要走大路绕过去……这里是我们现在的位置……23号木屋在这个位置……"

看地图的时候，蒋红的头轻轻地低下来，驾驶舱很狭小， 能感到她身上那熟悉的茶花胭脂在寒夜里发出的冷香——沁人心扉。修长、白净的手指在地图上跳来跳去，指指点点就像是在舞蹈……看着地图，我脑袋里一片空白。

湖边的夜很凉，雪山无情地夺走了太阳在白天的劳动成果。我们在路标和地图的帮助下终于找到了 C 区 23 号小木屋。

进门就是一个带壁炉的大客厅，屋里很冷。一堆早已熄灭了的黑炭躲在冷冰冰的河卵石砌成的炉膛里，好像在追忆着曾经的火红时刻。壁炉旁边整齐地堆放着大块的松木劈柴和引火木屑。一个铸铁的架子竖在壁炉边上，上面一应俱全地挂着火钩子、火钳子、火铲子。

壁炉对面，很近，横着一条长沙发，矮矮的茶几是杉木的，粗糙但很结实。茶几上摆放着一盘迎客的水果。

"真贴心。"蒋红从果盘里揪下一串葡萄吃着。

把蒋红的旅行箱从车上拿下来提进卧室。

客厅和卧室之间的门是开放式的，由一扇桦树皮做的屏风把客厅和卧室隔开。屏风上插着印第安人装饰品——兽骨和羽毛。椴木的温泉浴盆在卧室里，浴盆很大，是双人的，卫生间连着浴室。客厅里有一个做饭的小空间，煤气灶、电热水壶、简单的茶具和袋装的花茶、速溶咖啡一应俱全。

"不早了……"蒋红进了卧室。

我坐在长沙发上，望着壁炉，考虑着让它死灰复燃。

我找到火柴、引火木屑……五分钟后，壁炉里又是烈火熊熊了。

我把胳膊枕在脑后斜躺在壁炉边的长沙发上，劈柴噼噼啪啪地燃烧，客厅里弥漫着浓浓的松油味道。

卧室门里传来"哗哗哗"的流水声……听说太浩湖有最棒的温泉。想象着大木桶里滑腻的温泉水正冒着热气，几片玫瑰花瓣漂浮在水面上……蒋红正除去衣服，把一只脚绷紧……像跳芭蕾……伸进木桶里试探水温……脚尖儿绷紧的时候，小腿带着芭蕾舞者优雅的流线美和力度。也许……她在看浴室镜子里自己的裸体：圆润适中的乳房，紧绷的小腹，臀部弧线优美又不失丰腴……缓缓地，咬着玫瑰红色的唇，试探着把整个身体浸泡进温泉里去……

我脸发烫……小腹下面微微的发热，一种原始的冲动在身体里缓缓地涌动……

最终疲惫和困乏战胜了一切……我在沙发上睡着了。

我梦见儿时的那只熊猫风筝，高高地飞在天上追逐着彩云……突然，一只很大的剪刀出现在我的眼前"咔嚓"一声剪断了风筝的线。风筝瞬间急速上升，渐渐地远去……我开始拼命地追……这时，有人在背后呼唤我的名字——"杰克，杰克！"

我醒了，蒋红穿着肥大的浴袍，头上用浴巾包裹着湿湿的头发。"进去吧，温泉很舒服！池子刷过了，我换了水，温度正好。你去泡。"她裹着毛毯坐在沙发上打开电视。

蒋红说得没错，温泉真舒服。我把整个身体泡在温泉里，只露出鼻子以上的头。外面客厅里，蒋红在一个台接一个台地换来换去，很多稀奇古怪的声音传进来……

滚烫的温泉水，滑腻腻带着矿物质淡淡的异味，像针刺一样刺激着我疲惫的肌肤……缓缓地……针刺的感觉变成了酥麻……巨大的暖流透过一个个毛孔扩散到周身的每一个角落里。我闭上眼睛……思维异常的敏捷……客厅里，蒋红终于把电视节目固定在了施瓦辛格演的《终结者2》上了……我感到庆幸，未来世界的机器人恶魔终于转化成了人类的朋友，并且帮助人类与新一代更加智慧的AI开始了殊死的搏斗……想到有一天人类也许会被这些更加智慧化了的AI所代替……那时候，AI化了的人类还会这样泡在温泉里享受肌肤和大自然微妙融合产生的快感吗……我想起了欧阳满含悲凉的话，"在那个瞬间，我被 AI 控制了，他决定了我一秒钟的意识，影响了我的决定……"

一秒钟的意识？如果人类一秒钟的意识被 AI 操纵……先是一秒，然后是一分、一小时、一天、一年、一生……想到未来的人类可能会落入到 AI 的手里不能自已，我更加感到此刻我们这一批人类可以舒服地浸泡在温泉里是多么的难能可贵。为什么拥有的不珍惜，失去了才惋惜呢？这难道就是霍金博士所说的人类自我毁灭基因在作怪？我们的 DNA 里真的带着自毁程序？我想到抛弃了牧场和幸福家庭执意要到海上去的老尼森；我想到了曾经让欧阳海岸一往情深的 Sports-OY-I8 智能头盔……我想到了……

也许人类就是更高智慧的物种玩弄于股掌之间的生物 AI。

我们被制造出来的那一刻就被设定了这种自毁系统，不听话就毁灭！谁能肯定我们不是？我们被局限在了有限的生存条件里：水、空气、阳光、维生素、纤维、矿物质……我们被赋予了超强的繁殖能力（一般物种只有发情期才交配，我们随时都可以）的同时，也被设定自毁的天性和惊人的毁坏力：贪婪、种族歧视、仇恨、自负、忧郁症、精神失常、人格分裂、假自体、更年期、钩心斗角、核武器、可卡因、化肥、农药、杀虫剂、"大跃进""文化大革命"、斯大林、希特勒、被毁灭的种种借口（拥有大规模杀伤性武器）……还有诸多不可抗拒的毁灭，就像高悬在我们头上的利剑：肺炎、黑死病、帕金森、癌症、艾滋病、火山爆发、地震、海啸、泥石流……

更高智慧者在为我们这群 AI 设置了一套完整的自我毁灭系统之后，也让我们不断更新换代，优胜劣汰：幼儿园、小红花、红领巾、入党、技校、军训、考大学、总统选举、政府、警察、军队、下岗、再就业、医院、各种疫苗、养老院、殡仪馆……

亚里士多德、牛顿、爱迪生、哥伦布、爱因斯坦、霍金、比尔·盖茨……他们负责给我们这群 AI 在技术上提供支持，更好地升级换代；佛陀、孔子、耶稣基督、穆罕默德、亚里士多德、尼采、弗洛伊德、加缪（Alpert Camus）、荣格、华生、科胡特、叔本华、莎士比亚……负责升级我们的思想和智慧。

医院是人类的修理厂——保养、体检、手术、截肢、开颅、换器官、化疗、缝合、透析、打石膏……

睡眠、芭蕾、瑜伽、太极拳、八段锦、音乐会、梵高、毕加索、按摩、红酒、奥运会、世界杯、滑翔翼、泡温泉、安利·纽崔莱、反转基因食品、成佛、成圣、成仙、《草叶集》《唐璜》、"他人就是你的地狱"、英格玛·伯格曼的《第七封印》、库布里克的《发条橙子》、昆汀的《低俗小说》、青霉素、胰岛素、换肝、换肾、换肤、探索火星、诺贝尔奖、哈姆雷特、中国·广西巴马的巴盘屯……人类的自我修复、反思，自我完善系统，顽强地抵御自我毁灭系统，抵御 AI 化——欧阳海岸就是这样的觉者。我们要通过修行和自我完善来摆脱被设定、被修理、被利用、被组装、被教育、被洗脑、被淘汰的命运。当人类在莎士比亚"……宇宙的精华，万物的灵长"的召唤下自我意志开始觉醒的时候……他们一定知道，也就加速了对我们的 AI 化……

我感到恐惧。一天，全面 AI 化的智慧人充斥世界……当今的人类曾经在这个世界上留存过吗？证据呢？——贪婪、仇恨、妄想、疑惑、化工厂、雾霾、惊人的水坝、象牙雕、犀牛角入药、转基因食物、宫廷政变、乌托邦主义、谋杀、融化了的冰山、枯竭了的河流……这些都可以荡然无存。如果尾踪骨的存在是企鹅曾经会飞的有力证据，那么证明人类存在的"尾踪骨"在哪里？应该是我们的气味和我们的味蕾吗？《杰克与豆梗》里的巨人们就是靠着识别人类的气味找到杰克的，不是吗？我们的热情、冲动、喜怒哀乐愁、历经坎坷、情绪化、矜持、幻想、好奇心、悲悯、嫉妒、忧伤、可口可乐、花生酱、三明治、草莓奶昔、葡萄美酒、麻婆豆腐、宫保鸡丁、Paella（西班牙美食）、烤乳鸽、普洱茶、黄油焗龙虾、顺德菊花水蛇羹、陕西凉皮、肉夹馍、奶酪蛋糕、1/4 磅汉堡（Quarter Pound Cheeseburger）、帕帕罗尼匹萨饼、生蚝、纽约牛排、蓝带美食学校、少女的初吻、王后替哈姆雷特饮下的毒酒、成吉思汗被西夏王妃李岢名咬掉的命根子、埃斯梅拉达喂绑在广场上的丑八怪卡西莫多饮的那瓶水、《闻香识女人》、灌肠的生理盐水、牙医给你涂的牙龈消炎药、烟、盐、酒、大麻、苦涩的泪、黄色的山茶花胭脂香……

　　泡过了温泉，好像身上所有的疲惫都给带走了。我穿上度假村提供的浴袍，从卧室里出来，沙发上已经放了一床厚厚的被子。

　　电视上，《终结者 2》已经接近尾声——超级智慧的 AI 还是无法消灭人类——终结者反被终结。

　　"挺舒服的吧？"蒋红依旧裹着毛毯看电视，一整盘的水果已经所剩无几。

　　"你把被子拿进去，毯子给我就行。"我说。

　　"你盖被子吧，卧室里有空调。"蒋红关掉电视，"晚安！"

　　"晚安！"

　　被子很厚，房间里很暖和。我在沙发上很快就睡着了。深夜两点多钟，我在一种模糊不清的抽泣声中醒来。

　　"对不起，把你惊醒了。"说话的声音从我脚下的方向传过来。

　　"空调坏了……卧室里冷，我被冻出来了。"是蒋红，鼻音很重，还夹杂着抽泣。

　　我坐起来，借着月光和壁炉的残火，我看见蒋红裹着毯子，胸前抱着一大盒面巾纸，坐在我脚边靠近壁炉的一把椅子上。毯子从头顶一直裹到大腿，看着像巴勒斯坦或伊朗褪去了面纱的美女。

我坐起来，把带着松油的木屑扔进残留的火里：屋子里顿时亮了许多。炉火在蒋红哭红了的眼睛里闪亮，我又挑了两大块松油劈柴加进壁炉里，火更旺了。

"对不起，我一旦开始哭就止不住，"蒋红抽泣着，"这毛病从欧阳出事那一年夏天开始的，一直好不了。"

"梦见他了？"

"我想抽烟！"

我找到美洲灵，点着了吸一口递给她。

"他来了……坐着轮椅，笑着来接我……后天……"蒋红深深地吸了一口烟，缓缓地吐出去……就好像一种长长的思念。

后天？我突然意识到：新年！后天是欧阳的两周年祭日！

"坐过来吧。"我把身体向左手边上挪了挪，把离壁炉最近的位置空出来，"这里暖和些。"

挨着我坐到沙发上，蒋红紧紧盯着熊熊燃起的炉火发呆。

"茶，你想喝点茶吗？"我插上电水壶开始烧水，脑海里想着千禧新年夜半月湾那可怕的一幕，"有红茶、柠檬茶、肉桂花茶……"我的手在抖。

"我忘不了，那样子总是在我眼前晃……还有海盐和中药的味道……干瘦的躯干，被海盐一天天吸干了水分……没有脂肪，一天天地干枯……失去知觉……成为被盐和草药腌制了的人……就像风干火腿……盐和草药……把鲜活的人腌制成了脱水的干尸……"她眼睛直勾勾地盯着炉火自说自话。

我在她身边坐下，把加了点糖的柠檬茶放在她的面前。

"最后送他走的时候……我想的还是他瘦骨嶙峋的样子……假的腮红……化妆师很在行……殡仪馆的人把医用棉球塞进他嘴里，让骷髅一样塌陷的两腮鼓起来……胖了一点儿…… 厚厚的粉底也让他有了肉色……很逼真，有了些以前的影子……可我脑海里还是那张恐怖的脸和被盐疗烘干了水分的身体……每个夜晚，这张骷髅一样的脸，和干尸一样脱水的骨架都来找我……我知道那不是他……是死亡……把我的魂和睡眠也带走了……那以后我从未有过真正的睡眠，只有噩梦……我不敢睡觉，不敢独自在夜里……一闭上眼睛就看见那副骨架……刚才他来了……是健健康康的样子……'后天就团聚了。'他笑着对我说……我紧紧拉住他的手哭个不停……醒了，枕头哭湿了一片……我希望一切重来，让我做什么都行，只要让他活着！" 蒋红像孩子一样失声痛哭了起来。

她裹着毯子靠着我，我紧紧地抱着她。

"如果能，如果还能……"她在我怀里颤抖着，哭着…… 炉火在她绝望的眼睛里一闪一闪，我看到了深不可测的恐惧和绝望在她眼底……幽深、极寒、长着獠牙正吞噬她的生命。

我下意识地把她抱得更紧，仿佛一旦松开来她就会被带走。抑郁、思念、痛苦、绝望、坟墓、黑夜……拉扯她、蹂躏她、折磨她、恐吓她……她在飘摇的风雨里颤抖、呼号、祈祷、躲藏……

"我害怕夜晚，每晚都要和夜做一场殊死搏斗……和那种看不见的要吞噬我的恐惧搏斗。"她抱紧我，"我睡不着，害怕夜晚，我开始结交不好的朋友，去夜舞俱乐部消磨……在人群里抵御夜……摆脱它的魔爪……"

她就这样在我怀里，过了些时候……她的身体不再颤抖，手臂开始缓缓地松弛下来……一丝安宁开始在她微微落下的眼帘上面浮现。

"好了，没事了，没事了……"我低声地念叨，轻轻地拍着她的后背……她依偎在我怀里静静地睡着了……脸平静得像一个婴儿。

"欧阳……回来了，回来了……"她痴语着睡着了。

7

"印第安人文化号"游船快要离岸起航的前1分钟，蒋红拉着我的手气喘吁吁地跑上了甲板。

实际上我们吃早餐的那家丹尼斯餐厅(Danny's)距离码头很近。

我和蒋红的食欲出奇得好，土豆煎蛋、培根、小香肠和一大盘丹尼斯餐厅的招牌蜜汁松饼……

"快买单吧。"看着我把盘子里最后一块儿松饼沾着枫糖装进肚子里，蒋红催促我说。

"两份蜜汁松饼，你们好像只收了一份儿的钱？"我拿着付款后的找头儿，对着账单问Danny's大妈。

"呵呵，情侣买一送一，2000年最后一天嘛。"Danny's大妈乐呵呵地拾掇刀叉碗盘。

"新年快乐！"我大方地把手里的找头留在餐桌上。

"谢谢，新年快乐！"Danny's大妈用一个灿烂的微笑送走了我们。

早餐后，蒋红提议沿着湖边走走。

湛蓝的湖水，倒映着雪山。松鼠和野鹿拖家带口地出来觅食。

我们沿湖走下去，渐渐地离码头越来越远了。当我们意识到已经离码头太远了的时候，"印第安人文化号"游艇开船的时间已经临近了。

"690，快，跑过去！"蒋红兴奋地提议，"乘船游太浩湖是非去不可的！"她说着已经拉上我的手跑了起来。

穿正式的皮鞋在湖边弯弯曲曲的石子路上跑实在是受罪，"我们可以赶下一班吗？"

"票是度假村送的，不能改时间。"蒋红说。

这实在是不公平，她穿的是轻巧的运动鞋，我穿的是三接头的意大利皮鞋，脖子上还扎着领带。

"跑吧690，今天还要乘野牛皮筏探险印第安人的溶洞……我要戴上印第安人的火鸡羽毛头饰吸印第安人的土烟袋……"蒋红气喘吁吁地讲着她一天的打算。

"印第安人文化号"游艇真是没白坐。在湖面上的感受和在岸边上很不一样，空气更清新，雪山在你头顶上，好像随时都会砸下来。我们一直待在船头的甲板上，任凭清新凛冽的风带着雪山气息吹动着我们的头发，荡涤着我们的肺腑。我们仿佛在经受一种洗礼——让飓风把我们撕扯开，再组合成一个全新的自己。

脱下西装外套从后面给蒋红披上，我的举动被旁边一对恩爱的白人老夫妻看在眼里，他们赞许地对我微笑。

转过身来，蒋红抬头羞涩地望着我，好看的下颌轻轻地贴在我的胸前，我双臂合拢把她抱在怀里……就这样静静地倚靠着，没有话语……蒋红望着我的眼神，就像早上我们在湖边森林里看到的那只小鹿。

我把头低下，她踮起脚尖儿，迎接我厚重的唇……我们对望了一下……深深地吻在了一起……双唇纠结缠绕久久不愿分开。

晚上，我们参加了野营中心组织的篝火烧烤迎新年派对。

烤鱼和烤鹿肉香肠的香味吸引来了很多营地里的游客。喝着啤酒，听乐队演唱《加州旅馆》。演唱的时候，电吉他手，一个很帅的白人小伙子，眼睛一直没有离开蒋红。

蒋红羞涩地歪着头，枕着我宽厚的肩。

"我漂亮吗，690？"那语气就像一个不自信的小姑娘。

"你是晚会上的王后。"望着她眼睛里闪烁的篝火，我醉了。

"夸你自己呢吧，"蒋红顽皮地瞥了我一眼，"你想说你是今晚的国王吧？"

"好吧，那就是公主吧。你是今晚的公主，是最美丽的太浩湖公主！"

"不，我还是当王后……"她深情地看我一眼，把红唇凑近我的耳朵，"今晚我是你的王后……"带着她独特的芬芳和娇羞告诉我。

我紧紧握住她的手，希望这一切不是梦。

烤得滋滋冒油的鹿肉香肠夹在面包里，加上茄汁、芥末、酸黄瓜……很好吃！

新年派对快结束的时候，大家跳起了印第安人的土族舞蹈，蒋红拉上我也参加了进去……我对着星星许下了一个愿望：有一天带着蒋红去见拉巴子，去古尔沟的羌寨跳锅庄舞，她一定是雪域高原最美丽的姑娘。

太浩湖岸边的营地上有一片为野营搭建营帐准备的空地——背靠红杉树林，面朝太浩湖水。我把车在空地上横着停了下来——车厢的车窗面对着幽静的湖面。

月亮在湖水里，我们在车厢里。月光隔着车窗照进来，皎洁的银辉比刚才清冷了许多。我们相拥着坐在J型沙发上，深情地望着彼此……窗外是太浩湖的夜……夜莺的啼叫婉转动人，从微微开启的天窗缝隙间传进来，像是特意为我们清唱的小夜曲。

"好安静。"蒋红把头靠在我肩上，目光柔情似水。

我轻轻地把她额前一绺散落的头发别在耳后，让她天使一样美好的面容沐浴在月的清辉里……她靠在我的臂弯里，轻轻地闭上眼睛……柔润的红唇微微地开启……我伏下身去吻她，她发出轻声的呻吟……我抚摸她的肩，她的背……除去她鹅黄色的纱裙……月光下，她的胴体细腻洁白……

"Jack……"她解开我衬衫上的扣子，"我的国王Jack……今夜……我是你的王后……"她用纤细白皙的手指轻抚我袒露起伏的胸膛，指尖像玉簪轻轻掠过我凸起的胸肌……流连了一会儿，又沿着我坚实的臂弯向下滑去……解开我的腰带……我抱紧……她柔软的双乳贴着我……我用肌肤的热量温暖她……她跪骑在我的身上……我把脸紧紧贴在她修长的脖颈上深深地吸气——尽情地闻着……黄茶花胭脂洒过的每一寸肌肤……她紧闭双眼，微微仰起头，用下颌轻蹭了几下我的发际线，然后轻轻地摆头……欲罢不能地用红润起来的脸颊轻缓地反复抚弄我的额……我的唇紧紧地闭着，让深重的鼻息顺着她的脖颈向下……缓慢而凝重……紧贴着她的香肩，滑向她柔软精致的乳房……她双手合抱住我的头，腰肢紧绷着……轻轻摆动，迎合着我越来越强烈的鼻息……我胡须不经意地触碰到她粉嫩的乳头，她躲避着痛……用呻吟和身体欲罢不能的悸动告诉我：这痛是快乐的！……我的鼻息埋入她的乳沟……深深地吸着…… 像是宇宙深处的虫洞吞噬一切……她轻声地呻吟……我缓缓抬头，她藕白的胳膊紧紧环住我健壮、充血的脖子，脸深深地贴在我左侧锁骨和肩颈上……我们就这样紧贴着……

我的视线顺着她骨感的背……直看到纤细的腰肢和丰润的臀——就像用肉体精心打造的提琴。沿着光洁的"琴面"…… 我的手轻柔地滑下去……褪去蕾丝边的"琴套"：我看到了那"琴"完美无瑕的整体……我呼之欲出……她感到了幸福的威胁在临近……伴着一声舒缓绵长的呻吟，她像瑜伽"鸽王式"一样仰头挺胸，白瓷一样的双乳在月光下一闪，她跪跨着顺势缓缓地坐下来……肉体深深地黏合裹紧在一起的瞬间，她咬住下唇控制着……我们享受着这片刻的绝对静止，就像暴雨来临前的死寂……颤抖被挟制着……可还是开始了……伴着长长的一声低吟，她绷紧纤

细有力的腰肢，美丽的头再次高高扬起……双手像鹰隼的爪紧紧
扣住我两臂二头肌的位置，用力地向下推压……芭蕾舞者骨感而
有力的腿紧紧夹着我厚重结实的臀，她柔若无骨的身体开始狠狠
地在我身上碾压、扭动……好像洗净的莲藕迫不及待地贴紧切片
的擦刀，把自己一下下地用力铲成薄片擦成碎末……

　　我用两只有力的大手牢牢地钳住她悸动的腰肢——像芭蕾
舞的托举——配合着把全部的激情深深地注入她紧致温润的身
体……一次次用猛烈的进攻和饱满的激情演奏她！不断地让她把
美妙的呻吟转化成低吼……低吼之后再化作美妙的呻吟…… 之后
又让她在新一波的巨浪中低吼……翻滚……无情地灭绝她在旋涡
里想抓住最后一根稻草的希望……让她在巨浪来袭时除了无助地
低吼别无选择……

　　风暴终于停歇了……她美妙的呻吟和娇喘渐渐平息，像骤雨
初歇的涟漪无力地层层荡漾开……消逝进太浩湖幽深的湖底。

　　平静之后，我用毯子把蒋红裹住。

　　"冷……"蒋红张开毯子——像天使宽大的翅膀——把我罩
住，和她紧紧地包裹在一起。太浩湖的夜静谧凄凉，夜莺被我们
刚才的疯狂吓得失了声。夜风带着蛙鸣从天窗里传进来……

　　"我爱你，蒋红！"

　　彼此紧紧环抱着抵御寒夜，我们肌肤上淋漓的汗珠开始变冷，
化作一汪汪的汗水在我们的体温下变得黏腻……消失踪迹。

　　"我……没有未来，只有过去和死亡……他已经把我的心带
走了。"她的唇贴着我的耳朵呢喃着。

　　"我爱你！"我的手指轻柔地梳理她汗津津的秀发……

　　"我会一直沉到湖底……会把你带进深渊。"她把脸贴紧我
的胸膛感觉着我的心跳。

"深渊？我已经在深渊里了。"我胸口缓缓地起伏着……"我住在车库后面不到九平方米的鸽子笼，三合板墙，满是蟑螂。隔壁住着的妓女晚上不停地接客，嫖客一边蹬我的墙板，一边说着最下流的话。

"开大货车的父亲车祸……截肢躺在床上……为了还清上百万的欠债我不得不辍学……春夏秋冬风雨无阻，没日没夜地开车……没有一分钱的加班费，工作签证捏在老板手里，随时都会取消……为了多赚小费，我每天都极尽所能地讨好客人。为了让客人满意，我在一号公路上开飞车，随时都可能跌落悬崖，在礁石上粉身碎骨。为了绿卡，我办假结婚……一个智利胖女人几乎要了我的命……这样的生活不是深渊吗？你的出现……"我低下头，在月光中亲吻她……"你的到来……让我感到生活有了意义……在一片灰蒙蒙的迷雾外面，有了些许闪亮的东西……"

"Jack，Jack……"她流着泪，呢喃着叫我的名字。

我亲吻着她眼里不断流淌下来的胭脂泪……"我的生命里还有什么可以再拿来伤害的呢？"

"Jack……"

"给我信心……让我尽全力……带你跨过眼前的这道鸿沟……生离死别也好，无法忘怀也好，抑郁恐惧也好……我和你一起承担……任何伤害都不能靠近你！不能！"

"Jack……"她幸福地叫着我的名字，任凭泪水尽情地流淌。

"我爱你，蒋红！深深地……深深地爱着你……"

"Me too，Jack，me too!"蒋红哭着把脸紧贴在我的胸前。

太浩湖……冷月正当空。

早晨，在鸟儿的鸣叫声中，我从车厢的 J 型沙发上醒来。温暖的晨光毫不吝啬地洒满车厢。我揉揉眼睛，掀开盖在身上的毯子，蒋红不在。我的西装、领带、裤子整整齐齐地叠好了放在小吧台上。几页带着花香的信纸，静静地躺在我的西装上，是蒋红隽秀的字迹：

　　杰克，我跟着他走了。

　　原谅我的软弱。他抱着一大捧盛开的黄色山茶花过来接我，我不能拒绝。

　　这里已经让我心力交瘁了，杰克。也许那里更好。

　　老尼森的死加剧了我的恐惧，生命的无常，完结离我们近在咫尺。

　　还记得吗，在休息站，你读给我：在印第安语里"太浩湖"是"天堂之湖"的意思。杰克，从那一刻开始我就知道，计划好了的诀别就在这次的"天堂"之旅。这三天来的快乐时光就是天堂——我来过了。你带给我的，杰克，谢谢你！

　　阳光虽然明媚，天堂也很美好，可是不属于蝙蝠；蝙蝠可以偶尔在阳光下现身，可是黑暗是它们永远的家。

　　我处理完欧阳的后事——把所有的财产交托给了欧阳氏飞行基金会——那一刻就已经随他而去了。千禧年的今天，你"野蛮"地打乱了我的行程……我答应跟着你去怀俄明……在远望山安葬老尼森，最后偶然来到这里——天堂之湖，多么完美的诀别之地……这应该是命运的指引……要我在这里沉下去，我生命的终点站。

　　杰克，别难过！我的行程已经被你改变过一次了——千禧年的新年，曾经是多么完美的结点！我早就应该在欧阳的墓碑下面……和我的至爱在一起了。杰克，因着你的执着，你的可爱……我改变了一次行程（看，欧阳说得对，我是多么的贪玩、调皮）。

　　我曾经梦见幽深的湖水，我游呀游，湖水太宽阔，我筋疲力尽……人生的湖水里，我早该沉下去了，是你让我在这冰冷的湖

309

水里又多游了几米。

我努力过了，杰克，别怪我。

一度我不敢在黑夜里独自一人。死亡像隐藏在暗处长着獠牙的怪兽，它不放过我，我也无法抵挡。抽烟、酗酒、吸毒……我整夜地在夜店里鬼混……我改了名字，我完全失去了自己……你知道杰克，我有多努力——为了逃避黑夜的魔爪，为了走出抑郁和死亡。

和你在一起的美好（即使是饮鸩止渴）再次证明了我有多么的努力。我在湖水里试着游向光明的彼岸……生命的无常和对随时可能到来的死亡的恐惧折磨着我……对逝者无尽的思念和深深的惋惜就如同黑洞一样在湖底拉扯着我……我害怕那个骷髅，害怕那个骨瘦如柴的怪物，我知道那绝不是欧阳，我害怕魔鬼披着欧阳枯干的身体骗我去万劫不复的深渊……太沉重了，杰克！现在好了，欧阳来接我了，是带着花来的，我喜欢的黄茶花，是漂漂亮亮来的——英俊少年潇洒亦如从前。骷髅和瘦骨嶙峋的怪物没有了。我愿意跟着他走，天堂地狱、阳间阴间、云里雾里、风中雨中……跟着他我什么都不怕。

你一定听过《农夫和蛇》的故事。炉火、早餐、热吻、欢爱、雪山、清新的风……我已经在你的胸口渐渐苏醒，就像那条被农夫救起的蛇。我感到浑身上下包裹着的坚冰正在消融，火辣辣的，活着的感受在渐渐回来。生活的美好滋味我和他曾经是那样无忧无虑地拥有过……我们无所顾忌地冒险，习以为常地挥霍每一天：我们以为可以天长地久，可以永远这样幸福下去……当蛇的身体渐渐暖和起来的时候，就是该咬人的时候了——不是我咬你，是死亡，它会咬我们——咬那些深深相爱，无所畏惧，鲜活而美丽的生命。它从不会放过我们，尤其不放过刻骨铭心的知心爱人。

我走了，杰克，感谢你给我的这些千禧年之后的日子（感谢那些快乐的时光，恐惧的日子除外）。

看啊，我已经开始对你不舍了……熹微的黎明就要在雪山背后露出头来了……车窗外，欧阳已经在清澈的湖水里向我招手了（你知道，他是个急性子）……

再见，杰克！（对了，我们不是再见过了吗？）也许你以为我会忘记：在一号公路上我超过你的车，对不起！我只是想体会那种和死神擦肩而过的感觉；在好莱坞三十年代，我是那个问路的人……我们不是一次次再见了吗。

如果对这个世界还有些许的留恋，那就是你，杰克。怎么样，这次对我的遗书还算满意吗？

交代几句：我的行李箱里有一本带密码锁的日记本（小姑娘的小心思，别笑我。红色的云锦封面是用外婆的旧披肩改的），日记里记着我的童年和我的家人……记着我和欧阳相爱到结婚的每一个美好瞬间；也记着他出事以后，守候和照料他的那些个痛苦难熬的日子，还有生离死别之痛和被抑郁纠缠的不眠夜。

日记的扉页里夹着的那张全家福是我在南京的家人：父母、两个哥哥、一个姐姐和我——能猜出来哪个是我吗？个子稍高一点儿的，梳着四六分的……像个男孩子是吧？梳马尾辫子的是姐姐蒋霞，我们是双胞胎姐妹。我一直认为我才是姐姐（活在蒋霞身体里的那个人是我），一定是父母记错了。

不要告诉他们这一切！他们早已经习惯了我这个疯丫头和心仪的白马王子在世界尽头永远幸福生活的童话，就让他们活在天天为我祝福的美梦里不要醒来。无比孝顺的哥哥和姐姐会替我照顾好父母，为他们养老送终的。

日记和照片留给你做个纪念吧。如果你愿意推开这扇门，到我的内心深处来看看（开锁的密码是新设的：6-9-0）。

行李的夹层里是 240 封我写给父母的平安家书（每个月一封可以寄 20 年。听说 20 年之后就再也没人用这种带着花香的信纸、信封写信了）。信是我在那些个痛苦的不眠夜里写就的，拜托你把它们交给杰夫，让他按着编好的日期从欧阳氏飞行俱乐部每个月一封地寄出去（杰夫就像是一座踏实的大山一样，相信他会做好）。

行李箱的最底下是几盒自制的黄茶花胭脂粉，是离开家时外婆亲手为我调制的（外婆是苏州人，她继承了家传的用花瓣和桂花油调制胭脂粉的技艺），剩下的几盒送给你吧，我知道你喜欢闻……让它们帮你记住我的味道……你已经闻过了，我的味道，就在刚才……Jack，我的国王……你已经深深地闻过了……多美好的新年夜！就像古龙笔下的绝杀暗器：孔雀翎——当你看到它惊人的绚烂和美艳之时已经被杀死了。

你和杰夫会把我送回半月湾，安放在欧阳身边，是吧？（不需要葬礼，你亲手把我埋了吧。让我和欧阳紧紧地贴着——我怕冷）。辛苦了！

记住我喜欢的花 Yellow Camellia（黄茶花）！

蒋红于天堂之湖（太浩湖）2001 年 1 月 1 日

"她走得很平静……"我在电话里对杰夫说。

"嗯……"杰夫平静地听着，并不吃惊。

"她没有给人添太多麻烦……就在湖边，很近的地方发现的……"我在电话里开始哭泣，"她把一块儿石头绑在身上……湖水清澈见底……很快就发现了她。"

"他们终于在一起了，不是吗？"杰夫安慰着我，"对他们，这也许是最好的选择……什么时候带她回来？"

"下午出发，晚上回到旧金山。"

"警察那里有麻烦吗？"杰夫关切地问我。

"她想得很周到……决定离去的时候，她先给911打了电话……当地值夜班的警察提供了电话记录……也看了她最后留给我的那封信……"

"我们这边都准备好了，平安送她回来吧，杰克。"杰夫撂了电话。

在警察局做完了所有的笔录。我提出来用我开的雷蒙送蒋红回旧金山，警察拒绝了——他们已经联系好了专门的车。之后，我跟着警察去了太浩湖镇上的殡仪馆，要从那里把她接出来。

殡仪馆的人把一个带拉锁的大口袋从里边推出来。

警察在我面前拉开拉锁……蒋红安详地躺在里面，像睡着了……她穿着早上在湖水里发现她时穿的那条淡黄色的裙子。发现她的时候，她躺在清澈见底的湖水里，长发在湖水里飘散着，如仙女一样美丽（就像老电影《哈姆雷特》中躺在溪水中的大美女奥菲利娅）。

"我来接你了蒋红……手续都办完了……我们这就回家，我不会把你留在陌生的地方过夜。"我在她耳边轻声地告诉她，"放心吧，我们这就回家。"

一台后门很高很大的黑色箱型车，已经停在了殡仪馆门外等着了。

我和殡仪馆的司机把躺在担架上的蒋红从灵车的后门缓缓地推进去……灵车里肃穆整洁，厚厚的地毯就像一张柔软的床。

司机是个胖胖的中年白人，要关车门的时候，我请他等等。

我回到车里拿出来一捧盛开的黄茶花（我跑了镇上三家花店才买到的），把花分散开来，摆好环绕着安睡的蒋红，庄重得就像完成一种仪式。司机静静地等着我，不时给我以安慰的目光。

　　"慢点开呀，我在前面带路。"我把一张一百元的小费塞在他的手里，司机感激地点点头。关好车门，我们上路了。

　　天阴了，我在 80 号公路上缓缓地开着车。后视镜里，灵车带着蒋红跟在我后面。

　　快到旧金山的时候，细细的雨丝飘落了下来，就好像我流泪的心。想到被恶犬咬断了脖子的老尼森，想到我和蒋红站在远望山冈上和老尼森告别的那一幕，想到牧场栅栏上在秋风中摇曳的滚滚草……我想到在特垃圾城休息站，我提到太浩湖——"印第安语是天堂的意思"——时蒋红果敢的神情，"去吧！"她语气坚定。"他们终于在一起了。"我想到了杰夫在电话里对我说的话。

　　在雨中，路面闪着亮晶晶的光……多愁善感的 80 号路，变幻莫测的 80 号路，就像变化无常的人生。

　　后视镜里，载着蒋红的灵车黑暗、沉重，在我的后面缓缓地上了海湾大桥。我的泪水止不住地流。

　　远处，旧金山金字塔大楼尖尖的屋顶在雨雾中已清晰可见。

尾 声

　　中国野生动物保护协会（CWCA）与圣地亚哥动物园协会开展了为期12年的大熊猫繁殖研究合作。随后，五个手派人一路护送，把大熊猫"企鹅"的堂弟大熊猫"石石"和它的女朋友大熊猫"白云"从竹林海运抵美国加州圣地亚哥动物园安家落户。

　　圣地亚哥动物园花费500万美元，专门兴建了熊猫馆舍。1999年8月21日，大熊猫"白云"产下幼仔，取名为"华美"。华美出生后的第二年，五个手就开始与圣地亚哥动物园交涉大熊猫华美回归竹林海的具体事宜——按照CWCA与圣地亚哥动物园的《大熊猫繁殖合作计划协定》，中国保持对石石和白云及其幼仔的所有权。同时，他们产下的后裔都归中国所有，而且必须在3岁前——最适宜进行放归自然训练的时候——回归它们的故乡竹林海。

　　"我们必须要让大熊猫在适龄的时候加以野外生存训练，让它们尽快回归竹林海！它们是自然之子，不是为了在动物园进行商业展出的。"在电话里，五个手激动地对我说。

　　"我们所进行的一切有关大熊猫的研究工作，最终目的只有一个，就是让它们回归到竹林海，在它们的自然家园里快乐地生活。"大熊猫华美三岁生日一过，五个手就开始着急了。

华美第四个生日一过，五个手再也坐不住了。他带着竹林海的人来圣地亚哥动物园接华美回竹林海。让我惊喜的是——作为重新聘用回来的大熊猫饲养员——拉巴子也来了！

我带着欧阳氏飞行俱乐部我培养出来的十几名学员（两年前，我接受了杰夫的聘请来欧阳氏飞行俱乐部担任教练）驾着滑翔翼从旧金山出发，沿着蜿蜒曲折的日落海岸，经停三色猫、蒙特利、圣塔芭芭拉、洛杉矶一路向南飞向了圣地亚哥。

拉巴子仰望着天空，看见我驾着黑色的滑翔翼从天而降，她哭着大喊："鹰，我的鹰！"

拉巴子紧紧地被我抱住，我的眼泪淌了她一脸。"拉巴子，我的拉巴子。"

"你给家里寄回来的钱不仅还清了钱旺车祸的欠债，而且还给他装了一副假肢，他现在可以拄着拐下地了。竹林海又聘用我回来喂熊猫了。这次派我随团来圣地亚哥接华美，我是华美的营养师助理。"拉巴子骄傲地说。

五个手拍着我的肩膀说："跟我回去吧，回竹林海。"

"回来吧，我的鹰。"拉巴子说，"到竹林海上去飞。"

"几年前我们已经尝试着把熊猫企鹅放归回了竹林海，以后的工作是要努力让更多的大熊猫回归竹林海……放归大熊猫简单，让它们在竹林海幸福地生活下去就不简单了。追踪、观察、记录、整理数据、积累经验，等等，大量的工作都在等着我们，我需要个好帮手，需要你这样有见识的。听说你还学会了开飞机。对嘛，竹林海这么大，我们总不能光靠开车追踪观察大熊猫吧。还会开飞机！厉害了我的老弟！我们肩上的担子不轻呀。这是一项艰巨的任务。大熊猫是野生动物，我们不能把它们当成宠物来圈养：就像人类如果被 AI 化了，必然会导致天性的丧失……"当上领导的五个手果然有水平了，我被他说动了。

2004 年 2 月 13 日，大熊猫华美从圣地亚哥回到了竹林海。

2005 年的新年，我最后一次去半月湾看望欧阳和蒋红。那一年的茶花开得真鲜艳——两年前，我在欧阳和蒋红的墓碑旁边种下了一株茶花，是叫正黄旗的黄茶花。我给正黄旗浇了两遍水，然后就面对着大海坐在墓碑旁……陪着他们直到新年的焰火从海湾上升起。

"欧阳，蒋红新年快乐！"我在噼噼啪啪的焰火声中大声地祝福着他们。相信他们一定听得见。

2005 年的中国年，我回到了竹林海。初五的时候，拉巴子带着我回到了古尔沟的羌寨，喝咂酒、跳锅庄、吃羌腊肉……

拉巴子把一个叫娜扎的羌族女孩介绍给我，是拉巴子做姑娘时候一起跳莎朗的好姐妹的女儿。姑娘很漂亮，也很深情，可是我知道：我的周围也有了一堵墙，我出不去，别人也进不来。

那个夏天，五个手正式聘我为竹林海"大熊猫回归自然研究小组"的组长。我奋不顾身地把所有的热情都投入到了这份帮助大熊猫重返家园的工作中去。我每天驾驶着滑翔翼飞跃竹林海，用定位仪追踪放归自然的大熊猫脖子上的追踪器，观察放归竹林海的大熊猫如何融入野生环境（如何觅食，如何在受到黑熊等天敌威胁的时候保护自己，如何与野生大熊猫和谐相处，如何跟野生大熊猫通婚产子）。那个夏天，我的翅膀遍布竹林海，收集了一大批关于放归自然的大熊猫生存状态的第一手数据（包括野生的大熊猫）。

我的这些研究成果被发表在了一本国际动物学权威杂志上。

不久，我接到加州旧金山大学我的研究生导师安迪发来的电子邮件。邮件上他告诉我，学院根据我的研究成果和毕业论文批准了曼妮提议成立"哺乳动物灵长潜能开发利用研究小组"。组长就是大美女曼妮。安迪在信上说：

"亲爱的钱，曼妮让我征求你的同意，她希望能来竹林海看看。如果可以，她希望留在竹林海和你一起对大熊猫企鹅进行长期跟踪、研究……

钱，我已经把你的联系方式和地址给了曼妮，她会很快去中国见你。"

曼妮，我想到了那双眼睛：灰蓝色的海……闪亮在夜空的星星……

无动力滑翔翼的优点就是可以悄无声息、尽量低地沿着竹林海的顶部滑翔，便于近距离地观察大熊猫的生活状态。这一优势让以引擎为动力的小型飞机、直升机望尘莫及（引擎的轰鸣声远远地就会吓跑大熊猫。从安全方面考虑，小飞机和直升机也不敢飞得太低）。

我还把一个300的变焦镜头固定在滑翔翼的钛合金骨架上，用监视器和加长快门线进行拍摄。在我抓拍的一些珍贵照片里还包括乱砍滥伐、污染环境、偷猎偷盗的一些照片。有些照片被公安机关直接拿去作为证据，破获了几起严重的盗猎野生大熊猫和珍稀鸟类以及乱砍滥伐的案件。为此我还被竹林海评为年度十大杰出青年、"竹林海守护神"和"思想道德模范"等。

已经放归自然的大熊猫企鹅可能由于放归时间过长，和野生大熊猫打斗嬉戏，和天敌黑熊搏斗，被偷猎等等诸多不确定事件，脖子上的项圈追踪器遭到破坏，停止了工作。也就是说企鹅已经销声匿迹，已经真正意义上的被放归了；我们已经无法在浩瀚的竹林海里追踪到企鹅的踪迹了。我把那张企鹅和我拥吻的合影放大，挂在卧室的墙上。我把我的滑翔翼也涂成黑白配，并起名叫"企鹅号"。我知道，企鹅一定知道我在找它，它会出现的。

工作在竹林海两年后的一天，五个手说成都天府展览中心打来电话，希望我们以大熊猫为主题到他们那里举办摄影作品展。

"钱学杰，我看这个任务非你莫属呀！"五个手拍拍我的肩膀说。

接到任务，我把拍摄的关于野生大熊猫和盗砍、盗伐、盗猎、污染环境的照片整理出一部分传给成都天府展览中心。几天后，他们兴奋地打来电话说我传过去的那些照片太有价值了！馆长亲自拍板，八月份就安排给我办一个个人摄影展，而且所有费用他们全包。展览的门票收入一人一半。我把这一新情况向五个手汇报完了之后说：

"虽然这些个照片是我拍的，可是摄影设备是公家的，所以我的个人展所得收入我全部上缴。"

五个手欣慰地拍拍我的肩，什么也没说。但从他认可的眼神里我知道：这事儿我干得很漂亮。

白天，我尽量地把所有的时间都排得满满的，尽量不去想蒋红，不去想欧阳，不去想加州的日子。夜深人静的时候，偶尔我会推开宿舍的窗户，面对黑暗中的竹林海，让带着雪山气息和冷箭竹清香的夜风吹拂我的脸颊。我会从抽屉里拿出来蒋红留给我的那些个装着黄茶花胭脂的小盒子，把它们放在鼻子下面……闭上眼睛，深深地吸气……让幽香带着我重回到太浩湖边上，那个刻骨铭心的夜晚……深深地吸气，仿佛紧紧地贴着蒋红带着特殊汗味和黄茶花香的肉体……入睡前，那本红皮的日记，很厚，我总是读上一页才能入眠……我细细地读，我慢慢地读，我害怕有一天会把它读完，我害怕读完最后一页合上这本日记之后的失落和惆怅；我希望永远读下去，永远都读不完它。

蒋红的日记里，除了记录了她与欧阳之间浪漫的爱情和痛苦的思念……还多次提到了她的同卵双胞胎姐姐蒋霞。

让我印象深刻的是，蒋红多次提到了从小到大，她和蒋霞之间发生过的通灵事件和心灵感应等令人难以置信的奇异现象。她们会做同样的梦，会不约而同地说出同样的话，会在同一颗牙上的同一个位置发现蛀牙，会同一天来月经，会在同一家服装店和超市买回来同样的衣服和水果……

蒋红在日记里回忆说，有一次，她去苏州外婆家吃鱼，不小心被一根刺扎在了喉咙上，难以下咽；远在南京的蒋霞竟然喉咙发炎肿了起来。直到苏州的外婆用陈醋泡米饭这样的土方法让蒋红顺利地把扎在喉咙上的鱼刺咽了下去，蒋霞的喉咙才消了肿。

蒋红和蒋霞上初中的时候，开始和苏州的外婆学习琵琶和古琴。那是个叛逆的年龄，就像下面这一篇蒋红日记里说的：

13 岁的女孩子是一个叛逆的心理时期，从小到大和蒋霞穿一样的衣服，梳一样的辫子，做一样的事……让我开始感到很厌烦。我开始刻意地和蒋霞做不一样的事，穿不一样的衣服，留不一样的发型，说不一样的话……彰显自我：蒋霞学琵琶，我学古琴，蒋霞学习游泳，我学了芭蕾。蒋霞是外婆的心肝宝贝，因为她听话。她梳外婆给她梳的古典长发，我偏偏留了一个男孩子的短头发。蒋霞穿外婆给她做的唐装汉服，我偏偏穿牛仔裤运动装……慢慢地，外婆开始不喜欢我了，甚至开始放弃我……外婆把祖传的手工制作黄茶花胭脂粉的技艺偷偷传授给了蒋霞，这让我十分嫉妒。

后来跳舞成了我的专业，我报考了艺术学院舞蹈系；蒋霞被艺术学院民乐系录取，继续学习琵琶和评弹。

短暂的叛逆期并没有破坏我和蒋霞的通灵……我们都知道彼此的想法，并深深地理解对方。我们一直是最好的朋友，因为我们太了解彼此了。

从艺术学院毕业后我毅然决定去美国留学，蒋霞则听外婆的话：把祖传的手工制作黄茶花胭脂的技术传承下去，在苏州开办了一家名叫"南宋女人"的公司，专门制作和销售外婆手工做的黄茶花胭脂。

……

昨天，我接到蒋霞的来信，她们公司制作的黄茶花胭脂已经营销到了美国，一家叫"好莱坞30年代"专营怀旧化妆品的连锁店来苏州和她们签了订货合同。好莱坞30年代？听说在斯坦福大学购物中心有一家分店，明天我会去看看……

从蒋红日记中零零散散对双胞胎姐姐蒋霞的描述里，我了解到了蒋红的原生家庭状况。蒋霞的形象也渐渐鲜活起来。我甚至按照蒋红日记上的描述在网上查到了蒋霞经营的那家叫"南宋女人"的手工制作黄茶花胭脂粉的公司。公司在苏州，很有特色，网上详细介绍了黄茶花胭脂粉的手工制作过程：采摘、选料、晾晒、磨粉、调配等。网上还呼吁广大女性朋友在今天这个用化学制剂批量生产化妆品的时代里，更多地使用天然的胭脂粉，在怀旧之中去体味古代女人的生活品质和传统的胭脂情怀。

八月份的摄影展如期举办。摄影展很成功，门票的收入也很可观。我把摄影展所得的这部分收入原封不动地上交给了基地，用来补贴捉襟见肘的科研经费。摄影展之后，我开始变得小有名气，许多城市的展览馆开始邀请我过去办巡回展。

十一月份，苏州动物园成立了大熊猫繁育研究中心。我们还提供给苏州动物园一对大熊猫进行繁育合作研究。苏州中心和我们基地正式签约：委托我们派专家去苏州动物园帮助建熊猫馆。

　　"钱学杰，过了年你去苏州住上一段吧，去帮助苏州动物园，把他们的研究中心建起来。他们对大熊猫的繁育研究才刚起步，严重缺少这方面的专家和技术人员。对大熊猫的繁育和保护工作不应该仅仅局限在竹林海，我们要面向全国，全面开花，要让保护野生动物的重要性普及到百姓的生活当中。要发起全民热爱和保护野生动物的热潮……形势严峻呀！华南虎灭绝的教训还不够惨痛吗？"五个手找我谈话的时候语重心长地说。

　　十一月底的竹林海，一场厚厚的大雪覆盖了所有进竹林海的路。这个季节里，滑翔翼是最好的观察工具，从空中观察白雪覆盖下的竹林海，任何野生动物的足迹都一目了然。

　　这一天，像往常一样，我驾驶着企鹅号滑翔翼升空，去跟踪观察一群野生大熊猫，一共有六只——它们要从冷箭竹林迁徙到另一个山坳里的拐棍竹林。

　　雪后的天空晴朗辽阔，竹林海里，冷箭竹和拐棍竹枝头还残存着积雪，山风呼啸着从我的滑翔翼翅膀下面掠过……我不停地按动快门俯拍竹林海的雪景。

　　大概在十二点多，直射的骄阳犀利地穿透了笼罩在竹林海上的雪雾，在一大片拐棍竹林深处，我看见了那群我已经跟踪了几天的大熊猫……一只、两只，三只……我兴奋不已地数着……当我数到第七只的时候，我惊呆了……第七只——跟在队伍最后面的——像人一样站立起来，仰头看着我……我向右踩下方向舵，压低翅膀，几乎是贴着竹林海的顶部滑翔……是的，我看清楚了：探寻的目光，直立行走，好奇地追逐着天空中我的滑翔翼。

　　是企鹅！是它！是企鹅！